读客®

读客外国小说文库

读客激发个人成长

高兴死了!!!

[美] 珍妮·罗森 著　吴洁静 译

江苏凤凰文艺出版社
JIANGSU PHOENIX LITERATURE AND
ART PUBLISHING, LTD.

FURIOUSLY HAPPY

HAPPY

A Funny Book About Horrible Things

JENNY LAWSON

献给我的女儿，

她咯咯笑着见证了

她的家人

精神错乱地建造了

一个光怪陆离的世界

（既现实又夸张）。

等她长大后能写自己的回忆录时，

愿上帝保佑我们。

先来看一下本书收获的赞誉

这是一本最好的书，也是一把最坏的梳子。读这本书吧，但别拿它戏弄你的头发。

——查尔斯·狄更斯

耶稣读完这本书后，把它给了我，说："凯文，你得读一下这玩意儿，太他妈的精彩了！"耶稣总记不住别人的名字。

——欧内斯特·海明威

我真心喜欢的人很少，欣赏的则更少。只有一个人让我想剥下她的脸皮，贴在我自己脸上，在我家的客厅里走来走去。把门锁紧了，罗森太太。

——简·奥斯汀

我可以毫不夸张地说：这是我拥有过的最精致的杯垫。

——多萝西·帕克

最重要的是生命，仅仅是生命——是发现生命的这个不间断和无休止的过程，而不是发现本身，完全不是！和生命同样重要的还有这本书，这本书也很不错。

——费奥多尔·陀思妥耶夫斯基

谁让你进来的？

——史蒂芬·金

我好像弄丢了我的白大褂。

——威廉·莎士比亚

你甚至不认识你列举的那些为你写新书推荐语的人。他们大部分都已经死了，史蒂芬·金还可能去法院起诉你。看样子我们真的要增加你来就诊的次数了。

——我的现任精神科医生

目　录

FURIOUSLY HAPPY

A funny book about horrible things
by Jenny Lawson

我本来想在这里引用玛丽·奥利弗[1]一句简短的诗，但后来决定换成我为这本书设计的封面（左图），因为我确信这个封面设计永远不会被采纳，而我又不想白白浪费了它。这个封面设计的高明之处在于：当你捧着这本书阅读时，你的下半张脸会被一只浣熊狂喜的笑容取代。你看上去很友善，但又令每一个从你身边经过的人感到害怕。这是好事，因为如此一来，人们就不会在你阅读的时候打扰你了。实际上，你可以把前面一页猛撕下来，复印几张，然后粘在任何一本书的封面上。它就像一块告示牌，含蓄地告诉人们："别打扰我！"这样做了几年后，人们也许会觉得你是一个阅读速度很慢的人，但这很值得，因为它能为你换来不被打断的平静，加上做半只浣熊的快乐。如果你不同意我的观点，那么这本书可能不适合你。

我已经警告过你了。

---

[1]　Mary Oliver，生于1935年，美国当代诗人，擅长描写大自然。（若无特殊说明，本书注释均为译注。）

一系列不幸的声明

不不，我坚持要求你立刻停下。

还在往下读？好极了。现在，你不能因为这本书里的任何内容指责我了，因为我警告过你，但你还是埋头读了下去。你就好像蓝胡子的老婆，发现了所有藏在密室里的人头。（前方剧透警告）但我个人认为那是好事。假装没看见密室里被割下来的人头并不会改善夫妻关系，只会搞得密室很不卫生，还可能被指控为谋杀案的帮凶。你不得不面对那些被割下来的人头，因为想要成长就必须承认：我们每个人的身上都充满着各种不想被公之于众的古怪特质。每个人的密室里都藏着人头——也许是秘密，也许是没有说出口的忏悔，也许是无声的恐惧。这本书就是其中一颗。你手里正拿着我藏在密室里的人头！这是个糟糕的比喻，但我要替自己辩解一句：我的确告诉过你别再往下读了。我并不想责怪受害者，但此时此刻，谁让我们是同一条船上的人呢。

◆

　　这本书里的所有事情都是真实的。但为了"保护罪犯"，我作了一些细节上的改动。其实我知道，通常人们说的是"保护无辜者"。但为什么呢？无辜者本来就是无辜的呀！而且描写他们也远远不如描写罪犯来得有趣。罪犯总有更多迷人的故事，而且和他们的人生作一番比较，你的自我感觉会变好。

◆

　　这是一本描写精神病患者如何生活的好笑的书。这听上去似乎是一个乱七八糟的搭配，但就我所知，这是因为我的脑子不太正常，而且我认识的一些狂好笑的人也是如此。如果你不喜欢这本书，也许只是因为你还没有疯狂到能享受这本书的乐趣。无论如何，还是你的状况比较好。

作者的话

亲爱的读者：

此时此刻，你手里拿着这本书，心想着它是否值得一读。它本身或许没有什么价值，但这里面夹了一张25美元的钞票*，所以你最好在店员发现之前，迅速把它买走。

不用谢我。

"高兴死了"是这本书的名字，它也在一定程度上拯救了我的人生。

我的祖母过去常说："人生难免风风雨雨——风风雨雨、混账家伙和各种胡说八道。"——后半句是我的阐释。她说得对。我们每个人都会有自己的那份灾难、疯狂或戏剧性，然而我们对待这些可怕事物的不同方式，会让结果截然不同。

几年前，我的一次亲身经历让我明白了这一点。当时我正处于抑郁症发作期，情况相当糟糕，完全看不到出路。对我来说，抑郁症不是什么新鲜的东西。我从小就与各种精神疾病作斗争。抑郁症是一位比较规律的来访者，而焦虑症是一位长期虐待我的男朋友。有时候，抑郁症表现得相当温和，会让我误以为自己患了流行性感冒或腺热病——不过，那次非常严重。当时，我并不急于结束自己的生命，我只是想让自己别再表现得跟个杂种似的。我提醒自己：我的抑郁症发作了，它作弄我。我告诉自己：一切都会好起来的。我尝试了一切可能缓解症状的常规方法，但我仍然感到绝望。突然间，我发现自己很愤怒：我为生活向我扔出这种我根本接不住的弧线球而愤怒；我为人间悲剧的分配看似如此不公平而愤怒；我为自己没有其他的情绪可以用来表达而愤怒。

于是我开始写博客。我写下了一篇博文，它从此改变了我观察生活的方式。

2010年10月

各方面情况都表明，在过去的六个月里，发生了一场该死的维多利亚式的悲剧。今天，我的丈夫维克托递给我一封信，信里说我有一位朋友意外去世了。你也许认为这个消息会推我越过精神崩溃的边缘，掉入由佳乐定镇定片和蕾吉娜·史派克特的音乐构成的不可逆转的下行漩涡里。可是没有，并没有发生这样的事。我已经跟悲伤断绝了该死的来往。我不知道这该死的宇宙最近是怎么了，但我已经受够了。**我想要疯狂地高兴起来，**

出于纯粹的愤怒。

听见了吗？朋友们，我正在大笑。我笑得如此大声，你们一定能够听见。我要用我不可理喻的喜悦毁灭这该死的宇宙。我要喷出一大堆照片，里面有被浣熊领养的笨拙的小猫小狗、该死的刚出生的沐浴在光芒中的美洲驼以及性感的吸血鬼的血液，那一定会棒极了。实际上，我要立即掀起一场运动，**一场名为"高兴死了"的运动**。这是一场很棒的运动，因为首先我们**将会有强烈的快乐感**；其次，它会让所有讨厌你的人气得发疯，因为那些浑蛋看不得你有哪怕一点点高兴，更别说高兴死了。你的快乐会让他们的世界倾斜一点儿，不过足以把他们吓得屁滚尿流——这会令你感到更加高兴。你有充分的理由这样做。接着，世界上的一切开始变得对我们有利。我们：浑蛋=1∶8,000,000。由于他们一开始人多势众，这比分目前还不尽如人意。但去他妈的，我们要扳回比分。

我们：浑蛋=1∶0

◆

几小时内，"#高兴死了"在推特上传遍了全球。人们声嘶力竭地抗争着，想从抑郁症恶魔的手里夺回自己的生活。一切才刚刚拉开序幕。

在接下来的几年里，我促使自己做一切荒唐可笑的事情。我跳进喷泉。我参加说走就走的公路旅行，去追寻UFO的踪迹。我跟在龙卷风后面奔跑。我披着狼皮（来自一头死于肾衰竭的狼），参加《暮光之城》电影首映式，冲着一群愤怒的吸血鬼粉丝大喊："支持雅各布[1]"。我租借树懒，按小时计费。我的新咒语是"举止得体的重要性被过分高估，也许会致癌"。简单地讲，我变得有些疯狂，变化的过程缓慢又伴随确凿的爆发。这也许是能够发生在我身上最好的事情了。

这并不意味着我已经不再抑郁、不再焦虑，或不再患其他精神疾病。我依然会连续数周躺在床上，就因为有时候我连起床都难以做到。每当严重的焦虑袭来而我甚至无法站着与它搏斗时，我会躲到办公室桌底下。然而，如今的不同之处在于：我的心底有了一个储藏室，里面装满了回忆，比如走钢丝、在早已被人遗忘的洞穴里潜泳，以及穿着拖地红色晚礼服在公墓里光着脚奔跑。我还会提醒自己：一旦我有力气起床，我会再次让自己疯狂地高兴起来，不仅为了拯救我的人生，更为了构筑我的人生。

从某个角度来看，抑郁症能够帮助你（有时候是强迫你）探索情感的深度，这是大部分"正常人"永远无法体会的。想象你得了某种压倒一切的疾病，严重得让你产生了自杀的念头；想象

---

[1] 雅各布是《暮光之城》的男主角之一，与女主贝拉和男主角吸血鬼爱德华是三角恋关系。

你得了某种没有人能够理解的恶性障碍症；想象你感到某种危险的痛苦，连你自己也无法控制或克服它；想象所有人都生活在和平里；想象约翰·列侬的遗产继承人不会因为我使用了前面那句歌词而对我提起诉讼[1]；想象那种疾病（通常是致命的）是世界上最难以理解的障碍症之一……没有人愿意谈论它，没有人彻底摆脱过它。

我时常会想，严重的抑郁症患者已经为感受极端的情感做好了充分的准备，因此这些人也许能够以一种"正常人"永远无法理解的方式感受极端的喜悦，也就是我们所说的**"高兴死了"的真谛**。当一切正常时，我们要抓住机会，创造惊喜，因为那些时刻定义了我们是怎样的人；而当大脑对自身最本质的存在宣战时，我们也会带上这些时刻，投入战斗。这是"生存"和"生活"之间的差别；这是"洗澡"和"教你的猴子管家为你抹洗发水"之间的差别；这是"心智健全"和"高兴死了"之间的差别。

有些人或许会认为："高兴死了"运动只是一个借口——你可以借此干蠢事而不负责，还可以邀请一群袋鼠去你家做客却不事先通知你丈夫，因为他对袋鼠没有什么特别的好感，所以你怀疑他会否决你的计划。那些人的想法是很荒唐的，因为没有人会邀请一**群**袋鼠上自己家做客。邀请两个是上限。这是我根据个人经验得出的

---

[1]　前面一句，出自约翰·列侬名曲《想象》（*Imagine*）。

结论。我的丈夫维克托说，最新规定的上限是"零"。我说，他应该在我把那些袋鼠租来之前，就跟我把这个规定讲清楚。

"高兴死了"运动启发了"银丝带"的想法——这是我在另一篇博文里提出的，得到了成千上万人的共鸣。然而，事实上我们谁都没有动手做过一根银丝带，因为我们都太抑郁了，没办法做手工。以下就是那篇博文的原文：

> 当癌症患者与病魔抗争、身体有所恢复、病情得到控制时，我们赞美他们的勇敢。我们佩戴丝带，歌颂他们的抗争。我们称他们为幸存者，因为他们的确幸存了下来。

> 当抑郁症患者与病魔抗争，身体有所恢复，病情得到控制时，我们大部分人甚至都不知道这一切，只是因为相当多的患者选择暗自受苦……羞于承认一些被当成"个人缺点"的东西……害怕人们会为此担忧，更害怕他们根本不会担忧。我们发现自己什么都做不了，只能紧靠在沙发上，强迫自己呼吸。

> 在摆脱了抑郁症的控制后，你会感到一种不可思议的宽慰，但你并不想为此庆祝。与之相反，对旧病复发的担忧取代了获得胜利的喜悦。眼看着自己的疾病给家人和工作带来了影响，你感到羞耻和脆弱。世界上的一切都照常运转，而你却在生死线上挣扎。我们回到日常

生活里，比从前更瘦、更苍白、更虚弱……但我们是幸存者。公司里的同事不会拍着幸存者的背，祝贺他活了下来。幸存者在醒来后要去做比从前更多的工作，因为他的亲朋好友为了帮助他打赢一场他们自己并不理解的战斗，已经累得精疲力竭。

我希望有一天能够看到戴着银丝带的人潮。它是一个符号，代表我们理解这一场秘密的战斗。它庆祝我们的胜利，在那些日日夜夜里，我们凭借一己之力，把自己拽出封闭的散兵坑[1]，看着自己的伤口痊愈，并记住太阳的模样。

我希望有一天我会变得更好，我确信那天一定会到来。我希望有一天在我生活的世界里，与精神疾病的抗争不再是难以启齿的，而是值得骄傲的，是能够赢得公众喝彩的。我希望你也能生活在这样的世界里。

虽然直到现在，这一切都迟迟没有开始。

最近三天，我都没有自残。为了吓跑恶魔，我在黑暗中对自己唱一些奇怪的战歌。我会在需要的时候变身战士。

我为此感到骄傲。

我祝贺你们每一位读到这篇文章的人。我祝贺你们

---

[1] 指对单兵起防护作用的环形防护坑，文中指抑郁症患者个人封闭的空间。

每一位与自己进行斗争并一直打赢到现在的人。我祝贺你们每一位虽然并不了解这场战斗但还是捡起你们深爱着的某个人丢下的生命指挥棒，并等待着他们能够再次握住它的人。我活了下来，并提醒自己：我们每次赢得一场战斗，就会变得更强壮一点。我们在战场上学习新的诀窍。我们用糟糕的方式学习，但我们会好好利用学到的东西。我们的挣扎不会白费。

我们会胜利。

我们会活着。

◆

我们确实活着。

我希望这本书能够帮助与精神疾病进行斗争的人们以及身边有亲朋好友受到精神疾病困扰的人们。我希望向人们表明："有一点精神病"可能也是有好处的，就像我祖母说的那样。我希望我的女儿能够了解我身上正常和不正常的部分。我想给予人们希望。我想教全世界用最和谐的方式歌唱，但不会借机销售任何可口可乐。

与其说这本书是我上一本书的续篇，不如说这是一套新的合辑，收录了我各种荒诞离奇的文章和对话，还有一些混乱的想法——把这些东西装订成书的，是被挥霍掉的大盒装葡萄酒和茫然无措的图书编辑流下的沮丧的泪水——他们别无选择，只能接受我的信条：如果你想用的词还不存在，那么造一个出来也无妨；标点符号按需使用，而不是按照规则。大家听好了，这叫作"concoctulary"**。我希望这本书能够成为我上一本书的完美延续……古怪、有趣、诚实，以及不止一点点的特别。

但以尽可能完美的方式展现出来。

就像我们大家一样。

——珍妮·罗森***

* 我的编辑坚持认为：这本书里根本没有一张25美元的钞票，而且不得不作这种解释是一件相当荒唐的事情，因为世界上根本不存在"25美元的钞票"这种东西。如果你买这本书的时候，想着要在里面找到一张25美元的钞票，那么我想你实际上花钱买了一个很好的教训——"别用你的奶牛换别人的魔法豆"。很多年前，曾经有一本书讲过这个道理，我剽窃了它，但我认为我的例子更令人兴奋。它就好像《五十度灰》版的《杰克与豆茎》，只不过没有豌豆和豆茎。

** "concoctulary"是我造出来的词。我经常不得不造一些词出来，因为它们还不存在于这个世界上。"concoctulary"这个词是由"concocted（编造的）"和"vocabulary（词汇）"两个词缩合而来的。我本来打算用"imaginary"[1]，但我后来发现"imaginary"已经被别人concoctulary了——这样也好，因为我更喜欢concoctulary，它的发音带着一点儿并非存心故意的污秽，念起来相当有趣。不信你自己试试：Con-COC-chew-lary。它在歌唱。

***我的精神疾病不是你的精神疾病。就算我们的诊断报告相同，我们对疾病的体验也完全不同。这本书里写的是我一路走来的个人观察。它不是一本教科书。如果是的话，它的售价也许会高出许多，而且，里面亵渎神灵的语言和某个陌生人出乎意料地给我寄来女性阴道之类的故事也会大幅减少。这本书里讲述了各种各样的故事——飙车、野生狗熊、精神疾病，甚至生命，所以真理只剩下一条：天地万物，皆因人而异。

---

[1] 它是"imagined（想象的）"和"dictionary（词典）"的缩合。

高兴死了。难过疯了

"你没有发疯，**别再叫自己'疯子'了。**"我妈第一千一百万次对我说这句话，"你只是敏感，还有……一点……古怪。"

"以及脑子混乱到需要吃一大堆药物。"我补充说。

"那不是发疯，"我妈说着，转过身继续用力刷碗，"你没有发疯，别再这样说你自己了，这让你听上去真像个疯子了。"

我笑了，因为这是一场熟悉的争论。之前，我们为此争论过一百万次；往后，我们还会为此争论一百万次。所以，随它去吧。再说了，从严格意义上来讲，我妈的观点是对的。我不是一个严格意义上的疯子，只是当人们需要定义我到底是一个怎样的人的时候，给我贴上"疯子"的标签会让事情变得简单得多。

在过去的二十年里，我看过很多精神科医生。根据他们的说法，我是一个高功能抑郁症患者，伴有严重的焦虑症、中度临床抑郁表现以及会引发轻度自残的冲动控制障碍。我患有回避型人格障碍（和严重的社交焦虑症差不多）和偶发的自我感丧失症（它让我感觉自己彻底脱离现实生活，虽然还没有到"这种迷幻药真是太棒了"的程度，但是也已经不止于"我想知道我脸上现在是什么表情"和"要是能够再次体会喜怒哀乐的感觉该有多好啊"之类的想法）。我患有类风湿性关节炎，自身免疫方面也存在一些问题。轻度强迫症和拔毛癖（一种想拔光毛发的冲动）就好像撒在我这样一个精神失常的魔鬼蛋[1]上的辣椒粉。它是一把完美的撒手锏，因为每当人们听到"躁狂症"这个词时，总会自动后退，在拥挤的飞机上为你腾出一片空间。也许你不应该在拥挤的飞机上说你有躁狂症。这是我的丈夫维克托讨厌和我一起坐飞机的原因之一。另一个原因是我经常带着动物标本一起坐飞机，让它们帮我缓解焦虑。总体上，我们很少一起旅行，因为他无法理解这有多么令人兴奋。

"你没有躁狂症，"我妈用一种恼火的口气说，"你只是喜欢拔自己的头发。你从小就这样，这能带给你安慰……就跟抚摸一只小猫似的。"

"我喜欢把自己的头发拔下来，"我解释说，"这不太一样。这就是为什么他们称之为'躁狂症'而不是'抚摸小猫障碍症'。说实话，要是得了'抚摸小猫障碍症'也很麻烦的，因为

---

[1] 一种西餐开胃菜，蘸了芥末或辣椒酱的鸡蛋。

最后你会和一群秃毛小猫待在一起，它们都会恨你的。天啊，我希望自己永远不要得那种过分狂热的拔猫毛障碍症。"

我妈深深地叹了一口气。不过，这正是我喜欢和她进行这类谈话的原因，因为她带给我新的视角。而这也是她讨厌和我进行这类谈话的原因，因为我向她描述细节。

"你极其正常。"我妈一边说，一边摇头，好像连她的身体也不肯让她说出这种谎言。

我笑了，同时又开始无意识地拉扯头发："我从来都不是一个正常的人，这一点你我都很清楚。"

我妈停顿了一会儿，想另找一句话来反驳我，但恐怕没什么希望。

◆

一直以来，我的焦虑症总是很自然地就发作了，自然到荒唐的程度。我记得最早在学校师生面前发作是在一次医院实地考察的过程中。当时，医生拿出了一些血液标本，我看到后立刻昏厥过去，直挺挺地倒在堆积如山的便盆上（谢天谢地，那些便盆都是空的）。在场的其他孩子记得当时老师说了一句："别理她，她只是想引人注目。"我的脑袋开始流血，于是医生打开了一管氨水放在我的鼻子下面。我当时感觉自己的脸好像被一只看不见的带着恶臭的拳头揍了一记。

说实话，我不知道自己为什么会昏厥，因为我的焦虑症在那段时间并没有恶化。有人说这是因为我在潜意识里受到了惊吓，它认为此时对我而言最安全的做法，是倒在地上并在一些便盆的围绕下迅速入睡。这在一定程度上说明了我的身体是一个笨蛋，因为强迫性嗜睡是最糟糕的防御手段。这种学负鼠的装死方法，只有在狗熊要吃你的时候才起作用，因为据说如果你在几只狗熊的面前躺下，它们会想：什么玩意儿？我要攻击她，她却打起了瞌睡？我还是别惹她了吧。

　　这次昏厥开启了我下一个漫长而又荒唐的人生阶段。精神科医生把这种昏厥称为"白大褂综合征"，而我的家人则把它称为"珍妮到底怎么了综合征"。相比之下，我认为家人的判断更正确，因为一看到医生的白大褂就会昏厥是一件该死的非常荒唐的事情，而且不是一般的尴尬，尤其在事后你还不得不对医生解释说："对不起，我看到你就昏过去了，因为据说我有害怕白大褂的毛病。"更糟糕的是，我昏厥后会在地上胡乱地摆动，喉咙里还会发出低吼。那种场面我妈亲眼目睹过几次，她说我"就像一只弗兰肯斯坦"。

　　其他人也许正在努力战胜自己潜意识里对逆境、失败和被石头砸死的恐惧，而隐藏在我内心的恐惧却让我在看到白大褂时昏厥。我曾经在验光师面前昏厥过一次，在牙医诊所里昏厥过两次，还在妇科医生那里有过两次可怕的经历。在妇科医生那里昏厥的好处是，如果当时你已经躺在妇检床上了，你就不会从很高的地方倒下来——当然，除非你像我一样，在呻吟和失去知觉的时候会张牙舞爪。最糟糕的是你在医生检查阴道时候昏了过去。那就像非常无趣的性高潮，你甚至不愿意为它醒来。我总是提醒我的妇科医生：我很可能会在取宫颈刮片的过程中出现动静很大的昏厥。而她通常会严肃地告知我：她根本不需要我提醒她这一点。"也许，"我妹妹说，"这是因为大部分人都认为，昏厥这种事情不过是一场夸张的表演。"

在妇科医生那里昏厥时，真正糟糕的是当一个扩阴器出人意料地伸入你的阴道时，你偶尔会恢复意识，这绝对是排名第三糟糕的苏醒方式。（排名第二糟糕的是，你醒来时发现妇科医生并没有把扩阴器放在你的阴道里。因为在你昏厥后，医生把扩阴器拿了出来。接下来，一切又得从头开始。这就是为什么我总是告诉妇科医生：如果我昏过去的时候，他们正在检查我的阴道，那么他们应该利用这个我不在场的机会，把一切都做完。

最糟糕的苏醒方式是，你睁开眼时发现狗熊正在啃你，因为你的身体认为最安全的防御手段是在狗熊面前睡着。但"装死"那一套玩意儿几乎从来不起作用。其实我也不清楚，因为我从来没有在狗熊面前昏厥过，那样太荒唐了。实际上，我肯定会朝它们冲过去，为了给它们拍张不错的照片。我会在白大褂而不是狗熊的面前昏厥——我的大脑告诉我——白大褂才是我真正需要小心提防的东西。）

有一次，我在宠物医院里，当医生叫到我的名字时，我又动静很大地失去了意识。当时我看见了沾在兽医白大褂上的血迹，在潜意识里吓坏了，突然昏死在我的猫身上（这并不是一种委婉的说法）。后来，我在医院大堂里衣衫不整地醒了过来，而周围有一大群陌生人和狗正低头看着我。据说，我开始呻吟时，兽医打电话叫了一辆救护车。急救医生到达现场后，宣称他们听不到我的心跳，就撕开了我的衬衫。我个人认为他们当时只是想用一种比较便宜的方法刺激我醒来。我想那些低头看着我的狗也同意这一点。在观看了整场闹剧之后，它们好像对我有点不好意思。但你实在无法责怪这些狗，因为首先，谁能在碰到那种事故现场时，不扭头来看热闹呢？再说，狗是没有"端庄体面"的概念的。

"你醒来时，发现自己衣衫不整，周围还有一群热心肠的狗盯着你的胸罩看，而这一切都是你害怕白大褂造成的——这差不多是第七糟糕的苏醒方式了。"我对我妈大声抱怨。

"嗯，"我妈抬起一边眉毛，含糊其词地回答我，"好吧，行吧，也许你不是我们通常说的那种正常，"她勉强地说，"但是，有谁想做正常人呢？你没有问题，完全没有问题，甚至比正常人更好，因为你对自己身上出现的问题十分在意，所以你能发现它，并且……在一定程度上……解决它。"

我点了点头。她说得有道理，虽然世界上的其他人可能会不同意我们对"解决它"的定义。

小时候，每当我尚未确诊的焦虑症再次变得不堪忍受时，我用逃离现实世界、躲进空玩具箱里的方式来"解决它"。读高中时，我用独自远离人群的方式来"解决它"。在大学里，我用饮食失调的方式来"解决它"，我用对食物摄入的控制来补偿我在情绪上的失控。现在，作为一个成年人，我用药物、看精神科医生和行为治疗来对它进行控制。为了控制它，我痛苦地承认自己有多么疯狂。为了控制它，我允许自己在重要的事情发生时，跑去洗手间或钻进桌子底下躲起来。有时候，为了控制它，我让它控制我，因为我别无选择。

有时候，我整整一个星期无法起床。焦虑症的侵袭依然令我在生活中感到难受和害怕。然而，在经历了关于"高兴死了"的顿悟之后，我认识到了坚持下去的重要性，我知道在不久的将来，我会再次快乐起来。（如果你感觉这个句子令人费解，很可能是因为你和世界上的其他所有人一样跳过了本书开头的"作者的话"。把书翻回到前面，把它读一遍，因为它很重要，你也可能会在那里找到一笔财富。）

这就是为什么我会在闹鬼的旅馆里偷偷溜进别人的浴室，以及为什么我会当一个直接向睡在市政厅里的野猫汇报工作的政治独裁者。我曾经在拥挤的舞池里开展僵尸毁灭世界的演习，我曾经坐着飞机救生艇降落在海面上，我曾经向众人筹集足够的资金去购买一只飞马珀伽索斯[1]的标本。我疯狂地快乐着。这不是精神疾病的治疗方法……这是一件武器，用来战胜疾病。这是一种方

---

[1]　希腊神话中代表希望的神兽，是一只有双翼的飞马，脚踩过的地方会有泉水涌出。

法，用来夺回你发疯时被抢走的快乐。

"啊……你没有发疯，"我妈又说了一遍，她朝我挥舞着一只湿漉漉的盘子，"别再说你自己疯了，人们会真的认为你是一个疯子的。"

她说得没错，人们是会这样认为的。我在手机上用谷歌搜索了"疯子"这个词，然后读出了其中的一条解释。

疯子：（名词）精神错乱或狂妄愚昧的人。

我妈停顿了一下，凝视着我，最后无可奈何地叹了口气，她在那个解释里找到了太多我的影子。"嘿，"她说，一边若有所思地耸了耸肩，一边转过身回到水槽前，"也许'发疯'并不是一个那么坏的词。"

我同意。

有时候，发疯才是对的。

我找到一个志同道合的人，他有一件非常健康的白大褂

几周前，我去药房取药。我凝视着"免下车通道"窗口，心里琢磨着："我们生活在一个多么好的世界里啊，你不用下车就能取药。"而就在这时，我在药房的收银机旁边看到一个奇怪的东西。

没错，那是一盒狗饼干。

我心想："好吧，这看上去是……有点古怪。不过，也许是某位顾客退回来的，因为他嫌它不够新鲜，或者别的什么原因。"但是，转念一想："如果有人能够意识到狗饼干已经变质了，那才更古怪。因为在通常情况下，狗不太擅长拒绝饼干，即使饼干的味道已经发臭。我的意思是，狗连尿布也会吃，只要你允许。所以，我很确定没有一只狗会拒绝吃饼干。接着，药房店员走了回来。他在给我结账的同时，伸手抓了一把七零八碎的狗饼干……

然后……

吃了……

它们。

当时我想："等等。我现在是不是喝醉了？还是他喝醉了？这是有人在考验我吗？我应该说些什么吗？"但我什么都没说，因为我非常确定：对于一位配药给你的人，你不应该为他吃狗粮而指责他。我在领药单上签了字，便开车离开了。我暗自思忖：他会不会只是不小心吃了狗饼干？或者因为有人一直偷他办公桌上的食物，所以他决定把美味的人类饼干（我是指供人类食用的饼干，不是用人类制成的饼干）放在牛奶骨头饼干盒子里，以防被偷？又或者他只是想看看，会不会有人提醒他这是狗饼干，他觉得这样很好玩？会提醒他的那些人大概都是好人。

我不是那些人之一。

后来，我花了一整天的时间思考："为什么他会吃狗饼干？"今天，我又回到药店，想问个清楚，可是狗饼干已经不在了，吃狗饼干的男人也已经不在了。我想："我可不可以问问这个药剂师，他周围有没有人吃狗饼干，因为我需要知道整件事情的来龙去脉？"但答案是："不不，我不可以这么问。"但我真的很想认识这个人，我猜我会和他成为很好的朋友，因为任何会把饼干藏在狗粮盒子里的人似乎都是我想约出去一起玩的人，虽然为了找乐子而去吃狗粮的人在品行方面似乎有点可疑。不过，我现在一直在想：也许牛奶骨头饼干真的很好吃，或者他只是一个发现了真正的廉价饼干的天才。即使你的狗进入食物储藏室，把这种饼干吃得一干二净，你也不必打电话给急诊兽医。但是，如果你的猫咪吃了一个用麻线把铃铛、羽毛和软球串在一起的玩具,你就必须打电话了。我确实遇到过这种事情,那次真是糟透了。兽医说,我必须让猫咪吃泻药,猫咪才能比较轻易地把玩具和粪便一起拉出来。我还必须检查猫咪的粪便,确保玩具已经被拉了出来,否则他们不得不把猫咪剖开。后来,玩具终于被拉了出来,但只有玩具前头挂铃铛的部分。这下猫咪吓坏了,屁股上挂着铃铛就跑了起来。我又打电话给兽医,他说千万别拉麻绳,因为那样会把它的肠子也拉出来,那将是世界上最恶心的皮纳塔游戏[1]。所以,我只好跟在猫咪后面跑来跑去,用剪刀把铃铛剪下来(这个场景也很令人难忘;那个铃铛在看到了任何铃铛都不应该看见的东西后,依然在叮当作响)。猫咪之所以会逃跑,一方面是因为铃铛,另一方面是因为我手里拿着剪刀,一边追赶它,一边大叫:"让我来帮你!"

如果我是那位吃狗粮的药剂师的好朋友,我会打电话告诉他这个铃铛的故事,因为他也许会很喜欢。但我后来再也没有见到他。我不敢问别的药剂师,因为我担心,如果我要求与那位吃狗粮的药剂师见面,其他药剂师就再也不会配药给我了。

这让我有一点被歧视的感觉,但我说不清楚为什么。

---

[1] Piñata,为了迎接新年的到来,人们先用彩纸做一头牛,在牛肚子里塞入裹着种子的纸包。游戏开始后,人们用棍子使劲把牛戳破,让种子四散满地,再把残余的部分用火烧掉,收集灰烬来祈求新年好运。这个游戏最早起源于中国,后来由马可·波罗传播到了欧洲。

和我的手机约会比和我有趣

我经常在早晨醒来时，发现手机上有未读的信息。我在读完这些信息之后，怀疑自己被一个疯女人跟踪了。确实如此。而那个疯女人就是我自己。这些信息就是从这幢房子里发出来的。

有几条是我在等待安眠药发挥药效时写的，剩余的大部分写在凌晨两点——当时，我深信自己想出了一些绝妙的主意，如果不把它们立刻写下来，我很快会忘记。到了早晨，我确实已经忘记了昨晚我想到的是什么。于是我庆幸自己当时把它们写了下来，但与此同时我又有点失望，因为我发现自己写下的信息不会轰动世界，只会让人完全摸不着头脑。这些发自我头脑里的信件令人困惑，但我从不删除它们，因为有一个不必回信的笔友还是不错的。再说了，我看着这些奇怪的笔记，心里会想："终于有人懂我了。"

以下是那些笔记中的一部分：

"我并不想说我早就告诉过你了"这句话几乎等于"我早就告诉过你了"，而且显得更糟，因为你明明说出了"我早就告诉过你了"，却还在庆幸自己没有说出那句你其实已经说出来的话。

◆

芦笋就是长歪掉的洋蓟？就好像它们开始吸烟，然后瘦得皮包骨头，跟那些超模似的？

◆

我敢打赌，橘子酱一定是这个世界上最懒惰的人发明的。

◆

吃桃子就好像吃新生儿的脑袋，里面都是一些柔软模糊的东西。我并不是说桃子的味道好像婴儿。我不吃婴儿。其实我也不吃桃子，因为吃桃子让我想起吃婴儿。这真是个恶性循环。

◆

今天吃午饭的时候，餐厅服务员告诉我，今日例汤是"牛肉和人类"。我问："那是什么玩意儿？"他说他已经喝过一些了："很好喝，但人类的味道确实很浓郁。"维克托说："听上去不错，给我来一碗。"我感觉自己好像跌入了电影《阴阳魔界》的场景里。最后我才弄明白，服务员说的是"牛肉和洋茴香[1]"——说实话，这个名字听上去几乎同样恶心。

◆

将浴帘用作窗帘是违法的，反之亦然，对吗？就算不违法，你去买浴帘，结果买了短帷幔，这该怎么办呢？似乎至少也得判个行政拘留吧。

◆

"愿灵魂安息吧。"这句话相当自私。它的根本意思是："待在你的坟墓里，别在我身边游荡"。相反的一句话会是："动不动

---

[1] 英语中，洋茴香（cumin）和人类（human）的发音很像。

翻个身吧"和"去跑个步吧"。

◆

我无法理解为什么要搞那种"反对羞辱荡妇"的运动。他们呼吁："别羞辱荡妇。"而我想说："你们就是那些把她们称为荡妇的人。"这跟"拒绝高脂肪食物"的运动是同一个道理。

◆

英语中，章鱼（octopus）的复数是octopi，那么兔子（rabbit）的复数为什么不是rabbi呢？就因为"octopuses"的发音太好笑了，实在念不出来？

◆

维克托的一位朋友曾经有一只名叫"说真话的泰利猫"的宠物。在她小时候，每当她父亲认为她在说谎时，就会拎起这只猫咪，说："要么你们这几个小孩对我说真话，要么让泰利说。"我猜这种做法原本是想帮助小孩学会诚实，但似乎只会把事情搞砸。再说了，威胁猫咪这种事情，我可做不到。也许我们可以用"说真话的乌龟"来代替泰利猫，再用玩具枪来威胁它。当我们试着让女儿海莉说真话的时候，乌龟可以把头缩在壳里，说："这事跟我没关系，我跟你们不是一伙的。"但我不喜欢枪，也许我们可以把乌龟举在沸腾的水壶上方。可是，万一我们不小心把它蒸熟了怎么办？那可就糟了。算了吧，相比之下，我情愿让海莉学会巧妙地说谎。

◆

《祝你圣诞快乐》是史上最死乞白赖的一首歌曲。它有一个美丽的开头，但一秒钟之后，你会听到一群愤怒的暴徒在你家门口尖声唱着："给我们一些无花果布丁，快拿来放在这里。得不到无花果布丁，我们就不走，所以快拿来放在这里。"他们还用"这里"押韵"这里"，实在太草率了！那些不请自来的懒人，唱着圣诞颂歌，气势汹汹地向我讨布丁。我是不会满足他们的要求的。那首歌应该有一个对唱版本，房子的主人可以唱道："我都没要求你们唱歌，那首恶心的歌。你们这群肮脏的乞丐，我已经报警。谁管你们这套把戏？真有人因此给过你们布丁？无花果布丁？真有那种东西？"歌词不押韵，但至少也没跟他们一样，想押韵却押得很烂。接着，那些懒人会唱道："那么给我们一些杜松子酒，加上一些奎宁水，让我们喝一杯啤酒。"我会回应道："好吧，我想那样更合理。行吧，进来喝一杯吧。"从严格的意义上来说，那是一种可以免费畅饮美酒的好方法。就跟"不给糖果就捣蛋"一样，只不过换成一群唱着歌的酒鬼。我的天啊，我终于理解圣诞颂歌的意义了！

◆

我几乎从来不用"公元前"和"公元后"的纪年法。我用"在柯克·卡梅隆[1]发疯之前"。我就是这么区分年代的。

◆

为什么是"incapable"和"unable"，而不是"uncapable"和"inable"呢？[2]想要表达"不能"，你可以用"inability"，但要表达"不能的"，却不可以用"inable"。我uncapable（不能）理解这些用法当初是如何决定下来的。

◆

如果我是一个性虐待狂，我会让我的受虐者为我洗衣服、清理

---

[1] Kirk Cameron，生于1970年，美国演员，因扮演《成长的烦恼》中的麦克而为观众熟知和喜爱。截至本书出版前，尚未有媒体报道关于他发疯的消息。

[2] 英语中，"in-"和"un-"都是表示否定的前缀，但有固定搭配。capable和able意为"能够"，但加上否定前缀表示"不能"时，capable前面加的是in，able前面加的是un，不可随意更改。

冰箱、给猫梳理毛发。每当他不想做这些事情，想通过说出他的安全语（"香蕉"）让我住手时，我会轻轻地笑着对他说："不，盖瑞，那个绝对不是你的安全语。"然后，我会把鞭子拉得更紧，递给他一个拖把，说："这么说你老婆不愿意为你做这些？那可太糟糕了。现在把地板拖干净，然后去干洗店把我的衣服拿回来。"十年后，他依然会去机场接我，为我做所有我不想做的破事儿。在他临死前，我会说："嘿，盖瑞，我当时只是开玩笑。你的安全语的确就是香蕉。"然后，我们会不停地笑啊笑啊。

◆

每当维克托和我吵架时，我喜欢拿出手机，给我俩自拍一张。这样做的目的是：如果他让我冷静一点，我就可以用照片证明，他看上去比我更生气。我可以说："你凭什么认为我在发脾气？看看这张照片里的我，多么可爱。而你看上去倒像一个脾气很坏的人。"这样做还有一个好处：我拍照时，他要么微笑，要么摆出一副臭脸，两者必选其一。无论哪一种，我的目的都达到了。另外，我认为自己关于一切事物的想法基本上都是正确的——如果他不同意这一点，我只要有一张他的丑照，就可以用"把这张照片发到推特上"来威胁他，直到他同意为止。

◆

　　我一直很好奇：刚学会飞的小鸟会不会试着停在云朵上？如果会，那种感觉是不是就好像你以为自己已经走下了最后一级台阶，但实际上还有一级，于是你摔了下来，发出一声"哦"的惨叫，引得周围所有人都看着你？那可太糟糕了。不过，就算小鸟干了蠢事，从云朵里摔了下来，它们至少也不会被其他人看见。

◆

　　我觉得把舒适的日子称为"色拉岁月"是一件令人匪夷所思的事情。没有人喜欢吃色拉。这是不是因为有钱人的餐桌上总会有色拉，即使最后它们通常会被扔掉？这是不是意味着，如果你有钱到可以在餐桌上放一些原本就是用来扔掉的食物，你就算"成功"了？因为这样还说得通。

◆

　　布鲁斯·斯普林斯汀曾经唱道："擦不出火花就点不上火。"但实际上你也可以用放大镜点火。这句歌词以牺牲自然科学为代价，破坏了韵律规则，还可能引起火灾。另外，也许用放大镜点燃的仍然是火花？也许第一簇火苗就叫作火花？但这就等于在说"没有火就不能点火"。那只是一句胡乱写下的歌词。布鲁斯·斯普林斯汀显然没有掌握自然科学的精准性。

◆

人们把耶稣降生的马槽称作"crèche"，是因为它听上去和"crotch（胯部）"这个词很像，而婴儿又是从胯部出来的吗？如果真是这样，那他们也太懒了。不过，在这个词里放上一个声调还是挺好的，这声调增添了一抹迫切需要的优雅感。

◆

现在的小孩再也不用包书纸了。为什么会这样？他们将错过学校里最有意思的事情——在包书纸上涂鸦小鸡鸡和脏话，再画上开了花的葡萄藤，把它们掩盖起来。过去，我们的包书纸上经常有一些广告，大部分是轧棉机和殡仪馆。这是一件很奇怪的事情，因为我们是孩子，我们没有钱，也不喜欢买这些东西。我一直不理解，为什么要付钱埋葬尸体，明明可以给猪吃。我的意思是：我们周围到处都是养猪场，而那些猪又需要吃东西，这样做一举两得。我们只会把包书纸翻过来（在画了一个男人在棺材里不合时宜地勃起之后），在完全空白的一面上为自己设计将来的文身图案。

在学校里，我们还使用皮革封面的笔记本。我听说这不是每个人都能够拥有的东西。它是一种用皮革制成的、装着拉链的笔记本，当地的马鞍制造商还会在上面手工刻下你的名字。你把家庭作业放在里面，每个人都有一本，但它的确非常昂贵。后来，作为生日兼圣诞节的礼物，我终于得到一本。当时我读八年级，这个礼物让我非常兴奋。没错，我的礼物是学习用品，我还为此开心得要命。那是一段单纯的岁月。也许就是所谓的色拉岁月。

其实我想说的是，小孩会为最愚蠢的事物兴奋不已，之后这件最愚蠢的事物会变得极其受欢迎。这就是为什么我总尽量避开那些很受欢迎的事物，比如学习用品，而倾向于一些不受欢迎的事物，比如被猪吃掉——我是指抽象意义上的。我曾经被一大群猪围绕着，但它们没有一个想吃我。隔壁的养猪师傅对我说，那是因为猪很挑剔，不吃还活着的人。这种说法好像很奇怪，因为我觉得"吃尸体"和"挑食"应该是截然对立的两件事情。不过，在这方面，我还是听从专家的意见吧。

◆

每当海莉告诉我学校里有孩子欺负她时，我总想去找那些孩子，告诉他们我就是未来的他们，会遭遇很痛苦的失败。我大概还会说："看看你长大后会变得多胖！"

◆

昨天我在加油站看见一个女人，她的孩子和海莉参加了同一个童子军队。但是，由于我当时穿着睡衣，只好躲了起来，直到她离开。加油站里有一排贺卡，我仔细地翻看着，想让自己看上去比较正常。我取出的贺卡是一罐豆子的形状，上面有一对斜眼。我觉得它很奇怪，接着发现这是一张打开时会唱歌和震动的贺卡，结果就变成了这样一个场景：我站在那里，拿着一罐豆子，上面还有一对斜眼。罐子摇摆着身体，在加油站里对我大声唱着生日快乐歌。那一刻，我就好像在参加一场比赛，争当史上俗气得最引人注目的人。我朝着那个女人无力地招了招手，说："我不是你认识的那个人。"可是她不相信。我当时应该把贺卡摔在地上，然后大叫："骗人的巫术！"但你总在事后才想到这些。

◆

我的验血报告显示，我的身体里缺少镁和硒。医生没有让我补充维生素，而让我"每天吃两粒巴西坚果"。我一直认为，将来食物会变成药，可是现在他们让我把食物当药吃，这是一种倒退。另外，医生让我吃世界上最差的坚果，那种谁都会扔掉的坚果，这也挺糟糕的。我需要开展一项募集活动，让这个世界上的每个人把一直留在他们罐子底部的两颗坚果寄给我。

我告诉维克托，我的验血报告出来了。"医生说处方是坚果"。而维克托说我把"处方"和"诊断"搞混了。[1]

◆

卷福就好像正在经历本杰明·巴顿传奇的艾伦·里克曼[2]。

◆

我不理解人们为什么一直在宣传"不要甘于平庸，要做个与众不同的人"之类的想法。你已经极其与众不同了。每个人都极其与众不同。这就是为什么警察要用指纹来鉴别身份。所以，你已经极其与众不同了……只不过这种"不同"和其他人如出一辙（这种"不同"喊起来确实不够响亮，也不会被印在任何一次游行的T恤衫上）。我们没有人可以凭借与众不同而与众不同，因为

---

[1] 请回看上一句，英语中，nuts除了意为"坚果"，还有"疯子"的意思。
[2] 卷福（Benedict Cumberbatch，生于1976年），英国著名演员。因其代表作电视剧《神探夏洛克》而被中国观众熟知，卷福是他的昵称。本杰明·巴顿，美国作家菲茨杰拉德的短篇小说《本杰明·巴顿传奇》里的主人公，他的一生是一个返老还童的过程。艾伦·里克曼（Alan Rickman，1946—2016），英国最多才多艺的演员之一，《哈利·波特》系列电影中斯内普教授的扮演者。

与众不同是你所能做的最与众相同的事情，因为它是一件会自然而然地发生在每个人身上的事情。所以，相比"做一个与众不同的人"，我们或许更应该说："尽情地做个显而易见的浑蛋吧，因为与众不同已经让别人占有了。"——已经被所有人占有了，这可真讽刺呀！

或者，我们应该把这句话改为"不要甘于平庸，要做一个**最平庸的人**"。

◆

我愿意付钱让人们停止滥用语法，但我愿意付更多一点的钱确保自己为呼吁人们别犯语法错误而写下的文章里没有语法错误。

◆

如果你在一碗彩虹糖上放一堆变色龙，在这一堆变色龙上再放一堆变色龙，结果会怎样？这算是科学研究吗？如果算的话，那么我终于明白了人们为什么要研究科学。

◆

我应该创办一个"失物博物馆"。馆内到处都是空的玻璃展示柜，因为展品都已经丢失了。另有一个放着单只袜子和钥匙的大展厅，里面还放着我的理性、维克托的异想天开和他的耐心。那个地方会被塞得满满的，或许还得扩建。

◆

如果有人认为在干草堆里找一根针是很难的事情，那么他肯定不是一个被褥缝纫工。针会找到你。你只需要在干草堆上走一会儿，就能找到针。它们比散落在地板上的乐高积木更糟糕。如果这个方法不管用，那就烧一把该死的火。人们应该把"在干草堆里找一根针"改成"在满满一抽屉写不出字的钢笔里找一支写得出字的钢笔"。

◆

尽管维克托是一名共和党员，而我是一个超级自由主义者，我们的婚姻依然维持了很久。人们好奇我们是怎么做到的。我想这全靠沟通和妥协。比如上个星期，维克托说："你要是为你的善待动物组织会员卡办理续期，我就开车从一只松鼠身上碾过去。"他只是在吓唬我，他才不会这么做呢，除非他坐在别人的车上。

◆

　　我对乳胶过敏，它会令我暴发皮疹。大部分的避孕套我都不能用，因为人们最不想要的就是阴道皮疹。另一种会让我过敏的东西，是羊肠避孕套。它令我毛骨悚然，感觉好像维克托和我正在与一头绵羊一起做爱。实际上还是一头死掉的绵羊。所以，这是一种兽奸兼恋尸癖的行为，还算得上三人乱交。我还真的对维克托说出了这些想法，而他立即预约了结扎手术。这举动真贴心，因为这代表他关心我。可是他却声明说，这不是因为关心我，而是因为"我情愿割掉自己的睾丸，也不愿意听你谈论和一只死绵羊搞三人乱交的话题"。现在，我依然保留着所有没用过的避孕套。虽然用它们可以做出很大的水球，但是我打赌，它们一定更适合用来参加吹泡泡糖比赛。它们真的是非常耐嚼的绵羊泡泡糖。用它们参加比赛也许算是作弊。我不太了解吹泡泡糖比赛的规则。

　　◆

　　我的祖母过去常说："那些不是你在被公共汽车撞倒时希望自己穿着的内衣。"可是我认为，那种能够让我在被公共汽车撞倒时希望自己穿着的内衣还没有被发明出来。再说了，你被公共汽车撞倒时，内衣也许是你最不担心的一样东西，尤其在你拉了自己一身屎之后。通常情况下，你死后肠子会开始排泄，你会拉自己一身屎。所以，即使你穿了干净的内衣，在你祖母赶到现场时，它们也不会是干净的了。我想，这就是为什么人们在制造内衣时，应该在上面印一句"我发誓这件内衣早晨穿出来的时候还是完全干净的"之类的用于自我辩解的话。这就好比那些上面印着星期几的老式内衣，只是再也不必记得今天是星期几而已。我连早晨自己穿衣都很困难，更不用说回答我的内衣提出的"今天是星期几"的快速问答题了。另外，关于内衣的问题，我为什么要听取我祖母的意见呢？"奶奶短裤"已经成为世界上现存的最遭人憎恨的内衣了。我小时候，姨祖母奥莉每年圣诞节都会给我和我妹妹一卷十分钱的硬币和一包奶奶短裤。那些短裤非常大，我们可以一直拉到脖子上。我们假装它们是露肩紧身连体裤，穿着它们模仿《名人》杂志上的舞蹈家。不过，我们只在自己家里干这种事情；在公共场合的话，会很难为情的。实际上，如果被别人看见我穿着一直拉到胳肢窝里的奶奶短裤，像机器人一样跳舞，我也许会迎着公共汽车一头撞上去。说了一大堆，结果又绕回来了。

"遇害者身穿露肩紧身连体裤，拉了自己一身的屎。我们在她身上找到一卷十分钱硬币，目前已经联系上了她的祖母，并让她祖母明白了自己有多么失败。"

我得了一种睡眠障碍症，它也许会杀了我或其他某个人

　　如果你问我："你睡得好吗？"我通常会回答："从各方面来看都很好。"但是，今天的情况有些复杂，因为今天早晨我失去了我的两只手臂。

　　从好的方面来讲，这让我有了素材可写。当然，我不可能现在就写，因为我没有手臂。

　　（编辑批注：全部重写，别写得那么荒唐。）

　　（好吧。）

　　今天早晨，我六点起床，送海莉上学。回家后，我又在床上躺了一会儿。因为昨晚，我让一只死浣熊在厨房里表演杂技，搞到凌晨三点都还没有上床。

　　（编辑批注：我想说……算了，当我没说。）

　　这只死浣熊名叫罗里。我第一眼看到它，就爱上了它，因为它的样子像极了兰博——那是我小时候住在我浴缸里的一只浣

熊，它是一个孤儿，我收养了它。当时那个小孩给它穿上短小的套装，还任由它把她的水槽变成它自己的小瀑布。

罗里没有那么幸运地被小孩收养。相反，它遇到了一群坏家伙，最后被撞死在路边。然而，我的朋友杰里米（一位技艺突飞猛进的标本制作师）在它的尸体上看到了巨大的潜力（以及很难察觉的轮胎印痕）。他最后决定让罗里幼小的灵魂，尽可能地以一种快乐得令人极度不安的状态继续存在着。

照片承蒙杰里米·约翰逊提供

死浣熊罗里用后腿站立着，愉快地展开双臂。它看上去好像是你的惊喜派对上最兴奋的客人，也好像是"时间之神"，正在令时间倒流。

每当我把它拿出来给别人看时，它脸上难以捉摸的大大的笑容总会引得别人咯咯地笑（通常有点紧张，还有些不太情愿）。也有一些人会尖叫着跑开。我想你的反应取决于你是否事先料到，会有一只欢笑得很诡异的死浣熊突然出现在你的面前。

维克托不能充分理解我对罗里的爱，但他也不能否认，罗里可能是人们爱过的浣熊尸体里最好的一个。罗里的两只小手臂永远伸展着，好像在说："我的天啊，你是我的最爱。我最爱的人。永永远远。请让我带着爱意把你的脸啃下来。"每当我完成一个特别不可能完成的目标（比如说，尽管我患有记忆力缺失症，但在治疗记忆力缺失症的药吃完后，我依然记得去买药），罗里永远会在那里，永远会与我举手击掌，表达它对我的支持，因为它知道每一个小小的胜利都值得庆祝。我上周一次也没有摔到井里，维克托不愿意就此对我表示祝贺。那只死浣熊却总在支持我。没有人能做到这一点。

"是没有人想到做这一点。"维克托纠正我说。

"能够无条件地获得鼓励和赞扬，我觉得很开心。"我对他解释说，"有些人总吝啬于跟别人击掌，但罗里从来不会让我的手白白地悬在空中。"实际上，从生理的角度来讲，罗里是不可能做到让我的手白白地悬在空中的。一个念头瞬间划过我的脑海：将来有一天，我把维克托也做成一个标本，让他也摆出一副兴高采烈的庆祝姿势。但我立刻又意识到，那样就没人能认出他了，而他大概会露出一副讽刺的神情，好像在说：只有在我莫名其妙地摔倒了或者我又因为忘缴电费而被拉了电闸时，他才会与我举手击掌。

维克托认为标本是一种浪费钱的东西。他断言："死浣熊没有什么用处。"但是，我已经一次又一次地证明了他是错的。维克托指出，他实际上想说的是："死浣熊照道理应该没有什么用处。"说实话，这才更像他说出来的话，但我还是不同意。

有一次，维克托正在Skype上开工作会议。我悄悄地蜷缩在他身后，满怀恶意地把罗里慢慢举到他的肩膀上。视频里的人惊呆了，因为他们看见一只精神失常的浣熊探出脑袋，好像正在偷听别人谈话的令人毛骨悚然的连环杀手。维克托意识到罗里正在他身后，他很擅长地叹一口气，提醒自己要锁上办公室的门。不过话说回来，在这件事情上，也有维克托应该感谢我的地方，因为这是一个可以用来判断他的朋友或同事对他是否忠诚的完美测试。如果他们很忠诚，他们就会主动说："嘿，有一只浣熊爬到你身上来了。"这就跟"裤子拉链没拉上"的测试一样，但效果要好上一千倍，因为几乎所有人都会清清喉咙，对着你的裤裆抬起眉毛，让你意识到自己忘了拉上拉链，但只有真正关心你的傻瓜，才会打断会议的进程，对你说："伙计，小心那只该死的浣熊！"值得赞扬的是，大部分与维克托通话的人都会提醒他几句。我说他们都通过了测试。然后，罗里做了一个爵士舞的手势。接着，维克托把我俩都锁在了办公室门外。我把罗里的爪子从底下的门缝里塞进去，用浣熊细细的嗓音说："我想帮你。求求你了。让我帮你吧。"

当邮递员来到我家门口投递包裹时，我把门打开一条缝，让罗里往外探出脑袋："你好嗷嗷嗷嗷啊！"罗里说话时带着傲慢的英国口音，"但愿你不需要我签字，因为我不记得把自己的大拇指放在了哪里。"最后，邮递员只好不再按门铃，把包裹留在门廊上。这样很好，因为省掉了尴尬的闲聊。

有时候，我会把它藏在被子底下（我是指罗里，不是指邮递员）。维克托一拉开被子，就会看到罗里躺在他的枕头上，罗里好像在说："给你一个惊喜，杂种！你的床上有一只死浣熊，它想要抱抱。"接着，维克托会狠狠地瞪我一眼，要求我跟他换枕头。

维克托无法理解罗里身上蕴藏着的狂热的爱，但我想他已经开始接受一个事实：这就是我用来表达爱意的语言。其他女人也许会用烘焙点心和手编拖鞋来表达爱意，而我用的是动物的尸体。维克托想要竭尽全力理解这一点，但对他而言，躺在他床上的死掉的动物，还不如他的内衣值得他关心。说实话，很难判断那个男人心里到底在想什么。他是一个谜。那家伙。

昨晚，我想到罗里非常适合骑猫咪（就好像猫咪是毛茸茸的小马，而罗里是杂技明星），但那些猫咪似乎不太明白这将会是一件多么好的事情，所以它们极其不配合。我想给浣熊罗里制作一本精彩表演照片集，但它们不买账。（如果我的那些猫也玩Instagram，它们一定会对我要做的事情很感兴趣。可惜它们不玩，所以它们也不会操这个心。）我把罗里放在它们的背上，它们一动不动地站了一秒钟。可一旦我退后几步，给镜头对焦，它们就会转过头来，做出一副"你在搞什么？为什么有只浣熊在我背上？凭什么由你来支配一切"的表情，然后侧身躺下，好像一群不懂艺术的乡巴佬。罗里轻轻地滚到地上——我怀疑对那些猫咪而言，这是一个令人费解的信号，因为罗里依然在空中挥舞着双手，好像它完全不介意刚才发生的事情，似乎正在为那些猫咪是一群浑蛋而欢呼。我说："你们这些小东西快气死我了！"而这时它又为我生气了而开始欢呼。说实话，要一直对那只浣熊生气是不可能的。

凌晨两点左右，费里斯·喵喵终于投降了，它四脚站立起来，把欣喜若狂的罗里驮在背上。虽然有点不乐意，但还是顺从了。我说："这样就对啦！费里斯·喵喵，你将成为美国的下一位超级模特！"但就在这时，维克托打开卧室的门，大吼大叫道："这里该死的发生了什么？现在是他妈的凌晨两点！"费里斯·喵喵被突如其来的吼叫吓坏了，猛地冲向走廊。在它飞快地穿过客厅时，罗里依然卡在它的背上。维克托说："见鬼，那是什么东西？"我猜这是因为他的眼睛还没有适应光线（或者还没有适应眼前一只欣喜若狂的浣熊在一只家猫光秃秃的背上玩耍的画面）。我一开始考虑要不要假装和他一样惊讶，并声称可能是一只卓柏卡布拉[1]潜入了我家。但我后来想到，这样说也许会导致

---

[1] 指被怀疑存在于美洲的一种吸食山羊血的怪物。

他提出更多的问题，便放低了照相机，尽可能装作无辜的样子，说："什么是什么？"我祈祷他会掉头离开，并怀疑他自己是不是疯了。而他确实这样做了，但不是因为我成功地愚弄了他，而是因为他实在想不通，自己怎么会娶了一个三更半夜为几只驮着死浣熊的猫咪拍摄秘密照片的女人。但这又不是我的错。我长期失眠，从懂事起就这样了。如果你经常在凌晨两点独处，那么这类事情是早晚会发生的。

（编辑批注：还记得你在三页前说你失去了双臂吗？我们怎么还没读到呢？你是不是已经忘了这个故事主要想讲的事情？）

（我说：我正要说那件事情。是的，你不能在一个故事的开篇只提到失去双臂，但又不交代一些必要的背景。这个大家都知道。）

我终于在凌晨三点睡去。早晨七点，我醒了过来，送海莉去学校。然后爬回床上，又小睡了一会儿。我睡得很舒服，但到了九点半，手机闹钟铃声大作。我试图伸手把它关掉，但就在这时，我意识到自己的左臂不见了。

我想："好吧，这可真奇怪。"

我低头看了看："等等，不，它还在那里！"

我的左臂笨拙地耷拉在我的头顶上，处于完全麻木的状态，因为亨特·S.汤姆猫正躺在上面，阻碍了血液的流通。我转动肩膀，面朝手机。亨特不情愿地滚了下来，但我的手臂只是直直地落在前方，好像僵尸一样。我的手快要碰到手机了，但我无法操纵自己的手指去点击屏幕上的"再小睡一会儿"按钮。我怒气冲冲地瞪着我的手指，似乎想用意念来移动一个没有生命的物体，只不过那个没有生命的物体是我自己的手。闹钟铃声更响了，我想用另一只手臂把自己支撑起来，但因为我的另一只手臂在我的身后一动不动，它也在睡觉，所以最后我只是扑腾了两下，好像一条离开水的鱼。我从未遇见过这种事情，简直怪出天际了。我开始担忧自己的身体意外地陷入了针对双臂的局部瘫痪。或者这是我自己有意选择的瘫痪，但这好像又不太可能，因为大部分瘫痪的人宁愿说"我感觉不到我的双腿了"，也不愿说"我的双臂不管用了"。

亨特走到我的身边，盯着我看，好像在说："你为什么不去关掉那个吵吵嚷嚷的声音？你有病吧？"但它这样做对我毫无帮助。我成功地让自己像弗兰肯斯坦一样，挣扎着转换成坐姿，并坚持着把我的双臂悬在"再小睡一会儿"按钮的附近，但这并不管用。闹钟铃声越来越大，我听见维克托怒气冲冲地踏着地板，朝着卧室走来。他一边走，一边大叫："我的上帝，你还在床上睡觉吗？"我不想告诉他：不只是我还躺在床上，我的两只手臂甚至还没醒过来。我感到害怕，于是快速地滚下床沿，躲在床后面。显然当时我没有考虑清楚，我忘记了自己没有手臂，滚下床时无法调整自己的身体平衡。"砰"的一声，我脸朝下地摔在了地板上，这时我才意识到两只健全的手臂能带来多大的帮助。你从来不会想到要对你的手臂表示感谢，直到有一天，你需要它们帮助你避免把脸砸在地板上。

亨特·S.汤姆猫的目光越过床沿，疑惑地看着我，好像在说："你到底在干吗？那下面有吃的吗？"它跳到我身边的地板上，确认到底有没有食物。维克托冲进了房间，大声嚷嚷道："你的闹钟为什么一直在响？我正在和别人开电话会议！"接着，我听见他怒气冲冲地关掉了我的闹钟铃声。

我看着亨特，对它说："嘘，别说话，我们会没事的。"而它也盯着我看，好像在说："你说的'我们'是什么意思？"

维克托沉默了一会儿。我看着他的双脚往浴室方向走去，他在那里找了找我，然后又走了回来，问："你在哪里？"但我没有吭声。我在等他走开，然后我就能偷偷溜到我的书桌前，假装我已经在那里坐了好几个小时。我的计划原本很完美，但都怪亨特跳上我的屁股，看着站在床对面的维克托，好像在问："你们人类为什么要这么做？你们在玩游戏吗？"

维克托绕着床走了过来，叹了口气。我对他说："这里面什么人也没有。"但受到地板的影响，我的声音含混不清。他指责我没有在工作，而在躲着他。我说："实际上不是这样的。我趴在这里，是为了帮助你避免看到你的这位残疾的、偶尔会瘫痪的老婆。我其实是想保护你。"维克托对着我做了一个表情。我猜是同情，也可能是爱。我无法确定，因为我的脸依然朝着地板。但我不会以恶意揣度他，因为这就是婚姻的真谛。

我突然意识到，整件事情也许能够写成一个很好的章节。我想把它们都写下来，但我不能写，因为我没有手臂。于是，我只能说："实际上，我正在这里写我的书，但我没有办法打字。你能不能打开我手机上的语音识别功能，再把手机放在我的脸上，这样我就能把我口述的内容都记录下来，因为我的手臂现在动不了。"维克托说："你的手臂现在动不了？"我说："是的，也许是我的睡相不好，导致血液流通不畅，我的两只手臂到现在都还在睡觉。"

"天啊，"他说，"你这人得有多懒哪！你在跟我说话的时候，四肢居然还在睡觉。"

"恰恰相反，"我一边解释，一边挣扎着想要翻身，"我是太勤劳了。在我的身体还没完全醒来时，我就已经醒了，而我会说，'去你的手臂，没你我一样可以做很多工作。'我是一个多么拼命的人啊！"

我的左臂开始慢慢恢复知觉。我抬起左臂，想把亨特从我的鼻子上挥走，但结果只是扇了自己一巴掌。

维克托瞪着我，眼神里充满着担忧和无可奈何："你刚才打了你自己。"

"可能是我的手臂正在造反。你只需要把手机放在我脸上，然后把我一个人留在这里，就可以了。我在这里有重要的工作要做。"

他失望地摇了摇头，但还是照我说的做了。我开始口述，但听写软件总是对我的故事进行自动更正，把它变得不那么荒唐。那一刻，连我的手机也要跟我造反。亨特看见手机屏幕上有词语在移动，便不断地拍打屏幕，导致光标位置跳来跳去。我灰心丧气地把头贴在地毯上，感觉如针扎般的疼痛朝着手臂涌来，心想着不知道海明威多久会遇上一次这种该死的事情。

维克托断言这种事情不会发生在那些正常的家庭里，但有一点我非常确定：整件事情都应该归咎于一个事实，那就是我收集了几个在现实生活中的确存在的睡眠障碍症。我收集神经病学研究的障碍症就好像别人收集漫画书——这个想法不算太惊人。我在收集障碍症方面具有极高的天赋，这让我在睡眠中竟然也能收集到一个。维克托认为这不是一件值得炫耀的事情。这或许是因为他从没得过任何障碍症，他出于嫉妒才这么说的。

我的上帝。这可不是一场竞赛，维克托。

（但如果这是一场竞赛，我肯定能赢，易如反掌。）

多年以来，维克托一直在催促我去做一次睡眠测试，但我觉得这是浪费时间和金钱。我知道自己不太正常，所以我并不想要任何证据来证明这一点，即使这证据只说明了我在没有意识时的表现。

再说了，我不是唯一有睡眠问题的人。维克托从小就会说梦话。他在八岁那年，有一次和他爸一起旅行。凌晨两点，他坐在黑暗的酒店房间里，睁着眼睛，抬起手臂，指着黑暗的走廊，说："那个站在角落里的男人是谁？"说完，他躺了下来，立刻又睡了过去。他爸在旁边一声不吭，但已经吓得屁滚尿流——这也许只是比喻意义上的吧。

几周前，维克托大喊大叫着醒来："女士，你打错电话了。我们家的猫咪根本不在医院里，它不想要睡衣。"可怜的维克托。就连在梦里，也会被浑蛋纠缠。

这可能是一种遗传病，因为我爸也有严重的睡眠问题。我小时候从未发现这一点，因为你总假设自己生活在一个正常的家庭里，直到有一天，你意识到别人的爸爸不会打断人们的谈话，就为了告诉他们他想小睡一会儿，接着便躺在客厅的地板上，睡了二十分钟。他打呼噜的声音非常响亮，听上去好像《小红帽》里的大灰狼，只不过这出戏在这里是情节倒着演的。无论我们在哪里、和谁在一起，我爸经常会停下来，躺在地上，立即睡着，直到被自己的呼噜噎住，才醒过来。有一次，维克托带着我爸在一场风暴期间去深海捕鱼。他们乘坐的渔船发疯似的摇晃着，船底盛着海水和鲜血，船上所有人都晕船了。这时，我爸说："好吧，如果没有其他人想小睡一会儿，那我去睡了。"于是他躺在一摊鱼血里，沉沉地睡了（但他睡觉的声音一点儿都不沉静）四十分钟。在维克托（和船上其他所有人）看来，做出这种事情，简直是疯了；但在我看来，这很正常。我认为维克托有点大惊小怪，他应该为我爸当时没有脱裤子睡觉而庆幸。

我从我妈那里遗传了失眠症，从我爸那里遗传了打呼噜和白天睡觉的毛病。此外，我睡觉时还有我自己独有的特色：呼吸衰竭和窒息。最后，维克托说他再也受不了，他让我去寻求医生的帮助。

我的医生认为，我睡觉时会打呼噜和窒息，很可能是由我的失眠症引起的。于是他开了一些镇静催眠药给我。这种药对于正常人也许真的很有效。然而，我第一次服药后，等着它让我睡着，但它始终没有。几小时后，维克托在一个衣橱里找到了我。我说我能透视明信片，还说我找到了第五维度。维克托认为我好像有点精神崩溃，而我觉得这是在侮辱我，因为我完全有可能找到第五维度，但他不肯相信我，还把我放到床上，叫来了医生。医生说她忘了告诉我，服药后必须立即躺在床上，否则我的头脑睡着后，身体依然会醒着。她告诉维克托，她父亲也有过同样的遭遇（人们发现他在前院里游荡——只穿着袜子——对着一些树木，问它们为什么要恨他）。她母亲带他去看急诊，因为她认为他一定是中风了。我被这个故事吓坏了，扔掉了镇静药（以及访问第五维度的全部希望），并告诉维克托，我可以去做睡眠测试，只要他再也不会为了让我"体会他的痛苦"而把我睡觉打呼噜的样子拍成录像，并在我的枕边播放，直到我被吵醒。

我去看了一位主治睡眠的医生。这位医生解释说，在做睡眠测试时，人们会看着我睡觉，通过监测我的脑波，确认我在睡眠的四个阶段里分别会有怎样的反应。我拼不出所有那些复杂的单词，所以我无法具体解释那些睡眠阶段，但它们基本上处于从"完全醒着"到"差一点就要死了"的程度范围里。

相比之下，我的睡眠阶段更复杂一点。

睡眠的七个阶段（根据我的身体划分）：

第一阶段：你吃了最大剂量的安眠药，但它们根本不管用。到了凌晨三点，你瞪着得意扬扬的药瓶，低声说道："你这个该死的骗子！"

第二阶段：你睡着了八分钟，做了一个梦。梦里你错过了整整一学期的课，不知道自己应该去哪里。你醒来后意识到，自己即使在梦里也把生活搞得一团糟。

第三阶段：你闭上眼睛，感觉只过了一分钟。整个过程中，你一直保持清醒。然后，你睁开眼睛，这才意识到，其实在你闭上眼睛之后，已经过了几个小时。你感觉自己的一部分时间不见了，也许在那段时间里你被外星人劫持了。

第四阶段：你错过了这一阶段的睡眠，因为你一直忙着在手机上搜索"被外星人劫持后会产生的症状"。

第五阶段：这是能够帮助你完全恢复活力的快速眼动睡眠期，但它实际上并不存在，它是别人编造了用来嘲笑你的。

第六阶段：你徘徊在一种半睡半醒的状态里。你想保持这种状态，但有人在摸你的鼻子。你以为那是在做梦，但接着又有人在摸你的嘴。你睁开眼睛，看见你的猫咪的脸近在咫尺，它好像在说："噗，我逮到你的鼻子了。"

第七阶段：你终于陷入了你极其需要的深度睡眠，但不幸的是，每次深度睡眠来了，你的起床时间也到了。你为自己的深度睡眠而感到愧疚，因为它导致你晚了几个小时才起床。谁让你昨晚一夜不睡呢，现在连你的两只手臂也不见了。

我怀疑在整个睡眠测试中，我唯一经历的睡眠阶段是睡不着，因为一群陌生人正在观察我。

这件事情从一开始就令人窘迫不安。我是在太阳落山后到达诊所的，通往诊所的入口竟然是一条黑暗的小巷。我敲了敲锁着的大门（敲门声惊醒了一个流浪汉，他当时睡得正酣——这可真是讽刺，也许他在挖苦我）。我起初非常确定：这里很可能是那种每天收费做几十次堕胎手术的地方。但护士打开门后，我发现里面非常亮堂而又舒适，丝毫没有堕胎的迹象。

他们把我带进一间卧室。护士问我要不要换上睡衣，我不好意思地解释说，我穿着的汗衫其实就是我的睡衣，我感觉自己穿得不像个睡觉的样子。不考虑睡衣的话，在这里的感觉就和在家里一样，除了那台摄像机、持续监测仪、插在我鼻子里的氧气管、贴在我手指上的感应仪和粘在我的头皮上用来监测脑波的若干电极。连通电极的电线是最令人不舒服的，因为它们爬满了我的脑袋，令我看上去好像美杜莎，头上盘着一条条缺乏食欲的蛇。不过，凡事总有好的一面：电线的重量把我的脸往后拉，就好像一个小型脸部提拉器，令我看上去迷人得不可思议——只要你能彻底忽略我头上的那些缺乏食欲的蛇。护士不停地调整粘在我前额上的电极，因为她说："它们读取不到信号。"这明明是在骂我嘛。

没有什么比从膝盖到头皮都粘上电极电线更能"祝你好梦"的了。

护士警告我，这里有一个病人会梦游。不过如果他走进了我的房间，他们会赶来把他弄走。这根本就是在用令人无法安心的方式叫人安心。我在瞪着天花板看了几个小时之后，刚开始感觉有点迷糊，就被隔壁房间一个女人疯狂的尖叫声吵醒了。我猜想她已经被那个会梦游的病人用刀刺死了。我直挺挺地跳了起来，但我头上的蛇连在我身后的墙壁上，它们又把我拉回床上。我暗自思忖："好吧，这真是一种疯狂的死法。"

护士急匆匆地跑了进来，安慰我说一切都正常，那个尖叫的女人只是有夜惊的毛病。我点点头表示同意。这时，我看见那个会梦游的病人碰到了我房门外的一把椅子。我的第一反应是赶紧逃跑，但我被电线和感应仪松松地缠在床上，而且护士和清洁工正看着我。在接下来的一分钟里，我意识到这里在很大程度上就像一家精神病医院，甚至更加疯狂，因为我们都是自愿来这里的，好像来参加为一群怪人举办的恐怖的睡眠派对。我确定自己不可能再次入睡了，但事实上我后来肯定又睡着过，因为凌晨四点的时候，另一个护士把我摇醒，唐突无礼地对我说："你现在可以走了，我们已经得到我们需要的东西了。"她拒绝告诉我他们得到的具体是什么，我开始怀疑是我的肾脏。

我有点昏昏沉沉，但他们还是把我送出了后门。当时天还黑着，我就好像和一家睡眠诊所搞了一次一夜情。

一周之后，医生作出了诊断。他通知我，说我患上了几乎所有的睡眠障碍症，除了一种我想患却没患上的——一种会在睡眠中暂停呼吸的疾病。他们会给得了这种病的人戴上一个能够把氧气输送到鼻孔里的头盔。我想要一个这种头盔。迈克尔·杰克逊为了抵抗衰老，睡在充满氧气的房间里，这种做法对他非常有效，而我很肯定，这种头盔就是一个缩小版的氧气房。

可惜，我没有睡眠呼吸暂停的问题，却有一大堆其他的疾病。我这个人，甚至在没有意识的时候，也会出现不少问题，包括：

睡眠中的间歇性四肢运动障碍症：类似于不安腿综合征，但只在睡眠中发作。我觉得这没什么大碍，因为我认为那只意味着我的双腿会抛下我自己去慢跑。老实说，这是唯一能够让我慢跑的方式。我小时候养过一只狗，它也有同样的问题，因为它侧身睡觉时，总做出跑步的样子。我们看着它不断抽动的腿，说："噢，它在梦里追赶兔子！"这一定是世界上最可爱的睡眠障碍症了。（但根据维克托的说法，我的版本并不像"很可爱的跑步"，而有点像除妖驱魔，充满了各种可怕的拉扯和扭动。）

打鼾：在睡眠测试中，他们并没有发现我有窒息的现象。

但我经常会因为窒息或响亮的鼾声而醒过来。那也可能是因为维克托捂住了我的口鼻，他受不了我响亮的鼾声。我确实经常打鼾，因此医生给我配了一些放在鼻孔里的小夹子，它们能够帮助呼吸顺畅。但是结果，由于鼻子里放了夹子，你的呼吸会变得愈发困难。这种治疗打鼾的方法我只尝试过一次，但我已经充分意识到，这种方法其实是一种慢性窒息，一种被公认为非常安静的死亡。此外，我对鼻塞子也有过敏反应，我的两只鼻孔都肿了起来。这似乎是一种更经济、更天然有机的窒息死亡法，可我还是情愿打鼾窒息而死。就叫我疯子吧。

癫痫："看上去你好像患有一种不常见的癫痫症，但目前还没有专门的治疗方法。"我问医生，既然如此，为什么还要告诉我这些呢？"你需要一直留意着。"他回答说。我不知道我应该如何留意一种只会在我失去意识时发作的疾病。我甚至不能确定他是不是在挖苦我。

阿尔法脑波干扰：当你睡着时，你的大脑中应该只产生德尔塔脑波。但是据说，我的大脑始终受到阿尔法脑波的干扰。所以，当我的身体睡着时，我的脑子里却满是醒着的时候才会出现的活动。这也就是说，即使我睡着了，我也仍然醒着。我怀疑我的大脑和双腿相互勾结，我的整个身体都在强迫我在睡眠中做代数题和进行体育锻炼。难怪我该死的那么累！现在想来，阿尔法脑波干扰就是指半个你已经睡着了而剩下的半个还醒着……就和今天早晨我的两只手臂出现的情况一样。"砰！"这好像我的大脑刚刚做了一个扔掉麦克风的动作。

我把睡眠测试的结果告诉了维克托，但他没有把它当一回事儿，直到我指出，大部分有阿尔法脑波干扰问题的人最后都死了，他才看上去有些忧虑。我感觉有点对不起他，于是我承认他们并不是死于阿尔法脑波干扰。只是，你也知道的，大部分人都死了，因为人到最后总是会死的，虽然我不知道阿尔法脑波干扰在这方面起到了怎样的推波助澜的作用。

维克托叹了口气，安慰我说："至今还没有人死于睡眠不足。"但我非常肯定世界上有过这种人。于是，维克托停顿了一下，然后改口说："也许应该说'至今还没有人死于睡得太多'。"而我说："我想你指的是昏迷。这跟我的情况不一样。"

"好吧，"他说，"每个人都有自己的死因，反正你不太可能因为睡眠问题而死掉。"

他搞错了，因为对我而言，最好的结局就是在睡眠中死掉。我上床睡觉，再也没有醒来。那么什么是最坏的结局呢？我被小丑吃掉。*

关于罗里的注脚：我实际上有两个罗里：罗里本人和它的特技替身，也就是罗里2号。我第一次见到罗里是在互联网上。我爱上了它，并告诉它的制作者杰里米，我必须拥有它。我向杰里米解释罗里多么完美地展现了"高兴死了"的笑容，而杰里米同意我的看法。遗憾的是，就在我爱上罗里的照片并要付款买下它时，罗里在拉斯维加斯的一个过山车上遭遇了不幸。这听上去好像是我刚刚编造出来的故事，但我向你保证，这是真的。罗里的临时监护人带它去拉斯维加斯度周末，一个彻底放纵的周末。它在那里摔断了四肢，还弄丢了它所有的手指和脚趾。这印证了一句古老的谚语："发生（弄坏）在拉斯维加斯的事情（东西）就让它留在拉斯维加斯吧。"杰里米气得发疯，他委婉地把这个坏消息告诉了我，并发誓会用他放在冰箱里的另一只浣熊的尸体为我再做一个罗里（比之前那个更好、更强壮，他还会在里面装上钢丝，这样它就能摆出各种姿势，还能更稳当地骑在猫咪身上）。

"第一只罗里的脸看上去怎样？"我问。

"它的脸上依然开心得跟那个该死的庞奇[1]似的，"他承认说，"但其他部分惨不忍睹。"

我考虑了一会儿，最后认为：一只摔得面目全非却依然欣喜若狂的罗里正体现了"高兴死了"的真谛。说到底，我们最有意思的地方就在于：搞坏了修好了然后又搞坏了。

"我要买下它。"我说，"见鬼，我要把它们两个都买下来。"

我就这样拥有了两个欣喜若狂的浣熊。我喜欢罗里2号的灵活

---

[1] 庞奇（Punch）是英国著名木偶剧中的人物，他和他的太太朱迪（Judy）是一对好心肠的夫妻，脸上始终洋溢着快乐的笑容。

完美（它的个子稍嫌大了一些——你只能买出车祸的浣熊，所以你也不能太挑剔了），但罗里1号才是那个我每次看着它都会忍俊不禁的家伙。杰里米修复了它断掉的手臂和腿，我爸花了一个下午的时间为它打磨了新的手指和脚趾。罗里看上去依然有点"不新鲜"，但也已经很不错了。我目前正在为它寻找一副小号的艾德曼合金金刚狼爪。

不过，就算没有金刚狼爪，它还是可爱的……破损的、有缺陷的。它的样子非常奇怪，即使那些喜欢研究标本的人看到它时也会想："怎么会搞成这副样子？"可它依然把欢乐和笑声带入他们的生活。那只浣熊是我该死的人生榜样。它是有史以来最好的也是最坏的守护神，我希望自己长大后，就像它一样。

* 即使我被小丑吃掉，我仍然可能在死前失去意识。实际上，人们在临死前的大部分时间里都不是醒着的。虽然我认为"再也不会失眠"听上去不错，而且这也说明了我有一点羡慕那些长眠于地下的人，但这并不代表我已经为长眠做好了准备，我只是很开心地意识到：自己最终还是能够睡着的。

他们又来这一套了，不是吗？

是的，是的，他们又来了

一只脚里有多少种碳水化合物？

我想我是世界上最后一个没有吃过羽衣甘蓝和藜麦的人。人们热烈地讨论它们，说它们是接下来要发生的一桩大事件。可是，维克托曾经为我做过这种最近大受欢迎的食物，吓得我到现在仍然像一只惊魂未定的兔子。我说："这米饭已经馊掉了，我完全没想过米饭也会馊掉。"维克托解释说，这是意大利调味饭。我说："就是戈登·拉姆齐[1]一直在嚷嚷的东西？太令人失望了。这就好像调味饭不知道自己究竟是土豆泥还是米饭，于是它决定自己两样都是，但结果很糟。"

维克托争辩说，其实它更像粗玉米粉，只不过你能够在这种粗玉米粉上涂上一层厚厚的芝士和黄油，这样很能掩人耳目。我连一个人的脚也能吃下去，只要在上面涂上足够多的芝士和黄

---

[1] Gordon Ramsay，生于1968年，堪称英国乃至世界的顶级厨神。

油。维克托不屑一顾地说："你不会去吃一个人的脚，你连这些该死的调味饭也吃不下去。"我不确定他是否在用激将法，但也无所谓，因为他说得对。我有非常严重的乳糖不耐受症。晚宴上所有人都痛快地吃着芝士黄油脚，而我只能吃清淡寡味的白煮脚。这就是我一直为之挣扎的事情。这非常真实。*/**

◇

* 维克托刚刚读了我写的这篇文章。他说，看上去我会把我自己的脚吃掉，那真是荒唐可笑。我甚至不知道自己为什么要澄清，但我还是想把话说清楚：我不会吃我自己的脚，那样太野蛮了。维克托说，吃别人的脚也不太合适。不用他说，显然我也不会这么做，除非这只脚是无公害地收割来的。这就好像一些印第安原始部落里的人通过吃尸体表达敬意。你不可能在不对他们造成任何冒犯的前提下，让他们停止这种做法。

"噢，你的芝士脚看上去很美味。不过，我在一小时前刚吃了某个人的奶奶，所以现在我、很、饱！"

没有人会把这种话当真。

不过说实话，我确实有点好奇：人肉尝起来是什么味道？食人族说我们的肉尝起来跟猪肉一样，而熏肉是我的灵魂动物[1]，

---

[1] 很多西方人相信每个人都有一个或几个灵魂动物，它代表了这个人的人格特质以及他希望在一生中习得的技能。

所以我们的味道大概很好。我为那些曾经是食人族的部落感到难过。基督教传入之后，不可避免地毁掉了一切，从此他们停止了吃人。怀念小时候尝过的味道是一件不光彩的事情，何况已经没有人再吃那种东西了，因为吃掉你死去的叔叔突然间变得不那么酷了。那是一种低等的渴望。并不是说我对这方面很了解，因为我从没吃过人。见鬼，我甚至从没吃过羽衣甘蓝。

** 我这才意识到，这个注脚竟然关于脚。太棒了！举起手，我们击个掌！我想乌云背后总有幸福线[1]，即使涉及的是让你恶心得吃不下的人类的脚。

---

[1] 美国谚语，引申为再糟糕的情况下也有好事发生，鼓励人们要坚持下去。

假装你很擅长

这点血没什么好担心的，甚至不需要缝针，只不过血会不停地从我肿胀的脚上滴下来。

一月，我去了一趟纽约，为我即将出版的第一本书录制有声书，并参加一场为预售宣传而举行的午餐会。这两项任务在图书出版业中相当常见，但由于我以前从未接触过，它们都让我感到很害怕。午餐会的邀请函比我的婚礼邀请函写得更热情周到，于是大家都来了。他们分别来自《纽约时报》社、哥伦比亚广播公司、《奥普拉杂志》社和其他一些我甚至从没听说过的机构。我的代理人和出版商努力让我意识不到这次午餐会的重要性，因为他们知道，我的焦虑症会给现场带来大麻烦，而且我已经警告过他们（只是半开玩笑地），整个午餐会期间，我可能会一直躲在桌子底下，而他们必须设法向来宾们解释：作家都是一些臭名昭著的怪人。作家确实都很古怪，但我知道自己不止古怪。

我还有精神疾病。

这个词曾经令我害怕，但现在我穿着它就好像穿着一件旧外套，感觉很舒服，尽管很丑陋。当人们用一种好像我已经失去了心智的眼光看待我时，它为我保暖。我没有失去心智，我只是得了精神疾病。两者有所不同。至少在我看来，是有所不同的。我强烈地意识到自己有问题。我知道躲在桌子底下和洗手间里是不正常的。我知道我已经为自己的人生争取到了在必要的时候可以躲起来的权利，因为这是我能活下去的唯一方式。我知道，当焦虑症发作时，我的身体并不会像我感觉的那样杀死我。我知道，当自杀的念头在我的脑海中挥之不去时，我应该告诉某个能帮助我的人，因为抑郁症是一个诡计多端的操纵者。我知道抑郁症会撒谎。我知道每年总有几个星期，我会感觉自己的脸就好像一张陌生人的面具，只有身体上的疼痛才能把我带回我的身体。我知道我能够对自己造成的伤害是有限的，我只要待在自己的床上，就依然是安全的。我知道自己疯了。正是我所知道的这一切，让两者有所不同。

那天的午餐会进行得还算顺利，只是我没能成功地与几位大人物打上交道，但我成功地激起了他们的好奇心。他们想采访我，让我谈一谈自己能在过去的十年里写出这本书的关键因素。这本书有点像黑色喜剧。封面上有一只小老鼠的标本，它穿成哈姆雷特的样子，手里拿着另一只死老鼠的头骨，好像这是一只小小的约里克[1]。一开始，我只是跟出版商开玩笑，要求他们把我的死老鼠——哈姆雷特·冯史尼切尔[2]——放在书的封面上，但最终我们竟然没能为这本怪诞不经的小书想出其他更好的封面设计。这就是为什么我现在不停地向这本书的销售团队道歉，是我害得他们不得不去销售一本封面上印有一又四分之一只死掉的啮齿动物的书。

第一轮酒摆上桌后，我的责任编辑艾米发表了一场简短而完美的演讲。这段演讲比我婚礼上的任何来宾致辞都更精彩，不过前提条件是：当年我结婚时能找出几个足够了解我，可以为我致辞的朋友。接着，艾米让我站起来说几句。我颤抖着欢迎大家的到来，感谢他们和我一起踏上这段奇异之旅。说完，我感到有些害怕，因为我想不起来别人通常如何结束他们的演讲。就在这时，我意识到自己站在位于纽约的一家高档餐厅的中央，手里拿着从皮包里取出来的一只（又四分之一只）死老鼠。服务生看上去有些惊讶，我想我当时可能还把脸藏在这只小小的啮齿动物的后面，用老鼠尖细的嗓音，谈论了几句关于"做真实的自己的重要性"。餐厅里的大部分人对我一无所知，对哈姆雷特·冯史尼切尔更不了解。但我的那位有点惊慌无措的代理人向我投来了鼓

---

[1] 《哈姆雷特》中的人物。他生前是皇宫中的一位弄臣，死后头骨被一个掘墓人挖了出来，引发了哈姆雷特的一段思辨生死的独白。
[2] "冯（Von）"源自德语，表示某地的贵族，"史尼切尔"是Schnitzel的音译，英语的意思是"炸肉排"。

励的微笑，于是大家跟着她一起微笑了起来。

我对整场午餐会的记忆有些模糊了，但我感觉它是成功的。其中我最喜欢的一件事，是在所有人准备离开时，一个女服务生偷偷溜进来对我说，她是我的一个超级粉丝，迫不及待地想读我的书。我一开始怀疑是我的责任编辑付钱让她这么说的，但我在看见她紧张激动得完全失去了分寸的表情之后，才意识到她和我是同类。我紧紧地拥抱她，感谢她。她也许永远不会明白当时我多么需要她……她是我的定海神针，让我在一大群我不太熟悉的正常人汇成的汪洋大海里保持镇定。

午餐会结束后，我直奔录制有声书的小录音室。我不得不想了很多办法，最后才说服他们让我来念自己的书——需要说服是因为大部分有声书都是由嗓音动听的专业演员完成的，而我的嗓音就好像米老鼠米妮生了病，而且在得克萨斯待了太久。录音的时候，我很紧张，我肯定自己的心跳声也会被磁带录下来。他们几乎能够挑出我胃里的每一次咕噜作响，所以他们怎么可能听不出我声音里的恐惧呢？

然而，事实却是"他们听不出来"。所以，他们每隔几秒钟就会打断我一次，让我把刚才那句话重新念一遍。后来，他们让我去休息一会儿，清空一下头脑。也许在我走开后，他们就可以打电话给贝蒂·怀特，问她是否愿意取代我来念这本书。就在那个时候，我意识到我多么想用自己的声音念出自己的故事。我躲在洗手间里，给我的朋友尼尔·盖曼（一位才华横溢的作家兼讲故事的人）发送了一条狂躁的短信，告诉他我此刻惊慌失措，因为我快要失去亲口讲述我自己的故事的机会了，因为我的声音背叛了我，我知道自己是多么脆弱、多么无足轻重。他只回了我一句话，但这句话我至今铭记在心：

"假装你很擅长。"

这似乎也太简单了，但这也是我唯一能做的。于是，我把这句话潦草地写在我的手臂上，像念咒语一样地念了几遍。我走回录音室，假装自己是一个在念自己的故事时能够给人带来惊艳之感的人。我念了一个完整的段落，过程中没有被打断。我抬起头，制作人正在盯着我看。她说："我不知道你刚才怎么了，但是请你保持下去。"我说："我只是吸了很多可卡因。"见她目瞪口呆，我连忙说："没有，我在开玩笑。我刚才只是从我的一个朋友那里得到了一条真正的好建议。"

第二天的录音依然和前一天一样令人紧张。于是，我又看了看写在手臂上的那句话（**"假装你很擅长。"**），然后做了一个深呼吸，假装我已经拥有我需要的自信。我说："你们知道这本有声书里需要加点什么吗？更多牛铃铛的声音！"然后我唱起了电影《安妮》的主题曲。我一直想在纽约的舞台上唱歌，我发现这是我有生以来离梦想最近的一次。我建议他们请詹姆斯·厄尔·琼斯来念完剩下的部分。如果他没档期，也可以找一位达斯·维达的模仿者来完成。他们笑了。我也笑了，我感觉好些了。我假装自己很擅长，而且不知怎么的，我就真的变得很擅长了。

从那以后，每次我不得不上台表演或朗读时，我都会提前把这句咒语写在自己的身上："假装你很擅长。"我希望自己有一天能够把"假装"这个词去掉，但就目前而言，"假装"的效果还不错。它给我信心录完有声书，让我能够绽放笑容并享受这次经历，而不是蜷缩在洗手间里发抖。

可是，到了那天晚上，我在酒店房间里怎么也找不到能够让我开怀大笑的东西。当时是凌晨两点，我正在经历一场中等程度的急性焦虑症的发作。这种时候，你的心脏里好像有一只野仓鼠，你能感到恐惧正向你压迫而来，但垂死的感觉还不明显。我吃了一些抗焦虑药，试着用来回走动让自己恢复过来。然而，严寒使我的手脚因类风湿性关节炎而肿胀起来，其中一只脚肿胀得太厉害，连脚后跟都裂开了，流出的鲜血染红了拖鞋。我坐了下来，把那只裂开的脚放在浴缸里，一边看着水变成红色，一边等着伤口止血。我小心翼翼地做着深呼吸，努力说服自己：被困在一个离家半个国度那么远的狭小的酒店房间里是不会有什么问题的……这是一场冒险，一场我带着一只死老鼠和一只可能会被手术截去的脚一起经历的冒险。我的急性焦虑症慢慢发展到了我忍不住要尖叫的程度，然而，就在这时，我往窗外看去，看见了最令人惊奇的东西。

我看见了雪。

对于大部分人而言，雪不是什么大不了的东西，充其量就是个麻烦。但对于一个在得克萨斯州长大的姑娘而言，雪是充满魔力的。大片的雪花纷纷落下，在窗户对面的黑色建筑砖块的映衬下闪耀着光芒。它们美丽可爱，令人心绪平静。我想打开窗，把手伸到窗外，可是窗被封死了，我心里暗暗骂了一句。我一边等着脚上的伤口止血，一边看着雪花落下，就这样一直看了一个小时。我真希望外面的天空能够亮一些，这样我就能在雪地里玩要了。"伙计们，下雪啦！"我在推特上告诉全世界的人，虽然其实他们并不关心。

到了凌晨四点，我确定唯一能治疗我的失眠和焦虑症的方法是一次长途散步。在雪里散步。我在睡衣外面套上外套，趿着平底鞋，往楼下走去。我踮着脚走到外面时，脚疼得要命。我向酒店值夜班的接待员轻轻地点了点头，他一脸疑惑地看着我穿着睡衣离开酒店。我走出酒店，走入纽约的夜色里。地上覆盖着积雪，好像一条粉末压成的厚厚的白色毯子，还没被人踩过。我听见有人在大街上醉醺醺地冲着出租车嚷嚷的声音，不过这令我感到安慰，因为这说明我不是唯一在这种天气里跑出门的人。没错，我穿着睡衣，我的脚正因为类风湿性关节炎的发作而剧烈疼痛，但至少我算是清醒的，而且离我温暖的床也不算太远。

我的脚很疼。每走一步，剧烈的疼痛会一直延伸到我的脊柱。我只说了一句："哦，去你的。"随即把脚小心翼翼地从鞋子里拔出来，踩入散发着光芒的雪地里。

太冷了。寒冷毫不费力地冻僵了我的双脚和疼痛的双手。我光着脚，默不作声地走到街区的尽头。我把鞋子留在原地，这样我就能找到回来的路。我站在大街的一头，用嘴接住飘下的雪花，暗自轻轻地笑着，因为我意识到，如果我没有失眠、焦虑症和疼痛，我永远不会醒着看见这座"不眠之城"在冬天里披着冰雪进入梦乡。我笑了，我觉得自己很傻，但这已经是最好的一种犯傻的方式。

我回过头看着酒店，发现自己一路往市中心走去时留下的脚印很不对称。一只又小又白，闪着亮光，而另一只样子畸形，每个脚跟处都汇集了几滴鲜血。我突然意识到，这就是我人生的隐喻。一边光彩明亮，充满魔力，总能看到事物好的一面，总有好运降临；而另一边浑身是伤，跌跌撞撞，永远跟不上现实的步伐。

这就像那首描写耶稣在沙滩上的脚印的诗[1]，只不过没有耶稣，只有流血。

这是我的生活，一半洁白，一半鲜红。我很感激能有这样的生活。

"呃……小姐？"

酒店前台的接待员在大门口试探性地伸出脑袋，脸上带着关切的表情。

"我来了。"我说。我觉得自己的样子有点愚蠢，犹豫着要

---

[1] 指*Footprints in the Sand*叙事诗，作者不详。这首诗讲的是一个人和上帝一起在沙滩上散步，身后留下两排脚印，代表了这个人一生的经历。每当这个人遭遇痛苦和磨难，沙滩上就只剩下一排脚印，于是这个人质问上帝为什么在那时候抛弃了他，而上帝回答说："在那些充满痛苦和磨难的日子里，你只看到一排脚印，因为那是我背你度过的。"

不要对他解释几句，但我很快就释然了。我没有办法向这位陌生人解释刚才我的精神疾病如何送给了我一个充满魔力的时刻。我知道这听起来有些疯狂，但事实如此。毕竟，我的确有点疯狂。在这方面，我甚至不必假装我很擅长。

我是一个该死的天生的疯子。

乔治·华盛顿的假阴茎

以下是这一周内我和维克托的第一次争吵。

我：嘿，你忙吗？

维克托：不忙，怎么了？

我：我们……在吵架吗？

维克托：干吗问这个？你干了什么？

我：我什么也没干。我只是坐在我的电脑前，想起你刚才在我的办公室里跟我说话，但是接下来，我意识到你已经不在那里了。

维克托：那好像是……一个小时之前的事情了。

我：我知道，但我不记得你是怎么离开的。我想也许你对我大发雷霆，因为我没有集中精力听你讲话。不过当时我没有注意到这些，因为我没有集中精力。

维克托：你不记得我是怎么离开的？

我：不记得了。这就好像你开车回家，可是到家后，你想不起来一路上自己是怎么开车的。

维克托：呃，没错，我们是在吵架。

我：嗯……在我全盘托出刚才的那一番话之前，我们就已经在吵架了吗？

维克托：没有。

我：好吧，如果你觉得这样能带来好处的话。我过来是为了告诉你，你有权对我大发雷霆，因为我显然没有集中精力听你讲话，照道理你也不得不接受我的道歉，更何况这是一场没有发生过的争吵。

维克托：我不接受你的道歉。

我：但我什么也没做错，我还为了我们之间没有发生过的争吵道了歉。

维克托：你在我离开一个小时之后才意识到我已经不在你的办公室里了。

我：啊，但你并没有注意到我没有注意到你的离开，是我提醒了你这一点。所以你应该谢谢我，我就好像在和老婆吵架的乔治·华盛顿。

维克托：什么……

我：华盛顿坦白自己砍倒了那棵树，所有人都称赞他，"乔治，你做得对！"也许就是那件事情把他变成了一个到处涂鸦的讨厌家伙，因为他发现自己竟然凭借蓄意破坏，得到了人生中最高的褒奖。

维克托：你在说什么？

我：涂鸦是指在外墙上做视觉艺术设计。

维克托：我知道什么是涂鸦。小孩称之为破坏公物。

我："小孩"？你这是在暗示我很孩子气？

维克托：当然不是。你是作为夫妻生活辅助物的乔治·华盛顿。

我：恶心！

维克托：这可是你先讲的。

我：不是我讲的。[1]"夫妻生活辅助物"是指情趣用品。你刚才把我称作乔治·华盛顿的假阴茎。

维克托：我很肯定自己从没那样叫过任何人。

我：好吧，但你暗示了。

维克托：别说了。

我：不能不说。那些婚姻指南上说你永远不要让吵架悬而未决。

维克托：好吧。我们从一开始就没有吵架。

我：那我为什么要道歉？

维克托：我不知道。所有在乔治·华盛顿的假阴茎之后讲的话都莫名其妙。

---

[1] "我"在前面提到乔治·华盛顿的时候，讲的是"和老婆吵架的（marital fights）乔治·华盛顿"，但维克托似乎听成了"作为夫妻生活辅助物的（marital aids）乔治·华盛顿"，两者发音很像。

我：你再说一遍？

维克托：真的不说了，那个词我从来不想再说一遍。

我：成交。

维克托：嗯？

我：如果你能保证你再也不会为了我们之间根本没有发生过的争吵对我生气，我就保证再也不让你说任何关于乔治·华盛顿的假阴茎的话了。

维克托：你有没有希望过我们能像正常的夫妻一样有一些正常的吵架？

我：从来没有。

维克托：呃，我也没有。

本次争吵的胜方：我俩都不是，也可能我俩都是。这很难说。

我不是精神病患者，我只是想排在你前面

今年，我的医生给我开了抗精神病药。

"为了……让精神病走开？"我开玩笑地问。

她不是在开玩笑。

她向我保证这并不意味着我是一个精神病患者，但又安慰我说这种药物——为抗精神病而研制的——只需要很小的剂量就能缩短每次抑郁症发作的时间，而我要做的是将它作为配菜，与我的抗抑郁药物一起服用。

我当然接受了这种药物。药物是魔法。你吃了这粒药片，就会感觉快乐；你吃了那粒药片，就会感觉不到饥饿；你再吃一粒药片，就会有薄荷味的呼吸（最后那一粒其实是薄荷糖，但我想你明白我的意思）。

没有什么比听说有一种药可以治疗可怕的疾病更令人高兴的了，除非你同时听说那种药是治疗精神分裂症的（或者你听说每

吃一次这种药，就会杀死一些小精灵）。

其实，是那个词令我感到害怕。

抗精神病药。

我敢打赌，你找不到其他任何一种药物比这一种更能够让人在派对上搜查你的药柜时两眼放光，除了那种用来治疗尿道的传染性易燃易爆症的药物，可我不想把它算在内，因为它不存在（希望如此）。当然，将这种药命名为"抗精神病药"的人本来应该想出另一个不那么伤害人的药名。毕竟，人们不会把伟哥叫作"软鸡巴药"，也几乎没有人会把愤怒管理治疗称为"或许不该继续如此浑蛋的课程"。我真的想不出还有其他任何一种药物的名字比"抗精神病药"更能给人带来羞耻感。

但我也承认，服用抗精神病药有时也能带来一些好处。首先，你可以说你正在吃抗精神病药。这样说看似有些愚蠢，但有时候能带来好处。比如，你在药房排队买药的时候，队伍里二十个感冒病毒携带者正朝着各个方向打喷嚏。这时，你可以诚实地说："能不能让我先去结账？我得买一些抗精神病药，其实我昨天就需要来买了。"这一招在食品商店、车辆管理局和一些自助餐厅里也都很管用。

服用抗精神病药能带来的第二个好处是：这种药确实有效。在吃药的那段时间里，我伤害自己的次数减少了，我感觉自己的精神状况更稳定了，住在我的衣橱里的那个蓝色男人想要卖给我的饼干也没那么多了，那些想要陷害我的松鼠大部分也都消失了。（最后一句话是我在开玩笑。只有那些正在吃少量抗精神病药的人才会觉得好笑，因为其他人会害怕这是真的。这不是真的。松鼠确实存在，无论你吃多少片药，它们也不会消失。说实话，我对于自己不得不经常解释这件事情感到震惊。）

有些人认为，药物永远不是问题的答案。我尊重他们的观点，但有时候药物就是问题的答案。我认为你需要学会灵活变通。实际上，如果你问那些人："南希·里根曾经说过你应该对什么永远说'不'？"他们都会回答："毒品。"接着我会说："答对了，药物就是正确答案！[1]"所以，从严格的意义上来讲，我们说得都对。我接着会指出，毒品经常会给你带来严重的危害，你必须先研究一下"毒品"和"药物"之间的区别。你一定能够区别它们，因为首先，很讽刺的是，前者竟然比后者便宜许多，而且更容易弄到手；其次，使用药物要求有固定的医生进行监督、治疗和抽血化验。

吃药既不有趣，也不容易。我从没见过任何人只是为了找乐子而去吃药。年轻人不会去黑市买百忧解来寻求刺激。人们不会把维生素B_{12}注射剂作为吸食海洛因之前的入门毒品。服用药物确实会带来副作用和各种麻烦，而且（如果你患有慢性精神疾病）你不得不用整个余生与之抗争。即使某种药物在一段时间里对你有效，之后它也很可能会失效。到时候你又必须从头开始寻找一

---

[1] 英语中，drugs既可以表示药物，也可以表示毒品。

种新药，整个过程会令人感到极其沮丧。然后，你又不得不去适应新药带来的副作用，包括当某个浑蛋对你说"你吃药没有效果恰恰证明了你根本不需要吃药"时，你会产生一种"特别想拿刀捅人的感觉"。我想不出还有其他任何一种疾病会让患者在需要更换药物时产生罪恶感，并对自己的自理能力产生怀疑。

我最初吃的抗抑郁药会产生一种让人执念于自杀的副作用（和你想要的药效有点相反）。这是一种比较少见的副作用，因此我换了另一种药，而这种药的效果的确不错。许多关心我的亲友认为，第一种药没有在我身上发挥作用，是一个明确的信号，表明了药物不是解决问题的答案；如果它们能解决问题，我应该已经痊愈了；显然，如果药物对我不起作用，我的病就没有我自己说的那么严重。这种看法基本上说得通，这就好比你得了癌症，医生给了你最好的药，但它没有使肿瘤立刻缩小，这是一个明确的信号，表明了是你为了博眼球，故意夸大了病情。我的意思是，癌症是一种严重的疾病，经常会带来致命的伤害，我们花费了成百上千万美元去研究和治疗它。所以，很显然，一位癌症患者永远不需要在尝试多种药物、手术和化疗之后，才能找到适用于他的治疗方法。病情一旦得到缓解，患者便再无后顾之忧，因为他们一旦知道了如何不患上癌症，接下来就应该活得很好。如果他们又一次患上了癌症，只需按照上次的方法治疗。一旦你找到了能够正确治疗癌症的药物，你就永远不会再患上那种疾病。如果你旧病复发，很可能是因为你吃了太多含麸质的食物或没有正确地祈祷，对吗？

好吧，这种说法是不对的，但是精神病患者经常会听到这种荒唐透顶的推理……不仅来自一些怀着善意的朋友、不用药物就能够解决自身问题的人以及不了解精神疾病如果没能得到正确的治疗会有多么危险甚至多么致命的人……还来自一些与患者更亲近也更爱指手画脚的人。

有时候，甚至连我们自己也这样认为。

我们听见自己的后脑勺发出一个细小的声音说："这种药花了你家里的钱。这种药搅乱了你的性欲，还有你的体重。这种药应该用来治疗那些真正存在问题的人，而不是那些心情不好的人。从来没有人因心情不好而死掉。"可是他们真的会死掉。当一些名人因否认自己患了抑郁症而最终丢了性命时，我们心想："在这样的世界上，为什么这种人会自杀？他们已经得到了一切啊！"但实际上，他们并没有得到别人梦寐以求的一切。他们患上了一种让他们觉得死了会比活着好的疾病，却没有得到相应的治疗。

服用药物和接受治疗会是一辈子的麻烦。每当我怀疑这样做是否值得时，我会想起那些让困惑迷茫占据上风的人。我督促自己保持健康。我提醒自己，我不是在和自己抗争……我是在和身体里的一种内分泌紊乱抗争……它是一种切实存在的有形物。我提醒自己：无论在精神疾病的发作期间还是在精神状况稳定的时候，大脑都是狡猾的、不可信赖的。我提醒自己：有一些专业的登山运动员被发现赤身裸体冻死在山上，他们的衣服却被整齐地叠放在一旁。这是因为体温过低会让人变得糊涂，让人感觉很热，并让人做出一些我们不希望发生的极其疯狂的事情。大脑就好像刚学会走路的小孩子。他们表现得很好，应该被珍惜，但这并不意味着你应该相信它们能够在雪崩时保护你或有效地调节血清素的含量。

我从未有过精神崩溃，很少有妄想，也从来不会产生幻觉，除非我吃了太多也许我说什么也不该吃的药。我只是病了，不得这种病就不会有现在的……我。我吃的任何药都无法定义我。我不是精神病患者，我不会带来危险。我吃的药只是一撮盐，是生活的一点调味品——请允许我这么说。你烤土豆不加它也行，但每个人都会告诉你，加一撮盐能使它产生不同的风味。我就是你的土豆，加点盐会让我更美味。

也许这是一个糟糕的比喻。

如果我换种说法呢……

我服用少量的抗精神疾病药物，就好比用足够的朗姆酒做一大块朗姆酒蛋糕，而不是指用足够的朗姆酒引发酒精中毒或被自己的呕吐物噎死。前一种是关于药物的，而后一种是恶心而又不卫生的。

我知道你们有些人会说蛋糕不是药物。真的吗？蛋糕不是药物？现在谁才是疯子？只要有足够的蛋糕和抗精神病药，全世界都能被治愈。这样就都能说通了，**因为没有盐，你就做不成蛋糕，不是吗？**

等等，你能够不用盐做蛋糕？

这我就真的不知道了。我不太了解烘焙。我只知道烘焙时会用到一些白色的东西。我此刻在想，那东西也许是面粉。但我只能把它写成"盐"，因为这样才能和我上面提到的所有隐喻呼应起来。怎么说呢，也许不是这个原因。这很难说。

我会写出这种文章，都怪我的抗精神病药。*

*这是服用抗精神病药的第三个好处：你能够把所有的屎盆子都扣在它头上。这就好比凡事都怪例假来了，只不过这是一种永远不会结束的例假。没有人会质疑你，因为你有一种生理医学上的缺陷，一种令人生畏的还可能是危险的生理医学上的缺陷。另外，你现在还可以理直气壮地使用为残障人士准备的无障碍洗手间了。这真是皆大欢喜。

谁想吃蛋糕？

我如此擅长什么都不做，怎么可能还想做别的？

关于我们应该在闲暇时间里做些什么，维克托和我有着截然不同的想法。我在闲暇时间里，喜欢盯着狗屎。我不是指字面上的意思。我喜欢盯着电视、互联网、书籍，或者猫咪的视频。这些都需要长时间一动不动地坐着，不涉及任何身体运动。我怀疑自己上辈子是一座雕像，因为我非常擅长这样。

维克托和我恰恰相反。他在闲暇时间里，喜欢开发新业务、撰写参考书、幸灾乐祸地找出金融表格上的错误，以及告诉我应该如何合理利用我的闲暇时间。

在维克托的理想世界里，是不应该存在闲暇时间这种东西的。他的座右铭是："如果你有时间靠着休息，你就有时间打扫卫生。"只不过要把这句话里的"靠着休息"换成"睡觉"，把"打扫卫生"换成"建立跨国业务以及把衣橱里的所有东西都拿出来重新摆放，但不需要真的亲自做完整件事情，只需要留给你的老婆来分类整理"。我的座右铭始终都是:"享受时光从来都不是浪费。"只不过要把这句话里的"享受"改成"喝醉",把"从来都不是浪费"改成"从来都是个好主意"。

我认为,我们之间的这种差异与各自不同的工作领域有关。自从我们结婚以来,在大部分时间里,维克托是一个沉溺于工作的企业家,或者说是一家成功企业的总经理。他确实非常享受工作的乐趣,这让他变成了一个危险的可疑分子,或者至少可以说他有轻度的反社会人格。他能轻而易举地用一些设定了起止时间的特定任务把闲暇时间填满。在回复电子邮件时,他总会迅速下达一些明智但时常也隐约有些傲慢的指令,搞得别人再也不想发电子邮件给他,所以他不会遇到来不及回复邮件之类的问题。而我的未读邮件经常多达几千封。每隔几个月,我都会为自己又远远赶不上进度而苦恼。因此,我会给所有人发送一封统一格式的邮件,里面写道:"您好!我真是太差劲了,我刚刚打开了您的邮件。您还需要我的回复吗?我感到非常抱歉。我是一个不值得信任的人。抱抱。"接着,我宣布自己的电子邮箱因邮件过多而爆掉了。我删掉里面的所有内容,然后注册一个全新的电子邮件账户,再也不会回头去看看上一个邮箱。我的那些旧邮箱就好像把我一脚踹出门的酒吧,我再也不能回到那里。这是一套荒唐而又浑蛋的运转系统,但我发现它对我有利,我从来没有收到过任何一封抱怨我的邮件。维克托说,那是因为你不可能收到一封寄到你再也不会去查看的邮箱里的抱怨邮件。可我认为,那是因为人们其实和我一样赶不上进度，他们欣赏我的诚实。

我的工作是写下一些荒唐的事情，可以写在我的博客上、我的书里以及用过的餐巾纸上——我几乎转眼就忘了放在哪里。我的工作之一是密切留意"浴缸里的刺猬"系列视频的更新进度。这是一项研究工作。另外还有许多幕后工作，那些非右脑型思维者是看不见它们的存在的。比如说，当我遇到写作瓶颈时，我不得不"再次灌满我的创意杯"。这是我的精神科医生用过的一个真实的词汇。我让她写下来，这样我可以拿给维克托看，告诉他医生写了一张能够解释我的行为的字条（可惜我把这张字条混在一堆用过的餐巾纸之类的垃圾里弄丢了，于是他只能相信我的话，并不是因为他是一个不幸的喜欢疑神疑鬼的家伙）。

"再次灌满你的创意杯"，这句话对于不同的人有不同的含义。但是，对我而言，通常情况下，它是指看《神秘博士》超长电视剧，或者一边阅读大卫·赛德瑞斯[1]的书，一边尖叫"为什么你可以让事情看上去如此轻松"；有时候，它是指我开车去宠物店，把箱子里的雪貂全部拿出来，披在自己身上，把它们变成令人浑身发痒的、吓得瑟瑟发抖的外套；偶尔，它是指我在税务登记表上涂画阴茎——那是一张维克托忍无可忍地贴在我的电脑屏幕上的已经过期失效的表格。

总而言之，我在相当长的一段时间里，几乎什么也没做。在

---

[1] David Sedaris，生于1956年，美国著名幽默作家、编剧和脱口秀主持人，曾被《时代》周刊誉为"最幽默的人"。

这方面，我就好像具有职业水准，既因为那就是天才艺术家的工作方式，又因为我非常非常懒惰。

看到这里，有人会说，如果你遇到写作瓶颈，你应该只管动笔写，这样到最后你至少能完成一点什么。但我从来不喜欢任何我被迫写出来的东西，我十分确定我最后完成的那点什么一定是一坨狗屎。我已经受够了那种东西，即使在灵感降临的时候，我也写过不少。好文章不是被逼出来的。这就是为什么你从未见过任何受人爱戴的经典书籍里会有学生不情愿甚至满腔愤怒地写下的论文，也就是为什么你几乎从未见过任何大学论文在红迪网（Reddit）上像病毒一样地传播开来。换句话说，如果你花了几乎一整个上午的时间翻阅推特，并在你的手臂上涂了一些古怪的难以辨认的笔迹，那么你很可能正走在成为一名成功艺术家的正确道路上。也可能会成为一个流浪汉。这两种情况并不相互排斥。

你也许会想：在经历了十八年的婚姻生活之后，维克托和我对于彼此的工作方式应该变得更宽容了。但事实并非如此。维克托把今天上午的大部分时间用来主持几个电话会议，对着水管工大喊大叫以及把我们的401（k）养老计划[1]更新成了一份听上去更无聊的计划——从那一刻开始，我没再往下听。

与他截然不同，我把上午的大部分时间用来给还不属于我的猫咪起好听的名字。我目前最喜欢的名字是"总统"。这是一个

---

[1]　一种由雇员、雇主共同缴费建立起来的完全基金式的养老保险制度。

很棒的名字，因为你会不断发现自己在说"总统会一直坐在我的键盘上"，或者"总统刚才在新地毯上吐了"，或者"我喜欢和总统睡觉，但为什么每次我醒来时它的屁股总在我的脸上"之类的话。

我试着告诉维克托，"在一个寒冷的夜晚，总统躺在床上"，这会是一件多么棒的事情！可是他说："不准再增加猫咪的数量了，你已经有太多猫咪了。"我只能盯着他，说："太遗憾了，你的上诉被驳回。你不能拒绝一个来自总统的请求。"他不同意，而我很肯定那是一种叛国行为。我打电话给那家我曾经抱过雪貂的宠物店，问他们那里有没有任何关于一只长相很爱国的猫咪正在等人领养的线索。然而，他们认出了我的声音，通知我说他们的经理刚刚颁布了"一次只能抱一只雪貂"的政策。那太荒唐了，因为如果只有一只雪貂，你顶多拿它做一顶平顶小圆帽（用爪子代替发夹）。我感到有些沮丧，说："这太过分了。总统是不会赞成这类削减的！"他们问我在说什么，我想解释说，削减雪貂比削减财政更糟糕，因为如果你削减雪貂，所有人都会为此感到痛苦。尤其是雪貂本身。但我接着想到自己还没有领养总统，仗着我还没有到手的猫咪欺负他们，不管我愿不愿意，都似乎不太合适。维克托也认为那样做极其不合适，虽然他的理由和我的不同。

我告诉维克托，我每天都为没有领养一只名叫总统的猫咪而深受打击。总统也许会做出各种各样我可以用来描写的疯狂的恶作剧。我争辩说，我买总统和他买办公用品基本上是同一回事儿，所以不领养一只名叫总统的猫咪是在财务管理上的失职。就在这时，维克托尖叫道："你不能再养更多的猫了！一直都是我跟在它们后面打扫卫生！如果我还要为总统铲屎，我会疯了的！"

他停顿了一下，然后为自己夸张可疑的措辞摇了摇头。我满意地笑了，因为他恰恰证明了我的观点，我们刚才的争吵正是我写博客的好材料。事实上，总统已经为我这本书提供了四个段落，而此时它甚至还不存在。与我们的历届总统相比，它可能会成为工作业绩最好的一位。

在我结束这个话题之前，维克托就已经走开了。于是，我在他贴在我的电脑屏幕上的税务登记表上，写了一条备忘："给总统找一个屎盆子。"我担心国家税务局会感到很困惑（而且或许不会往好的方面想），便又加了一句："我指的不是你们的老板。我完全支持那个人。请不要查我的账。我善待动物和小孩。如果有任何问题，你们应该查一查我的丈夫，他认为总统应该在笼子里生活，而不是被我女儿收养。我女儿会用旧椰菜娃娃[1]的衣服把它打扮得非常漂亮，并疯狂地拥抱它。"这时维克托走了进来，看见了这几张被乱涂乱画的税务登记表。他只是失望地瞪着我。我解释说，只要今后他替我填写税务材料，事情就会好起来的。他

---

[1] 美国销量首屈一指的玩具娃娃。每一个娃娃身上都附有出生证、姓名、脚印，臀部还盖有"接生人员"的印章。在顾客"领养"时，要庄严地签署领养证，以确立"养子与养父母"的关系。

说那是违法行为，但我告诉他，如果总统在这里，它一定会觉得没问题。这基本上等于我们在所有事情上都得到了总统的批准。猫咪不在乎什么材料，所以总统基本上不用在场就会批准我们做过的所有事情，除了维克托用水枪把猫咪赶出厨房灶台，总统大概不会批准这件事。

我举了一个很到位的例子吧？就在这时，维克托走了进来，问我在干什么。我告诉他，我在写他有多么讨厌总统。他对着我大声嚷嚷了起来，让我"更好地利用自己的时间"。坦白地说，我们对我目前利用时间的方式确实存在分歧，但更大的问题的是，我们的分歧竟然可以相差十万八千里。

维克托建议我在空闲时间里做的几件事情：

想法 1：开一个艺术画廊。

想法 2：开一个漫画书店。

想法 3：开一家餐厅。

想法 4：所有跟雪貂无关的事情。

实际上我考虑在空闲时间里做的几件事情：

想法 1：为小猴子开一个俱乐部。给它们安排一些喜欢被玩弄头发的人。注意：可能存在一些技术问题。理论上，猴子只在头发里找虱子，不过往头发里倒些昆虫也许会让一些人感觉怪怪的。不过，那些愿意付钱让猴子玩弄他们头发的人是相当捉摸不定的，所以这个计划也许依然可行。或者我们可以往头发里倒一些可食用的小闪片。

那会成为我们收入的来源。卖一些猴子可食用的小闪片。我不知道猴子是否会喜欢，但是这将会成为它们在饮食上的一次进步。我的意思是，猴子们，你们目前吃的是虱子，所以，别再该死的矫情啦！而且，我可以用一个现实生活中的例子证明这一点：我爸爸的一位朋友养了一只宠物猴，名叫"琥珀"。它喜欢剥人们脑袋上的血痂，所以我们叫它"血痂猴琥珀"。这是一个糟糕的名字。谁会给猴子取名为"琥珀"？根本就是在糟蹋猴子。再说了，我不知道多少人头上有血痂，不过我怀疑，如果你让猴子在你的头发里挖呀挖，最后一定会弄出血痂来的。这是一种自给自足的生意。

想法 2：收养一只野猫，给它取名为"总统"。为它注册一个推特账户，向人们销售来自我的猫咪的道歉。每当你忘记了太太的生日或者在一家宠物店里不小心放走了太多的雪貂，你都可以买一个道歉。比如，"我知道你仍然在生我的气，但我让总统向你道歉，这总能给你带来一点补偿。"

想法 3：观看山羊做好笑事情的视频。

最后，维克托和我都想要同一件事情：让我振作起来。我们在这件事情上达成了共识。每当维克托再次谈起开办一个兼售漫画和可丽饼的艺术画廊时，我的回答虽然变着花样，但实质内容总是一样的："这是个好主意，维克托，但我现在正忙于写作、追电视剧、开发猴子可食用的小闪片业务、总统。不过，也许下辈子我会试试看。"

这是一句真心话。也许到了下辈子，我会创立一家成功的企业，做股票买卖，记住我的驾驶证号码以及按时填写我的税务登记表。也许到了下辈子，我会开一个小食铺，专做土豆泥三明治（在温热的土豆面包里塞入土豆泥和炸土豆）和意大利面派（这个不需要定义）。我会做一个大招牌，上面写着："总统在此就餐！"总统确实在此就餐，因为猫咪都超级喜欢意大利面。至少到了下辈子，维克托不会再对我生气了。

除非他到了下辈子，变成了我店里的顾客。他会一边困惑不解地摇摇头，一边拉着他太太远离正在柜台上吃意大利面派的猫咪。但我打赌，维克托会再次来到我的店里，他会看见一个非常快乐的女人，把一个土豆泥三明治递给身上亮闪闪的猴子服务员。我想象他会感到有点后悔和悲伤，大概那是因为他永远不会知道，土豆泥三明治真是该死的太好吃啦！

备注：维克托刚读了上面这些内容。他同意我说的"土豆泥三明治很好吃"，但他又声明，他回到我的店里时，更可能看到的是一个浑身上下裹着偷来的雪貂的女人因为没有及时填写她的税务登记表而被警察逮捕了。没有及时填写税务登记表的原因是，在她所有吃小闪片的猴子里，没有一只爱她爱到愿意督促她完成这些必要的材料。

我真的很讨厌每次被他说对的时候！

我对精神科医生说的话vs我实际上想说的

"我感觉自己的病情确实有所好转。"

我已经好几个星期没有戳任何人的脸了。应该有人给我颁一个类似奖杯的东西，但不要保龄球瓶子，那种东西我已经有一个了。

"我很难集中注意力，我想我大概得了注意力缺失症。"

在原本应该工作的时间里，我在YouTube上看了太多小猫摔下来的视频。如果被我的编辑发现了，我需要你出一张证明，替我解释这是一种症状。

"你的候诊室真是太令人愉快了！"

你为什么把那些《猫迷杂志》放在大厅里？那是陷阱吗？是在收集病人信息吗？

"但我没有看那些杂志，因为我不是某些疯狂的爱猫女士。"

我偷了杂志里的插页。

这是现实中的我的精神科医生的诊所。居然会是这个样子！

"不过，当然啦，我和正常人一样地爱着我的宠物。"

几天前，我的失眠症犯了。我用密封袋和鞋盒为我的猫咪做了一张水床。结果它们用爪子戳破了这张床，差点淹死。我试着在它们的脚上套婴儿袜子，但它们总把袜子拉下来。我又试着在袜口绑上橡皮筋。我把其中的一只猫咪按住，给它套上袜子。就在这时，我的丈夫醒了。他大叫道："你在干什么？为什么这些猫都湿透了？"我回答说："我想帮助它们学会享受水床带来的乐趣。"维克托让我去睡觉。这件事情里的每个人都感到很失望。

"是谁让这些松鼠进来的？"

不，我很认真地问你，是谁让这些松鼠进来的？

"我发誓，我看见两只松鼠钻到你的接待台后面去了。"

真的。有两只松鼠潜入了大楼。

“没有？真的？呃。一定是灯光搞的鬼。哈哈。”

女士，你在耍什么该死的花招？我刚才肯定看到了那些松鼠。

“那么你好吗？”

这是某种阴谋诡计吗？你是不是故意让松鼠跑进来，为了看看我会不会假装没看到它们，如此一来，你就能够看看我会不会假装没看到那些实际上并不在那里的东西？这种做法真是该死的既鬼鬼祟祟又不道德，还可能残忍地利用了松鼠。

“我很好。”

至少比被你挟持为人质的松鼠要好一些。

“那是什么意思？我看上去注意力不集中？”

天啊！如果确实没有松鼠，如果我看见的松鼠只是我想象出来的，那该怎么办？如果根本不存在松鼠这种生物，那该怎么办？连那种事情也会发生吗？

“我没有注意力不集中。”

该死的！也许我需要证明一下，这里的确有一些松鼠，否则这位医生会认为我真的疯了。这里是最不需要我把实际上并不存在的松鼠想象出来的地方。也许我应该偷偷带几只进来，这样她也能看见它们了。

"说实话，我过得真的很好。"

在一天里的这个时间点，我能从哪里弄来几只松鼠呢？

"有时候，当我住在一些墙壁很薄的酒店房间里时，我会拿出笔记本电脑，大声播放电视剧里的凶杀片段，看看会不会有人报警说这里发生了凶杀案。结果从来没有。看样子人们再也不介意那些了。"

浑蛋！我无法相信自己竟然把那种事情大声说出来了。

"我无法相信自己竟然把那种事情大声说出来了。"

都怪那些该死的松鼠。它们也许是我的精神科医生偷偷带进来的，这样她就有理由把我赶出去，再让我承认自己依然需要她。

"您干得不错，罗伯茨医生，真的干得不错！"

备注： 上述显然是关于我的精神科医生如何保住她的饭碗的一种略微夸张的说法。上周，我接到诊所打来的电话，提醒我有一个我完全不记得的预约。于是我来到诊所，可护士坚持说我没有预约，也没有人打过电话给我。我站在诊所里，心想是不是我自己想象有人打电话给我，说我需要精神科医生的帮助，也可能是诊所故意打电话给我，等我来到诊所后，又说我不应该出现在这里，让我怀疑自己的精神有问题。虽然这种做法的正当性很值得怀疑，但是这确实是一种能够提高患者忠诚度的比较聪明的做法。

我走出诊所后，看了一下手机，这才意识到我预约的是另一位医生。我大叫了一声："噢，该死！"为了不要迟到，我朝自己的汽车跑了过去。我回过头看见护士在我身后盯着我，脸上露出困惑而又担忧的表情。我出现在这里好像就是为了向他们证明，我的病情几乎没有任何好转。另外，我当时在诊所里感到又累又恼，连那些《猫迷杂志》也没有翻阅。

这件事情的方方面面都很令人失望。

看这头长颈鹿

上周，一个陌生人出现在我父母家。他的货车后备厢里装着一件古董，是一个他想扔掉的一米八的死长颈鹿的脑袋标本。如果我告诉你，我爸是一个专业的标本制作师，经常用死掉的动物换取稀奇古怪的东西并因此名声在外，这件事情听上去就没有那么古怪了。也可能听上去更古怪。说实话，我不太擅长判断我们家的生活在正常人眼里是个什么样子的。

这个长颈鹿标本只有脑袋和脖子，下端到肩胛的部位为止。它竖立在地板上，看上去就好像一个奇怪可疑的长着眼珠子的衣帽架。一开始，我爸决定不要它，因为它的样子太古怪了。但是后来，他想到我喜欢破破烂烂的旧标本，而这只长颈鹿似乎正是我会喜欢的那种怪东西，便打电话给我，说："这里有个人，他的货车后备厢里装着三分之一只死长颈鹿，看上去真是糟透了，所以我想到了你。"

我想回答他说："你是谁？"但这问题的答案实在太明显了，另外我爸竟然如此了解我，我不确定应该感到气愤还是荣幸。

"你说的三分之一是指哪个部分？"我问。他解释了一遍。于是我让他替我买下来，只要它是死于自然原因而且价格便宜，只要它的样子的确很古怪。"不过，我要那种滑稽的古怪，"我解释说，"不要那种令人伤心难过的古怪。"

"我不确定我是否分得清你说的区别。"我爸回答说。我们家上一代人对于标本的热爱遗传给了下一代，但对于标本价值的判断能力肯定没有遗传下来。

维克托偷听了我们的一部分谈话。他说不能要一只长颈鹿，因为我们没有地方安置它。*我指出那只是三分之一只长颈鹿，而且是最有趣的三分之一，所以没有人能够对它说"不"。维克托接着一连说了好几个"不"来证明我错了。他争辩说，我们没法儿把长颈鹿弄回家。但我解释说，我们可以去父母家接它，把它放在汽车的副驾驶座上。我可以摇下车窗，让长颈鹿先生的脑袋伸到窗外，这样我甚至还能走高乘载车道。维克托认为这是行不通的，他突然间对高乘载车道的使用规则变得十分了解。但也无所谓了，因为我爸又打了一个电话过来，说长颈鹿脑袋的价格谈不下来，所以他决定不买了。维克托松了一口气，但我提醒他说，我爸是一个说谎能手，所以仍然存在这样一种可能性：他自己买下了长颈鹿，并把它修整了一番，打算作为某种古怪的圣诞礼物送给我。这就是我爸会干的事情。你永远不会知道他什么时候瞒着你藏了一只巨大的长颈鹿脑袋。我真的不知道这是好是坏，但我倾向于说它是"好"的。

维克托好像在担心随时会出现一只惊喜长颈鹿。其实他并不需要担心，因为我爸确实已经决定不买那只长颈鹿脑袋了。然而，相当诡异的是，我爸最后从一场当地举行的拍卖会上把长颈鹿脑袋拿了回来，因为拍下这个脑袋的女士请他修理上面的破损。当他得知长颈鹿的成交价是卖家要价的两倍时，他感到十分惊讶。但是，后来发生了更令他惊讶的事情。在他开车把长颈鹿运回他的标本工作室的路上，另一位女士看见了长颈鹿柔软的鬃毛。于是她尾随着我爸来到他家，提出愿意再多付一倍的钱买下它。在拍卖会上拍得长颈鹿的女士拒绝了这笔交易，因为她已经爱上了它。对此，我爸困惑地摇了摇头。那天晚上，他打电话给我，低声说道："我的天啊！你很有潜力啊！"

扯远了，让我们回到标本礼物的事情上来。我非常擅长送礼物。几年前，作为结婚纪念日的礼物，我送给维克托一只超大的金属小鸡，名叫"碧昂斯"。去年，为了给他一个惊喜，我在客厅里放了一只活树懒、一只到处乱跑的沙袋鼠和一只刺猬。今年，维克托决定反过来给我一个惊喜。他做到了。因为首先，他把礼物送给我时，离我们结婚十八周年纪念日还有一个月左右；其次，当我打开维克托留在厨房地板上的大箱子时，一只超大的熊向我袭来。由于我的袖子被钩在了把熊牢牢固定在箱子里的木架上，我失去了平衡，仰面倒在地上，而熊也翻到了我的身上。

就这样，我突然被一只不速之熊困在了厨房的中央。

这件礼物特别贴心，因为：1. 维克托并不喜欢标本，却买了一个熊脑袋给我。这件事情令他成为世界上最好的老公；2. 他保证这只熊是自然死亡的；3. 我现在有四分之一只熊可以在房子里到处藏来藏去了。有时候，我把它藏在维克托办公室的门外，看上去好像他被一只熊窃听了。有时候，我举着它的脑袋快速通过屋外的灌木丛，开车路过的人会以为自己看见了一只熊。我喜欢在人们的生活中制造一些神秘气氛，可维克托说，这是因为我太闲了。而我认为，这是因为我乐于奉献。也可能两者兼而有之吧。

没有人知道这只熊的另外四分之三在哪里，不过我能够拥有这个脑袋就已经很满足了，虽然我也的确经常提起自己更希望这只熊能有一双手臂，这样它就能够在你经历了糟糕的一天后张开双臂拥抱你了。维克托辩解说，被熊拥抱是很可怕的，因为扑面而来的全是爪子和牙齿。但他说错了，因为每个人都知道，熊可以给你最好的拥抱。这就是为什么你把好的拥抱称为"熊抱"。不过，我没有对维克托说那些话，因为收了人家送的熊却还检查熊的牙口是不对的。

我上网搜索信息，想看看有没有人出售一只老死的熊的手掌标本，因为我想我可以把熊掌钉在熊脑袋的下面，这样看上去就好像它穿墙而来。或者，我也可以把熊脑袋和熊掌用胶水粘在镜子上，这样看上去就好像一只熊变魔术般地从镜子里走出来。维克托听了我的想法后大叫道："什么玩意儿？你不能把一只熊粘在镜子上。那样做实在该死的太疯狂了！另外，我的床上为什么会有一只熊？"我回答说："因为那张床刚刚好！"维克托满腹狐疑地看着我，看样子这是因为他妈从来没有给他念过《金发姑娘和三只熊》的故事[1]。他瞪着我，我只好叹了口气，说："那是因为我用掉了所有的马，可我又知道你有多喜欢《教父》[2]。"对于我还想花钱买熊掌，维克托气得要命。我说："维克托，我有权拥有熊掌！"我立即意识到自己刚才说了什么[3]，我们俩都开始咯咯笑了起来。那是怎样的一刻？那一刻我意识到自己有多么幸运，能够与这样一个男人共度十八年——他会为这种涉及枪支管理的蹩脚笑话哈哈大笑，而完全不顾有一只被割下来的熊脑袋正睡在他的枕头上。

"我给它取名为克劳德，"我说，"明白为什么吗？有爪子的[4]？"

我知道他明白了我的意思，因为我看见他眼珠子转了转。不过，他转动眼珠子也可能是因为克劳德没有爪子，他认为我在讽刺它。实际上，我并不确定这算不算讽刺。类似于艾拉妮丝·莫

---

[1] 经典童话故事，讲述了在森林里迷了路的金发姑娘未经允许就进入了熊的房子，她尝了三只碗里的粥，试了三把椅子，又在三张床上躺了躺，最后确认小碗里的粥最可口、在小椅子里坐着最舒服和在小床上躺着最惬意，因为那是最适合她的，不大不小刚刚好。后来美国人就常用此来形容"刚刚好"。

[2] 电影《教父》里有这样一个情节：为了威胁一位导演，黑帮杀害了导演最爱的马，并砍下马头放在他的枕头上。

[3] "我有权拥有熊掌（I have the right to bear arms.）"这句话（也可说成Right to keep and bear arms）在美国指"美国宪法赋予每个人持有武器的权利"。

[4] 人名"克劳德"（Claude）和形容词"有爪子的"（clawed）同音不同义。

莉塞特[1]在歌里唱给每个人听的那种有点乱七八糟的讽刺。

"你确实很爱我，对吗？"我问，"你给我买了一个标本。你竟然对我熊开了心扉。"

维克托抓了抓脑袋："我觉得'竟然'这个词用在这里不太合适，而且你说的'熊开'，我想应该是'敞开'。"

好吧，也许是我说错了……但我依然认为，这就是所谓的"爱"。有时候，它是指为别人收拾残局；有时候，它是指一周三次开车去机场接一个你爱的人；有时候，它是指一些意料之外的熊和可能存在的令人惊喜的长颈鹿。也许对于大部分人而言，最后一个不能算"爱"，但我再一次声明，我们家不在大部分人之列。

我为此感谢上帝。

备注：这就是克劳德。请大家帮帮它，给它一只手掌（最好能够给两只）。

---

[1] Alanis Morissette，生于1974年，加拿大女子摇滚乐的超级明星，共七次获得格莱美奖。

◇

* 实际上，我的确没有地方安置一只长颈鹿的脑袋。不过，我们的院子里有一个破旧的英式街灯需要更换。我想我或许可以把长颈鹿的脑袋放在那里，让它用嘴衔住悬灯的挂钩。我眼下可以想象那幅画面——它默默地瞪着眼睛，好像在告诉可能登门造访的窃贼："你可以滚了，浑蛋。这一整块地方都归我管了。"维克托说它更可能会说："欢迎推销员的光临！我们会买下该死的所有东西！"他同时指出，动物标本遇到雨水会腐烂。于是，我在备忘录上记了一笔，等到下次问问我爸，能否在长颈鹿的嘴里打一个洞，这样它就可以为自己撑把伞了。当然，这样的话，就不能再让它用嘴巴衔住悬灯了，因为这会让它看上去忙得很可笑。不过，或许我们可以让它的眼睛发光，发出像激光束之类的光芒？或许我们还可以给它装上感应器，因为从来没有一个会说"欢迎光临"的装置是一只"眼睛里发射出激光束瞪着你的、撑着伞的、令人惊喜的长颈鹿脑袋"。

恐 惧

作者的话：我要在这里放一个轻微的前方高能预警，因为接下来会有关于自残的内容。不过说实话，这一整本破书——和我的整个生活——都需要放一个前方高能预警。我为此感到抱歉。

有些故事是不应该讲出来的。

我记得自己当时在想：流了太多血。我能够感觉到鲜血从我的脖子上流下来，我跑去拿了一块毛巾，用它压住我头皮上的刀口。

"你在里面没事吧？"维克托在浴室门的另一边轻声问我。

我很好，我很好，我在……流血。流了很多血。我感到……一阵轻松？我头脑中的压力已经不见了，我身体里的疼痛已经飘走了，为一些相比之下忍受起来容易得多的烦恼腾出空间。痛苦在渐渐地退去。我告诉维克托我很好，他可以上床睡觉去了。但我听见他在撬浴室门上的锁。他是一个撬锁专家，我知道只需要几秒钟，他就能进来。我把沾满血迹的毛巾塞进壁橱里，打开水龙头洗手。

太迟了。

维克托走了进来，脸上带着一种我永远无法定义的表情。无可奈何？愤怒？还是害怕？如果我能够感受这些情绪，我的脸上大概也会有这种表情。然而我没有。取而代之的是，我割伤自己，但用的不是刀，我选择了一件更私人、更具有惩罚性的武器，我选择了我自己。

这其实已经不再是秘密。维克托知道，很多年以来，我一直在伤害自己，只是从来没有严重到这种程度。我抓自己的皮肤，直到流血。可是那又怎样呢？很多人都这么做。我感到紧张时，会抓我的血痂。这很恶心，但也不少见。我抓自己的头发，把它们连根拔起。我无法停下来，直到大把大把的头发落在我的腿上。我抓自己的头皮和前额，还特意把指甲修得很锋利。我们躺在床上时，维克托会抓住我的双手，阻止我伤害自己。但我无法控制自己，我也无法解释这一切。

冲动控制障碍。拔毛癖。强迫性皮肤搔抓症。

那些是精神科医生对它们的称呼。她说，像我这种患有焦虑症和回避型人格障碍的人，同时患有那些病症并不罕见。我认为她说错了。对于被贴上"焦虑症"的标签，我没有意见，完全没有意见。那只不过说明了我有混乱不堪的焦虑。但为什么说我患有"人格障碍"？这意味着……彻底的精神分裂。

"但我没有精神分裂，"我对精神科医生说，"我只是……我只是受伤了……在内心。每当我撕裂自己的外在，我就会感觉内心的撕裂减少一些。"

她点了点头，等我继续往下说。

"我不想死。"

她在等我说完。

"真的，我不想死。我没有说谎。我不想自杀。我只是有时候会控制不住伤害自己。就好像在我的内心住着另外一个人，他需要通过伤害我的身体，把那些坏想法从我的脑袋里剥离出去，除此之外，没有别的办法。身体上的痛苦能够帮助我忽略精神上的痛苦。"

她依然在等我说完。

"当我把这种感觉大声说出来时，它听上去很疯狂，"我又低声说，"有时候，我会想我大概真的疯了。"

"如果你真的疯了，你不会意识到自己的想法听上去有多么疯狂，"她温柔但坚定地说，"你意识到了自己的问题，你为它寻求帮助，就像任何一个生病的正常人会做的那样。"

我的双手发痒，想抓自己的头发，但我强迫它们待在我的腿上。我的指甲缝里有干掉的血迹。"这就是为什么要给病人穿上拘束衣，"我暗自思忖，"为了防止他们伤害他们自己。"

之后，我们开始了相当漫长的行为治疗、药物服用和与医生面谈的过程。我阅读了一些关于十二步骤治疗的书籍，它是一种用来帮助人们根除不健康行为的治疗方法。

有时候，我的冲动会在一阵之后就消失了……我要抓挠或伤害自己的想法只在一念间，接着我就能够通过重新引导自己的想法，让自己停下来。有时候，我的念头比较难以控制。于是我在手上缠绕橡皮筋，弹击手腕，模拟被割伤的疼痛，却又不存在感染或其他更糟糕的风险。有几个晚上，我发现自己趴在厨房水槽上，可怜地哭泣着。我强迫自己捏碎一把又一把的冰块，直到双手灼痛得好像伸进了火里。还有时候……我会旧病复发。那是一些黑暗的夜晚，它们像碎玻璃一样在我的记忆中闪烁。我与危险嬉戏，纵容自己割出鲜血，我让这个已经彻底背叛了我的身体剥落成一片片。

有时候，维克托会在第二天早晨，发现我的双手沾满血迹或者我的脑袋上有一块需要用旁边的头发遮盖的秃斑。他问我："你为什么就不能停下来？"他问我为什么要故意伤害自己。他看着我，好像他认为我真的能作出解释。

我不能。

我甚至不能对自己解释我为什么会这样。我只知道这就是我……也许有一天，会有一个人敲开我的脑袋，搞清楚里面到底有什么东西坏了……以及还有什么东西是好的。

因为两者都很重要。

没有黑暗，就没有光明。没有痛苦，就没有宽慰。我提醒自己：我是幸运的，因为我能够感受如此巨大的痛苦，以及如此巨大的快乐。我能够抓住每一个快乐的时刻，并活在那些时刻里，因为我从黑暗走向光明，又从光明走回黑暗，我看见了它们之间的鲜明对比。我享有一种特权：我能够意识到，笑声是一种祝福，是一首歌；我能够明白，与我的亲朋好友一起度过的快乐时刻是值得收藏的无价之宝，因为那些时刻对我而言是一种药物、一种镇痛软膏。那些时刻向我承诺：为生活而斗争是值得的。当我的抑郁症令现实世界扭曲变形并想说服我放弃一切时，那个承诺拉着我渡过难关。

或许能够衡量人类情感的天平对我不起作用。或许我的天平更大，也可能更小。或许我已经迷失了方向，走进了一个不存在的地方，而你在那里等我。又或许有一天，我会被找到，会有人对我解释为什么我会是这个样子。

或许不会有这一天。

毕竟，有些故事是不应该讲出来的。

皮肤干预和刘海儿毒杆菌

我从来都不怎么赞成微整形美容，我认为没有任何必要往自己身上注射肉毒杆菌、移植假体或者填入胶原蛋白，但我也完全可以理解那种借助美容之名想从身上剥离一些东西的冲动。我酷爱蛋形磨脚器；喜欢用高频无线电波把脂肪连续击打出体外；我也酷爱把自己包裹起来，这样可以让毒素随着汗液流走；我还酷爱清理身体，这样可以让大便排出肠道。不知为什么，以前我感觉那样似乎更健康，或者至少让我更有机会减轻体重。不过，我现在又想了想，才意识到那样也许非常不健康。

我感觉有必要打个电话给我的精神科医生，告诉她我的病情有了突破性的好转。稍等一下，别走开。

好了，我回来了。我给我的精神科医生打电话，结果发现她把晚上十点之后的所有来电都转到了自动语音应答。很遗憾，我对于自己为什么会得强迫性皮肤搔抓症的顿悟没能引起自动语音应答的关注。这也许是因为它连什么是强迫性皮肤搔抓症都不知道。实际上，连单词拼写检查系统也不知道那是什么，我让它提示我这个单词的拼法，可它只说了一句："去学学单词拼写。"单词拼写检查系统，你的这种回答既粗鲁又毫无帮助！强迫性皮肤搔抓症是一种让你想把自己的皮肤抓下来的冲动控制障碍。当我感到过度紧张或者发现自己正在挠身体上的瑕疵的时候，这种病会突然暴发。通常我会抓自己的头皮，直到它血流不止。我也会抓自己的大拇指，经过多年的自我摧残，现在它已经永久变形了。这种做法比较浑蛋，我不把它推荐给你。

为了满足我把自己的皮肤抓下来的欲望，我找到了一些比较健康的方法，比如用胶带把我的手指包裹起来，或者在我的头发上抹一层椰油，它会提醒我又在无意识地抓头皮了。我也找到了一些没那么健康的方法，比如我听说过的"微晶磨皮术"——我怀疑它源自拉丁文，意思是"我想脱下你的皮肤，把它变成一件夹克"。我的皮肤科医生发送了一封介绍这种手术的电子邮件给我，里面描绘了我的新皮肤在一层旧死皮的覆盖下有多么透不过气。我突然间感觉自己好像戴了一个用螨虫和灰尘制成的面罩。我需要立即解决这个问题，但我无法一个人去。

"我听说有一种能够把你的皮肤剥下来的新方法。"我在电话里几乎尖叫着对我的朋友劳拉说。

她沉默了一会儿。我解释说："它能让你变得更漂亮。"

她似乎仍有些犹豫不决。我继续说："我有一些做这种微晶磨皮术的优惠券。据我所知，这种手术能剥下你的脸部皮肤，让你看起来很漂亮。我不知道他们跟脸皮到底有什么仇恨，据说这是一种非常过时的做法。就跟刮阴毛很像，还有格温妮斯·帕特洛。"

"大家跟格温妮斯·帕特洛到底有什么仇恨？"劳拉有点气愤地问我。

我们跑题了。显然我没有解释清楚。我继续说："劳拉，他们用钻石把你的脸皮刮下来。这就好像对着流浪汉大叫一声'去你妈的'。我用钻石把自己的脸撕下来。这说明了我根本不在乎钻石和我的脸。不过，我私下计划把磨过脸后沾满鲜血的废钻石留下来，再过滤一遍，就像矿工淘金一样。那样我就能得到一盘子的钻石和一张漂亮的脸部皮肤了。这几乎等于美容师付钱请我做这个手术。另外，你还能得到一次皮肤咨询和分析测试。所以，基本上也就是你让他们把你的脸部皮肤剥掉，然后听他们告诉你，你看上去有多么丑陋。这就是美丽的代价。除此之外，还需要支付45美元的团购价。据说大致就是这样。"

"等等，"劳拉回答说，"也就是说，我付钱让别人把我的脸皮剥下来，然后再羞辱我一番？这简直就像专为女人定制的一样！算我一个！"

"对吧？"我说，"他们或许还会把大街上的人拉进来嘲笑我们。我们就好像又回到了高中时代。谁会拒绝这种好事呢？"

劳拉加入了我的行列。"替我报个名。我要挂电话了，免得你越来越让我相信和你做朋友实在太有利于我树立自信心了。如果再有别的什么中世纪的变态项目开业了，比如给乳头上蜡或者放血之类的，别忘记打电话给我。"

这就是代价，我们是历经沧桑的女人，因此我们花了一大笔愚蠢的钱来保护自己脆弱的脸部肌肤，直到有人让我们花更多的钱把这层皮肤全部烧掉。

我不知道女人为什么对于所有和脸有关的建议总是毫无抵抗力。对我而言，这就好像我和自己的脑袋之间有一种相互虐待的关系。以前，我只在脸上使用肥皂和水。直到有一天，在我去买咸脆卷饼的路上，一位商场美容销售人员拦住了我的去路。他说我看上去很糟糕，说服我在脸上涂了厚厚一层昂贵的面霜。我的脸上立刻暴发了大面积的过敏，也许是因为我的脸还不习惯于被呵护，它感到难受。后来，我不得不买下几种不同的昂贵的面霜，用来修复过敏。有人说我需要用一些东西来打开毛孔，使它们能够呼吸。过了一周，一些广告又满怀遗憾地告诉我，说我的毛孔已经大到连地鼠都能掉进去了，于是我又买了一些能够缩小毛孔的产品。突然间，我看上去就好像得了非常奇特的麻风病。我的皮肤科医生说："你对自己的皮肤做了什么？停止你做过的一切，只用这个面霜把它们都清除掉。"当我把这个面霜放入我的药箱时，我意识到这就是那瓶最初引起混乱的面霜，但是价格贵了十倍，就因为它是医生配的。我心想："去你妈的，我的脸！我要用果酸和钻石把你烧掉。"

然而，实际上我对于整个治疗过程有些担心。我记得自己在电视上看过一个名叫《苗条好身材先生》的节目，里面有一位古怪的白人男子，留着小巧的爆炸头，穿着连体紧身衣，上面画着人类身体的内部结构，整个人看上去好像被活剥了皮。一些"已经放弃成为一家真正的博物馆"的博物馆会展出一些会出现在"人体世界巡回展览"上的尸体，而他就像那些尸体的先驱者。我担心自己到最后看上去会像苗条好身材先生的与世隔绝的妹妹——肥胖没皮肤小姐。

第二天，劳拉和我来到了诊所。我们相互依偎着坐在沙发上，盯着周围的女人们看了看，立即感到了自己的格格不入。那些女人的锁骨上的脂肪好像被吸了出来，然后又直接填入了她们的嘴唇。

我们在一本小册子上签了字，里面介绍了治疗的风险，同时也保证我们最后会得到一层更厚的皮肤——我认为这意味着：我们的脸会变得很大，但我们感觉不到同等的伤害。我心里有些纠结："也就是说，我会增厚几英寸……不过是在我的脸上。我付钱让自己变成大胖脸。"劳拉紧张地看着我。我们想逃跑，但一位护士走了进来，把我们带回了检查室。她长相很甜美，看上去只有三十五岁，但她说自己已经五十多岁了。劳拉认为她是这个治疗项目的活招牌，而我认为她是一个撒谎精。

护士让我们把脑袋放进一个发光的机器里。机器给我们的脸拍了一连串照片，而她用这些照片把我们吓了个够呛。她先给我们看了阳光对皮肤造成的伤害和留下的瘢痕，然后又拿出一张照片，我们看了一眼就站起来大叫："那是该死的什么东西？"

那是在我脸上繁殖的一个菌落。

"天啊，"我一边说，一边凝视着遍布我的鼻子和额头的一簇簇绿色的东西，"有一群完全陌生的异族生物在我的脸上安营扎寨了。这就像一个低配版的《霍顿与无名氏》[1]。只不过这里的无名氏是一群擅自住在我脸上的家伙。"

"这很正常，"护士想要安慰我，"只是一些细菌而已。"

我盯着护士，说："有一群活着的生物住在我脸上，你却要消灭他们！"

"好吧，这种看法……很奇怪。"护士有点紧张地说。据说她遇到过很多被这些照片恶心到的人，但还没有一个人会因为它们的存在而产生伦理危机。

"撤退，你们这些家伙！"我试着对自己的脸大叫。"去脖子那里！"我建议道。

"等等，"我问护士，"你不会碰我的脖子，对吗？"

"噢，别搞得自己像个囤积狂。"劳拉说。

"我不是囤积狂，"我反驳道，"我只是在尽力阻止一场即将发生在我脸上的大屠杀。"

"不，"她回答说，"你患有脸部囤积症，你正在囤积你脸

---

[1] 一部改编自苏斯博士作品的动画片，讲述了大象霍顿解救"无名镇"的故事。"无名镇"是一个建立在一颗灰尘上的小镇，镇上居住着一些微小的"无名氏"。

上的细菌，我们将不得不进行一次皮肤干预治疗。"

我看了看护士，她面露难色，有点心慌意乱（可能是因为劳拉糟糕的俏皮话）。"自从你们开始杀害这些微小的生命以来，善待动物组织没有对你们提出过质疑吗？"

她摇了摇头："说实话，至今为止，我从来没有遇到过任何人对此提出质疑。它们在你脸上真的不是什么好事。你的卟啉有问题，这可能会……"

"你说什么？"我打断她的话，"它们被称为'可怜的朋友'[1]？你想让我杀害我'可怜的朋友'？"

"不，你听错了。实际上，这只是一种常规的皮肤清洁。"

"这是一场种族灭绝。"

医生做了一个深呼吸，试着换一个话题："那么，你期望这次治疗能带来什么效果呢？"

我停顿了一下，思考了几秒钟："我有点期望，在把我的脸皮剥下来后，发现下面藏着一张约翰·特拉沃尔塔[2]的脸。不过仅限于今天。从今往后一直这样就不好玩了。"

关于为什么想做这种治疗，劳拉有一个正常得多的理由："我想除掉这些皱纹，但我还不想去打肉毒杆菌。"

"但是肉毒杆菌会非常有效。"护士解释说。

---

[1] "我"把护士说的"卟啉（porphyrins）"错听成了"可怜的朋友（poor friends）"，两者的发音很像。
[2] John Travolta，生于1954年，美国著名演员、制片人，电影《低俗小说》的男主角。

"我不需要肉毒杆菌，"劳拉反驳道，"我有刘海儿毒杆菌，就是你选择用刘海儿来遮盖额头上的皱纹。不用让人在你的脸上注射毒素，就能得到很好的效果。"

我赞成地点了点头："是的，我还要避免在我的大脑附近注射毒素。"

劳拉附和道："我需要我的大脑。我在那里藏了所有我最好的东西。"

护士看上去有些茫然，飞快地为我们做完了治疗。这和洗牙很像，只不过洗的是你的整张脸。

治疗完成后，护士很不情愿地把过滤网递给我。里面没有人脸，但有不少不含钻石的灰尘，但也不够用来淘钻石。到最后离开时，我拿着一个装着我脸上灰尘的小瓶子（里面装满了无家可归的"无名氏"）、一把昂贵的脸刷和要了我几百美元但我猜其实只是凡士林的东西。

后来，我还对皮肤科医生在我脸上做的这次治疗心生感激——我整整一个月都没抓破我的脸，主要因为我不想打扰那些"可怜的朋友"，它们大概正在勇敢地重建家园，它们之前碰见的一位上帝给它们带来了悲惨的遭遇。

直到现在，我依然感觉自己的脸十分干净。

不但干净，而且非常非常孤独。

就好像你的裤子在对我炫耀

世界上几乎没有什么事情比贫穷、丧失基本人权和大部分女士服装没有口袋更令我生气了。前两件事情显然更为紧迫，但是口袋这件事情也相当令人烦躁。

维克托断言女人不需要口袋，因为她们有手提包。于是我不得不解释说："不，我们因为没有口袋，才被迫用手提包。想象一下，现在把你可爱的口袋裤子上的所有口袋都拆下来，然后你无论上哪儿都提着它们。你的那种裤子好像有……七个口袋。想象一下，你拿着七个口袋去游乐场。你做不到。你需要一个手提包。你坐上疯狂旋转机，最初的一分钟里还挺顺利，直到你的手提包突然弹开，所有的东西都像捣蛋鬼一样在笼子里翻腾着向你袭来，好像你是一只被放进开足了马力的烘干机里的小猫。接着，你的手机把你打得鼻青眼肿。顺便说一句，上述内容取材于真实事件。"

维克托似乎很惊讶，但他争辩说，世界上并不存在什么"口袋裤子"，"它们应该被称为工装裤"。但那只是语义学上的问题。

　　"你有几条裤子从上到下缝了好几个阳刚气十足的口袋，"我尖叫道，"坦白地说，这就像你的裤子在对我炫耀。"维克托不再跟我争辩，大概是因为他不想让自己看上去站在裤子这一边。

　　女人能拥有的最接近口袋裤子的东西是钱袋（pocketbook），可是说实话，它对我们不过是一种侮辱。钱袋既不是口袋（pocket）也不是书（book），而是骗子。一开始，它是你可以拿在手上到处走的口袋。后来有一天，你厌倦了这种做法。于是，你买了一个手提包，把它放了进去。这项服装工业好像起源于一次糟糕的关系破裂，是一次苦涩的发酒疯期间的突发奇想。

　　"嘿，你知道姑娘们有多么讨厌带手提包吗？她们只是在利用你，为了把口红之类的玩意儿放在你的口袋里。然后为了布拉德离开你？让我们做一个口袋形状的包吧。不过我们会把这个包做得大一些，大到无法放进口袋里，这样你就不得不再去买一个手提包了。我们把它叫作'钱袋'。那些臭婆娘永远不会识破我们的诡计，她们会掏钱买下它。"也许是我有些反应过度，但我真的感觉他们是故意这么做的。我甚至都不认识布拉德。

　　是的，你或许会想，那些姑娘完全可以穿上工装裤，只要她们愿意，但我不同意你的想法。苗条的姑娘也许穿得上那种裤子，可是像我这样的姑娘，当你想在超大号区域找一条能让你看上去苗条一些的裤子时，那种缝了一大堆口袋的裤子只会是你最不需要的东西。实际上,你在女人的裤子上看到的大部分口袋都只是用来讽刺你的摆设而已。有时候,它们是真口袋,但它们会被故意缝起来,好像在说:"我让你拥有这些口袋,但是,为了你好,我把它们缝了起来。"我们大部分人都会把它们缝起来,因为比起有口袋的裤子,没有口袋会让你看上去苗条些。

实际上,唯一管用的裤子口袋应该既能够让我看起来更瘦,同时又能装上好几吨的东西。我猜基本上可以说,我想要的是魔法,16号衣服里的魔法。我希望我的口袋好像神秘博士的塔迪斯[1]或者玛丽·波平斯[2]的行李袋。不过,既然玛丽·波平斯的行李袋被设计成一个具有魔法的、能装下一切东西的袋子,为什么它的体积还需要那么大呢?——我很严肃地提出这个问题。我猜玛丽原本想要一个魔法口袋,但男巫师说:"什么?像小伙子一样?不,女士,我认为不行。给你个手提袋。"那些男人真是一群浑蛋。他们或许还会说:"让我们直说吧……你需要使用魔法走很长的一段路,才能找到你要找的小孩子。社会规定你不能穿连衣裙以外的衣服?明白了。来一把该死的飞天魔伞!"谢谢,你们这些男巫师。我原本认为你们设计不出比神奇女侠的隐形飞机更糟糕的东西了,结果你们做到了。感谢上帝那时候还没有手机,否则拍摄了玛丽·波平斯的裙底风光的照片会在如今的互联网上泛

---

[1] 《神秘博士》中的时间机器和宇宙飞船,外形类似电话亭。
[2] 《欢乐满人间》的主人公。该影片讲述了化身为保姆的仙女玛丽来到人间帮助两位小朋友重新获得生活的乐趣,并让他们的父母重享天伦之乐的故事。

滥成灾。这就是我一直不信任男巫师的原因。

关于口袋，我们来讲点开心的事情吧。昨天，我在我的裙子里贴了一个塑料密封袋，这样我就有地方存放不能塞进胸罩里的所有东西了。这个方法非常管用。所以，目前我正在做一个只用塑料密封袋钉在一起制成的斗篷。那会是一件很棒的斗篷，因为我能够直接看见我放在塑料密封袋里的所有东西（不像我的手提包会吞掉我的所有东西，就好像一个小黑洞）。它还可以兼作雨披。我还可以在里面放一把短剑和一本《如何刺伤别人》的小册子，这样那些浑蛋就会知道不要来招惹我，我甚至都不用把短剑拿出来威胁他们。这种斗篷百利无害。

让我们长话短说吧。我打算凭借销售口袋斗篷，变成一个超级富翁。（这种斗篷能够让你随时随地有口袋可用，还能够被压缩塞入口袋。这样一来，如果你撕坏了一件斗篷，你能从它的第一个口袋里拿出一个备用斗篷。）我会用我赚来的钱大力发展魔法，打倒那些该死的得了"厌女症"的男巫师。等等，我刚刚意识到：男人才能得到真正的短剑（stiletto knives），而女人只能得到高跟鞋（stiletto shoes），这件事根本没有什么指望。

还是省省力气吧，女权主义。

美味的巴斯鱼

有时候，人们只是需要逃离他们的普通生活，到别处休养一段日子。就我个人而言，我喜欢拿上一瓶朗姆酒、几本书和一大堆漏洞百出的英剧，把自己锁在卧室里；相比之下，大部分人更喜欢走出家门，去海滩之类的地方。这大概是因为大部分人的假期还没有被凌晨两点试图入室抢劫的强盗糟蹋过。

等一下，我说得有点太急了。

维克托每年都会去日本，因为他研究日本的东西。关于他的研究，我原本应该能够多描述一些，然而我不能，因为他每次开口说另一种语言，我都会比平常更心不在焉。无论如何，他最后认定，即使我打心底里很讨厌旅行，至少也应该和他一起去一次日本。我最后说好吧，只要我妈愿意帮忙照顾我们的女儿，因为我不放心把她留给其他人。当时，海莉七岁，是一个自信独立和危险愚蠢的结合体，这种结合通常只会发生在小孩和醉汉身上，所以我不太愿意离开她。但我知道我妈是个极其负责任的人，她能够处理好我那个疯癫搞笑的爸爸引起的所有不确定因素——就在我进门放下海莉的那一刻，他给了我一个大大的拥抱。他回到厨房，在餐桌旁坐下，继续轻松愉快地研究他刚刚订购到的一些玻璃眼珠。他安慰我说，我为海莉感到担心是正常的，但也是瞎操心。再说，度假是帮助人们维持健康和理智的一种活动。"就好像……你还记得那一次我把那些环尾浣熊装在咖啡罐里，带着它们一起去度假吗？"他问。

真奇怪，我不记得了。

"你为什么带着一群环尾浣熊去度假呢？"我问。我爸似乎有点被冒犯了，他对我保证说他从来没有带着"一群"环尾浣熊去度假，他只带了两只，因为"谁会带着一群环尾浣熊去度假"？也许我该问："谁会带着任何一只环尾浣熊去度假？"不过我意识到自己已经知道了答案。

"好吧，我不相信它们会好好待在家里。"我爸继续说，"我上一次把它们留在家里时，它们闯进了文件柜，用税单为自己搭了个窝。"

"为什么这件事我一点也不记得了？"我问。我妈漫不经心地解释说，因为那一趟行程我没有和他们一起去。

"也就是说，你们带了一群狐猴去度假，却没有带上我？"

我妈看着我，好像我又反应过度了。"当时并不需要二选一。"

"而且是环尾浣熊，不是狐猴。"我爸说，他对于自己居然还要解释这一点感到有些失望，"它们更像一种小型浣熊，就好像浣熊和松鼠交配产下的宝宝。"

信息量太大了，但是这仍然没能帮助我搞懂，为什么会有人选择带着动物去度假，而不是带着我。

"带着它们旅行肯定不是我的主意，"我妈解释说，同时轻轻地瞪了我爸一眼，"它们是孤儿。你爸需要照顾它们，帮助它们恢复健康，直到它们长大后可以离开了为止。起初我甚至不知道它们在车里，直到我看见后排座位上有一个巨大的咖啡罐。"

"它们平时住在咖啡罐里，"我爸说，"它们需要一个假期。"

这很难反驳，主要因为这很疯狂。

然而，这的确让我在留下海莉前犹豫了一会儿。不过我认为，因为我妹妹和我（和那些环尾浣熊）最后活了下来，所以海莉还有很大的胜算。此外，海莉也喜欢我父母家里稀奇古怪、出人意料的疯狂事情。一年前，她曾经和我妹妹家的孩子们一起在我父母家住了一个星期，学习如何"抓面条"。对于那些不明白什么是"抓面条"的读者，我只能说你们过着一种被保护得很好的生活，你们大概也不知道如何把环尾浣熊宝宝养在咖啡罐里。"抓面条"（即"乡巴佬徒手抓鱼"）是指你抓鲇鱼不用钓鱼竿，而是把手塞进水下的洞里。你希望住在那个洞里的是鲇鱼，而不是鳄鱼、蛇或者会咬人的乌龟。这是一些用完了鱼饵、炸药以及完全没有常识的人会使用的捕鱼方法。坊间流传着捕鱼人被巨型鲇鱼拖死在海里的故事。这真是一种糟糕透顶的死法，就跟被美人鱼诱惑而死在海里差不多，只不过这不是美人鱼，而是一种吃起来味道像烂泥一样的鱼。我爸很聪明地意识到：教孙子孙女把手塞进湖水底下的烂泥洞，会引起我妹妹和我的质疑。于是，他用了另一种方法作为替代：他带了一桶活鲇鱼回家，把它们倒在后院里的一条独木船里，并在船里装满水。虽然这与"船"应有的用途完全相反，但是这也的确是让孙子孙女一遍遍练习抓温斯顿·麦克鱼脸的安全方法。（严格地说，那里面有好几条鱼，但由于所有鲇鱼看上去都差不多，我们把它们统一称为"温斯顿·麦克鱼脸"。）

这种活动确实有点奇怪，但我父母拥有的就是一条独木船，而不是蹦床——别人给你什么东西，你就只能干什么活儿。另外，孩子们玩得很开心，而且我爸向我保证：所有的温斯顿·麦克鱼脸最后都回到了大自然（我怀疑这句话是一句暗语，真实的意思是"我们吃掉了它们"）——我想这才是最重要的。

以上就是我待在日本的时候努力让自己回忆起来的事情，不过在大部分时间里，我依然很担心海莉。只有在第三天我们坐子弹列车去京都时，我才不再担心。由于严重的时差反应和睡眠不足，我们最后倒在了酒店的床上。我实在是精疲力竭了，连衣服也没脱。而维克托在倒头睡着之前，至少努力脱去了衬衫和牛仔裤。几小时后，维克托听到一阵吵闹声。他摇了摇我，低声说道："我觉得有人想要闯进我们的房间。"

我咕哝着："可以，只是告诉他们别开灯。"然后转身又睡着了。维克托摇摇晃晃地从床上爬起来，看见我们的房门微微打开着，有一把断线钳从外面伸了进来，想要夹断门上的金属插销。那个插销是当时唯一把闯入者挡在门外的东西了。维克托即使在心情好的时候也不是一个好惹的人，而半夜里用喧闹的抢劫吵醒脾气暴躁的维克托？这就好像打扰一群正在冬眠的熊。这时你可以穿着Lady Gaga用生肉做成的连衣裙，对着熊的幼崽发射罗马火箭筒。

维克托看见门缝里的断线钳正往门外滑动，他说了一句："噢，天啊，不！"然后一把抓住断线钳并用力拽它。拿着断线钳的人猝不及防，猛烈地敲击着房门的另一边，发出沉闷的砰砰声。维克托突然打开房门，大叫一声："外面到底该死的发生了什么？"他对着四个惊慌乱跳的亚洲人挥舞着手里的断线钳。四个人害怕得倒吸了一口凉气，好像被哥斯拉追赶着似的跑过走廊。有可能他们的确是一群很差劲的盗贼，也有可能他们只是吃惊地看到这位高大魁梧、邋里邋遢的美国男人只穿着袜子和廉价的拳击短裤，短裤在屁股的位置上印着一条大鱼，上面写着："美味的巴斯鱼"，他还带着威胁的意味，对着他们挥舞断线钳。（我愿意花重金购买当时拍摄的监控录像，它可能会在任何类似于日本版《美国家庭幽默视频》的电视节目里大受欢迎。）那些盗窃未遂的家伙消失在了楼梯井里。维克托走回房间，推了一把椅子放在房门的球形把手下，然后立刻又睡觉去了。他事后声称，当时他告诉我有一小伙强盗想闯进来，而我说那只是他幻想出来的一群忍者。我觉得这样说好像不太合理，因为忍者的行动应该更轻巧一些。不过，也不是所有的忍者都天生能做好他们的工作，总有一个人会是班上最差劲的忍者。这只是一个数学问题。

第二天早晨，我在床上转过身，说："天啊，你昨晚困得发疯了，你觉得有人想闯入我们的房间。"然后我哈哈大笑起来，直到维克托指给我看掉在地上的断线钳、被夹断的插销以及从门底下塞进来的一封信。信上说，酒店经理想尽快和我们谈一谈"昨晚发生的案件"。我们觉得自己要被逮捕了，但后来我们听说，那些想闯入我们房间的差劲的忍者其实是酒店的员工。昨晚，有一位怒气冲冲的房客坚持说他自己被锁在门外了。他们相信了他的话，拿着断线钳来拆锁。结果是这位房客走错了楼层。维克托穿着短裤，挥舞着断线钳，把一群人赶到了走廊里，而那位房客和他太太就在这一群被吓坏了的人里面。经理为这场误会表示万分抱歉，并让我们搬去了一个更大的房间。那个房间里没有被切断的锁，但有一个复杂到我都不知道该如何使用的马桶。我考虑过要不要让客房服务员给我拿一个水桶来。

说实话，日本马桶令人毛骨悚然。我怀疑未来的马桶都会被日本马桶取代，因为它们几乎能做所有你能做的事情，而且做得还比你好。比如说，了不起的日本马桶的特点之一是它能为你提供一个温热的马桶圈。这看似不错，但实际上只会带来不安。

它给人一种好像刚有人起身离开这个马桶圈的感觉，但实际上那里除了你没有别人。这就好像有一个鬼魂在你的卫生间里游荡。没人想要这样。你在使用移动厕所前，必须先弄破那些上面写着"已消毒"的小纸条，这里却与之完全相反。此外，这里还有各种各样的按钮、手柄和旋钮。我很确定其中一个能启动核炸弹或者打电话到美国五角大楼。这里有一张拍摄了日本马桶上仅仅一部分按钮的照片：

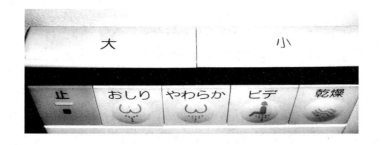

我不太确定这些按钮是派什么用场的，但是我想，顶部那个看上去像个小人的按钮是用来通知人们，你已经找到了女巫布莱尔。旁边那个按钮的意思是"大便不会被冲掉，用你的脚赶走它"。我猜最左边的橘色按钮是用来发动战争的。另外两个是让你出于某种原因洗洗胸部。还有一个旋钮在喷泉上方飘浮。我想最后一个是用来订购熏肉的？说实话，我不敢把所有的按钮都试一遍，因为仅仅坐上去就会触发它突然唱起歌来。这歌曲很令人不安，就好像一首大便摇篮曲。坦白地说，如果你需要某人给你唱歌才能拉出大便，那就有点过头了。实际上，我感觉这个马桶比这次旅途中发生的所有事情——包括被一群并非忍者的家伙闯进房间——都更恐怖。

整个马桶令我晕头转向，于是我打电话给我妈，让她听听马桶唱歌，也顺便让我了解一下海莉的情况。我跟海莉通话时，她向我保证，说她度过了一段绝对愉快的时光，那天下午她"用橡皮筋绑住外公的小鸟，然后把它们扔向空中"。她说完便挂断了电话，因为她的注意力只能集中一小会儿，她刚才认为自己看见一朵长得很像她认识的某个人的云。

我又打电话过去，问我妈海莉有没有把一些家禽绑在一起，然后像扔回力标一样地把它们扔向空中。我妈回答说没有这回事儿，她认为更可能是海莉和我爸把字条绑在他训练*的信鸽脚上，然后放飞了它们。也可能她真的搞坏了家里养的小鸡。很难判断七岁的小孩在想什么，也很难判断我的家人在想什么。不管怎样，我认为海莉度过了一段比我快乐的时光。

就在那时，我下定决心：从今往后，我只要那种没有令人毛骨悚然的马桶和差劲的忍者的度假。"在家度假"——躺在自己铺满书籍、爬满猫咪的温暖的床上，我能得到真正的放松和恢复，不会因为外出度假太累而需要继续度假恢复。我妈说我或许应该把"不准把环尾浣熊放在咖啡罐里随身携带"加入我的新度假准则。她有她的理由。这是一条奇怪的准则，但也是一条显然需要加入的准则。

◇

*有趣的边注：我爸一直在跟人交换动物、照料动物，再把它们放归大自然。所以，他上周得到的一只瘸腿的短尾猫，通常到了下周就变成了一只获救的孔雀。再等到你下一次上门时，又被一只三条腿的鬣蜥取代了。不过，这些年以来，他始终如一地养着几十只信鸽。鸽子飞出它们的窝棚，停在棚顶上，直勾勾地瞪着你，等待着喂食。我有点被我爸对鸽子的忠诚感动了，但后来我意识到，这是因为你几乎不可能摆脱家鸽，它们会一直飞回来。现在想来，这就好像一部关于鸟的恐怖电影里的情节在现实生活中发生了。这部电影的剧本也许是一个已经厌倦了饲养家鸽的人写的。如果你能把它们卖掉，你实际上就等于拥有一个了不起的传销组织，只不过你得到的是越来越多的鸽子而不是钱。只可惜没有人想要鸽子。大致上，这就好像你有一个永远不会离开家的孩子，还到处拉屎。你拼命对它们说："去吧，去过自由的生活吧！"它们却说："不要，我们在这里很好，谢谢！吃的东西在哪里？需要我帮你传个字条吗？"不过，我爸还是爱它们的，他一直在它们的腿上绑字条。

"你有没有听说过世界上有一种叫作电子邮件的东西？"我问他，"它们传送得很快，而且不会有禽流感和鸟粪之类的麻烦，我是说通常情况下。"但他只是笑了笑，回去修理他为鸽子挖建的小狗门洞。

天知道他让那些鸟把信送给了谁。现在还有谁用鸟来传递字条？哈利·波特吗？这是我唯一能想到的。我连电子邮件都几乎不回复，更不会为了回信而去和一只鸟搏斗一番然后把字条绑在它的腿上。

维克托指出，我爸可能让那些鸟把字条送给了我。这好极了，因为从现在开始，我将盯着每一只鸟，看看它们身上有没有给我的信，这会让我看上去甚至比平时更疯狂。此外，这些信还可能是连锁信，要求我用我的六只鸽子寄出关于耶稣的信息，否则我会被诅咒……我不知道……也可能是一些比被迫在六只鸟身上绑字条更糟糕的事情。非常感谢，老爸！我期盼能有许多身上用马克笔写着"取消订阅"的家鸽飞回到我这里。

很难说我俩谁有精神病

我一直热衷于心理咨询。你花整整一个小时谈论你自己，而另一个人不得不假装自己被你的那堆鸡毛蒜皮的怪事情深深吸引了。有毒瘾的人寻觅能够滥开处方的医生，而我用同样的方法寻觅了不起的心理咨询师。我不是在寻找毒品。我在寻找好演员，或者一些无聊到连我的生活对他们而言都似乎很有趣的人。两种人我认为都可以接受，我不是一个挑剔的人。

我非常享受心理咨询的过程，所以我不断地试图说服维克托也去试试，但他不愿意。最后，我说我们要去见一位婚姻问题咨询师，这样他就不得不去，而我就能在一旁观看了。我就好像一个精神科偷窥狂。维克托一开始不同意，直到我解释说，心理咨询师就像裁判员，他能够判定，在过去二十年里我们争吵不休的那些问题上，究竟谁错得更多。通常情况下，我们吵架时，我最后会说"如果我们在杰瑞·施普林格[1]的节目上吵架，所有人都会嘘你"之类的话。但问题是维克托从没看过施普林格的节目，我只好改口说："如果我们在一位心理咨询师面前吵架，她会对着你失望地摇摇头，并朝我扔来一堆美元钞票，感谢我超人般的忍耐力。"心理咨询师就好像一位我假想中的朋友，她总站在我这边，她受过的教育也多于我和维克托。最后，维克托为了证明我在胡说八道，亲自为我俩预约了一位心理咨询师——我的目的终于达到了。

心理咨询师安排维克托先去，让我一周后再单独去与她谈话。这听起来完全合理，但是在维克托出门赴约之后，我想，维克托可能会告诉她所有我们之间的可怕秘密。我甚至还没有机会让这位医生见识我人生中的精彩故事（我上一位精神科医生就很着迷，从他的表情就能看出来）。维克托可能会跟她讲我上周擅自闯入一场惊喜葬礼的经过，维克托会毁了我获得她好感的机会。

这并不是一场类似于"惊喜派对"的葬礼。葬礼是预先计划好的。所谓"惊喜"，其实是对我而言的。给你一个惊喜！你正参加葬礼！这是我有生以来参加过的最像惊喜派对的活动，只是没料到会有那么多的尸体加入。

长话短说。由于我喜欢安静，那天我路过附近的一个墓地时，在里面停留了一会儿。但不幸的是，在一个送葬队伍进来后，我不知不觉地被卷入了一场葬礼。我原本想要驾车离开，但

---

[1]　Jerry Springer，生于1944年，美国著名电视节目主持人。

是在狭窄的墓地小路上，到处都是哀悼者和车辆。一位负责指挥墓地交通的工作人员对我做手势，要求我把车停下，然后加入送葬的行列。我感到惊慌失措，对他挥挥手，说："哦，不，我不能。"但是，当我掉转车头时，我发现一排汽车紧跟在我的后面，我这才意识到我被堵住了。送葬队伍好像被一个红灯切断了，而我成功地让自己挤入了队伍的中央。就这样，我发现自己被困在车流里，意外地成了哀悼者挟持的人质。

我想解释说我只是在四处闲逛，但是这理由听起来很奇怪。我只能走下车，往举办葬礼仪式的地方走去。这是一种非常奇怪的状况，因为我一般避免参与所有我认识的和我爱的人举办的社交活动，但我现在主动参加了一位陌生死者的葬礼。我就好像葬礼上的帕蒂·赫斯特[1]。与此同时，维克托不停地打电话给我，想知道我在哪里。但我又无法接电话，因为我非常确定在葬礼进行的过程中接听电话是不礼貌的行为，何况你还是一个不速之客。

我回到家后，维克托大叫道："我快急疯了！你到底去了哪里？"我回答说："别对着我大吼大叫。我刚参加了一场惊喜葬礼，现在我感觉自己十分虚弱。"他说，从今以后不准我独自驾车外出，因为"正常人是不会被葬礼诱拐的"。这正是维克托会主动对心理咨询师谈起的那类事，而且他不会解释我这么做的背

---

[1] Patty Hearst，生于1954年，美国赫斯特媒体帝国的女继承人。19岁的帕蒂被绑架后，反而加入该绑架组织，参与银行抢劫。她的绑架事件被视为斯德哥尔摩综合征（人质情结）的典型案例。

景原因。

接下来的整整一周里，我都无精打采。维克托拒绝告诉我他和心理咨询师谈了什么，而且他认为连问这种问题都是不正常的。我对他说，如果他不把他们说的话告诉我，我会捅他的膝盖，但他不相信。我猜他把我的话都写了下来，作为下次心理咨询时的话题。

最后，终于轮到我去见心理咨询师了。她看上去是那种会让你拿着语言的小棒槌敲击"情绪小鼓"的精神科医生，但我并不介意。我立即发表一场漫长的自由演讲，内容关于维克托是一个多么不可信赖的人，谁会因为别人参加了一场葬礼而气得发疯？只有那些想让你对你自己的心智产生怀疑的疯子，只有那些人。

心理咨询师打断了我的话。她说，维克托说的全是夸奖我的话，显然他很爱我。我批评她，说她简直像植物一样木讷，因为一位真正的精神科医生一定已经发现，维克托显然是故意这么说的，为了让我感觉自己是电影《煤气灯下》里疑神疑鬼的疯子。小鼓女士（从那以后我拒绝称她为"医生"）没有进一步说明。她问了一个无关痛痒的问题，同时抓起笔在她记录人们各种不正常行为的便笺板上写了起来。我曾经做过很多心理咨询，我知道他们那套把戏。我发现当你说了一些的确很疯狂的话时，精神科医生从不动笔记录。接着他们会问一个比较简单的问题，等到这时才开始做刚才的笔录。我猜他们这样做是想让你放松，但是对我而言，效果恰恰相反，因为我想揭穿他们的行为，可是他们会因此把"妄想症"添加至我的病情诊断里。在她专心做笔录时，我对她提出的那个毫无意义的简单问题（"你喜欢自己的工作吗？"）作了如下回答：

"如果我是一个连环杀手，我会在受害者身上留下这样一张字条：'我只喜欢搞基，所以只要你没有阴茎，你就不会有事。抱抱。小宝贝们。'对于连环杀手而言，我认为这是一个最好的名字，因为从此之后，新闻主播不得不说'全国人民依然对小宝贝们感到恐惧'以及'小宝贝们涉嫌搞基。警察鼓励你们保持镇静，并正在实施标准的安全防卫措施，以抵抗来自小宝贝们的威胁。锁好大门，别再跟个窝囊废似的'。而报纸头条会是这样：**'小宝贝们依然在逃。请保护自己免遭小宝贝们侵害。'**"

我停顿了一下，发现心理咨询师正一脸困惑地盯着我。我感觉糟了，她大概已经忘记了她刚才要记录的内容，现在不得不再问我一个更无关痛痒的问题，好抓紧机会写下我刚才讲的一切。幸运的是，这次咨询的结束时间到了。

她没有秘书，所以我直接付钱给她。这是一件很尴尬的事情，因为我选择对她泄露藏在我内心深处最黑暗的秘密，可是到最后我不得不付给她二百美元，作为她听我讲话的补偿。这很可能是世界上最不健康的一种关系，也需要接受心理咨询。你由于自尊心低落去看精神科医生，他们花了一个小时让你相信自己多么有价值，最后在结束咨询时告诉你因此欠他们一大笔钱。这种做法至少是违背直觉的。我想知道，精神科医生是否会厉害到让这位自尊心低落的病人说："不，医生，这次我不付钱。我的病情相当有趣，应该是我让你付钱。"我不知道精神科医生会不会认为这是一次成功的治疗，反正我觉得是的。

我立刻回家。我告诉维克托，我不喜欢被别人那样愚弄。他看上去一脸无辜和茫然。于是我们吵了一架。我说他在心理咨询过程中假装我是一个好人的做法大错特错，而维克托说我脑子有问题。就在这时，我意识到自己也许太执迷于心理咨询了。或者，至少太执迷于婚姻心理咨询了。

他说得对。从那以后，我再也没去找那位心理咨询师。作为替代手段，我们制定了在余下的婚姻生活中需要遵守的一些规则，大致上包括：我承诺再也不把喝了一半的水杯在屋子里到处乱放，而维克托承诺，如果我不可避免地依然把喝了一半的水杯在屋子里到处乱放，他也不会责怪我。这是一项奇怪的协议，然而我们都为此感到高兴。有时候，你需要找到那些对你管用的方法。

从那以后，偶尔路过那位婚姻咨询师的办公室时，我会想走进去告诉她，我们的婚姻仍在愉快地维持着。可是我接着想到，她也许很喜欢告诉别人："有一对疯狂的夫妻，给我讲过一个惊喜葬礼的故事。他们还没熬过第一个月的心理咨询，就已经心理崩溃了。比起他们，你们的婚姻已经很好了。"我担心，如果我告诉她：没有心理咨询，我们过得很好——这也许会毁掉她的故事。于是我独自离开了。因为我是个好人。

至少，我的新心理咨询师是这么说的。

我把心留在了旧金山[1]

（但请把"旧金山"换成"狐猴之家附近"，

把"心"换成悲伤的问号。）

你有没有以下这种经历？

你朝着动物园的垃圾桶走去，一只手里拿着重要的东西，另一只手里拿着要扔掉的东西。你有些心不在焉，因为你刚刚发现了一条普世真理："世界上所有的东西，要么是熊猫，要么不是熊猫。"你正在衡量这算不算一次重要的顿悟。这件事情令你走神得厉害，所以在你走回狐猴之家的路上，直到走过了一半的路，你才发现自己手上依然拿着垃圾，而汽车钥匙看样子已经被你扔进了垃圾桶。

你跑回垃圾桶旁边找你的钥匙，可是它似乎已经落到了垃圾桶的底部。你弯下腰，犹犹豫豫地在别人扔下的垃圾里翻找。

---

[1]　*I Lost My Heart in San Francisco*，一首爵士经典老歌，1969年当选旧金山市歌。

周围的人开始盯着你看，你想对他们解释自己并没有发疯，但这是在撒谎，因为你确实患有精神疾病，只不过并不是你的精神疾病让你把钥匙扔进了垃圾桶，你不希望人们产生这种设想。你想做一番解释，但你觉得，如果你一边在动物园的垃圾桶里翻找东西，一边对着一群完全陌生的人大吼大叫，抗议他们对你的精神疾病指指点点，反而会让你看上去更不正常。

接着，你意识到自己不得不用两只手来找钥匙。于是你想找一个地方，把你握在另一只手里的东西放下。这时，你意识到自己的手里还拿着一开始想要扔掉的垃圾。而在别人的眼里，会不会是这样一番景象：你在垃圾堆里翻找，然后特别高兴在把垃圾桶翻个底朝天之前，找回了刚才想要扔掉的吃了一大半的油炸饼。

你抬起手，打算把垃圾扔掉。但你阻止自己这么做，因为你意识到，如果你把垃圾扔进垃圾桶，等于制造了更多的垃圾让自己去翻找。于是你站在那里，犹豫不决地盯着手里让你左右为难的油炸饼，另一只手还在垃圾桶里。

这时，你的丈夫走过来找你。他看着你说："你到底在干什么？你为什么在翻垃圾桶？"你回答说："我在找钥匙。"他说："大部分女人会把钥匙放在她们的手提包里。"你愤怒地瞪着他，但他继续说："我好好跟你说，别胡闹，你看上去像个疯子。"你说："我把钥匙扔在这里面了，因为我以为那是油炸饼，你到底肯不肯帮我？"

他目瞪口呆地看着你，脸上露出一副困惑而又担忧的表情。

他不可置信地摇了摇头，然后拿出了车钥匙。他说你刚才把它放在了狐猴之家的桌子上。你感到一阵轻松，但接着你看着垃圾桶，心想："那么我把什么东西扔在里面了呢？"你不知道自己是否应该继续翻找垃圾桶。那可能是一样很重要的东西，但你现在连"我在翻找我的钥匙"也不能说了，而要改成："我在翻找一样很重要的东西，我刚把它扔在里面了，可我甚至不知道它是什么。"

甚至没有人能够帮助你，因为他们会问："那东西是什么样子的？"你不得不回答说："我不知道。我猜它会给我们所有人带来惊喜。"围观的人越来越多，于是你只好任由你的丈夫拉着你离开，你永远不知道自己把什么留在了垃圾桶里，这个疑问永远萦绕在你的心头。你让一些碰巧路过的陌生人让你感到难为情，所以你没有撸起袖子，把垃圾桶推倒在路边，找出"我究竟在找什么"这个神秘问题的答案。

后来，你在回家的整个路上，把手提包翻了个底朝天，拼命想弄明白是什么东西不见了。但是，没有任何东西不见了。不知道自己究竟把什么东西留在了那个垃圾桶里，这快把你逼疯了。与此同时，你的丈夫还在一旁咕哝：也许你扔掉的是你的尊严。他说的也许有道理，但你解释说，那是一样有点分量的实物，所以显然不是你的尊严。你继续解释说，你心不在焉地把除了钥匙之外的某样东西扔掉的唯一原因，是你当时正巧发现了一条令人兴奋的普世真理。可是，当他充满期待地看着你时，你的脑袋里却一片空白，你已经不记得那条真理是什么了*。现在，你一共丢了两样你不知道是什么的重要东西。

耶！

这就是我度过的一周。

◇

* 我最终想起了那条普世真理（"世界上所有的东西，要么是熊猫，要么不是熊猫"），但我把它告诉维克托时，他说："哦，我的上帝！现在是凌晨三点。你干吗为了这个把我叫醒？"我不得不向他道歉，因为没有人能够在睡眼惺忪时对那种能让人想破头皮的顿悟有所准备。到了第二天早晨，我发现的真理依然没能引起他的赞叹。我试着解释，但他坚持说那是垃圾。不过，我认为自己才是那个笑到最后的人，因为我把我的顿悟写在了一本即将出版的书里。这件事情真是该死的相当令人赞叹！

储备足够的雪花水晶球。僵尸即将开始毁灭世界

如果你想在一个地方迅速围捕一大群浑蛋，我建议你去机场。在一般环境下，我会说附近所有人口中有5%是浑蛋。供您参考：剩下的那些人里，2%的人是彻底的杂种；10%的人还可以，不过他们自认为比你强；另外10%的人很出色，只要你别太急着催他们，否则他们会想用刀捅你；还有0.00001%的人可能是连环杀手，或者故意穿非常紧身的裤子；大约32%的人很出色，但他们暗暗怀疑自己存在很大的问题（他们确实有问题，所以才说他们很出色）；6%的人质疑我现在给出的明细是否真实，他们想看原始数据，不过我不打算把数据提供给他们，因为这不是一本关于统计学的书，另外，所有这些数据中的37%是我当场编造的，所以我不确定你还指望从我这里得到什么。

按照我刚才说的（在我被数学粗暴地打断之前），在一般环境下，人口中大约有5%的人是浑蛋。如果去一个中等大小的机

场，你就会发现浑蛋的人口比例会呈现出等比级数的跳跃增长。你也许不同意我的看法，并指出你从来没在机场里看见过任何一个浑蛋，然而这正说明了你也是他们中的一个。对不起。我并不想指责你，因为这似乎由不得你。另外，相信我，我能够理解你。每当我必须做数学应用题时，我都会变成一只小型的洞穴动物。我经常发现自己躲在壁橱里，所以，我不会对你说三道四。不过，我对你也是有一点意见的。我确实因为不想做数学题而躲在壁橱里，但我这样做不会伤害任何人（也许对壁橱造成了一点伤害）。相比之下，飞机上的那些浑蛋却经常把我气得想用大棍子戳他们。

这是一个多么奇怪的现象。那些在通常情况下（在机场以外的地方）会为路过的小鸭子拉住门或停下车的人会突然认为，为了能够坐上已经分配好的狭小得可怕的座位，就算在走道上把老妇人推倒或者把小孩踢开也没关系。他们三三两两站在一起，围绕着登机通道的入口，挡住那些拿着优先登机牌的乘客，怒视每一个想从他们身边走过的人。几小时后，飞机开始降落时，你会看见又是这群人正在做着深呼吸，用被困动物的眼神四处张望，紧紧地拽住安全带。一旦安全带指示灯熄灭，他们又会立即跳起来，意气风发地站在队伍的第一个，而这个队伍其实在相当一段时间内哪里也去不了。我经常对这种事情感到好奇。我只能认为，他们一定对排队抱有某种古怪的狂热。

我个人认为，航空公司能够做两件事来改善乘客的飞行体验。第一件事是让所有拿着登机牌的乘客评选出最不讲道理的一心想要坐上飞机的人，然后抓住他的胳膊，在广播里愉快地宣布："就是你，这位先生！您赢得了我们最莫名其妙、最狂热地渴望登机比赛的冠军！尽管无论如何，飞机在所有乘客都已经就座之前是不会起飞的。您干得好！您能否告诉我们您此刻夺冠的感受？"最好的结果是：他觉得有点莫名其妙，然后一笑了之，从那一刻起该死的彻底安静下来。最坏的结果是：他开始大吼大叫，让其他所有人看一场精彩的表演。接着，我们会给他一块小奖牌和一片温和镇静剂，不得不坐在他身边的乘客也要给一片镇静剂。如果你在飞机上分发镇静剂，那么我也会吃上一片。实际上，每位乘客都应该吃一片温和镇静剂！

（我为上文可能涉及的性别偏见表示歉意。不过，说句公道话，那个人通常是一个"他"，而且乘坐的通常是商务舱。他很可能持有航空公司的三钻旅客身份。他偶尔会是我的丈夫。）

说实话，如果我们都吃了镇静剂，那么我为改善空中旅行而制订的计划的第二部分就没那么必要了。飞机上总有一些招人讨厌的家伙，他们为自己巨大的箱包无处可放而暴跳如雷，他们对着一些实际上并不是恐怖分子的人大声念叨着涉及种族主义的妄言妄语。他们还吃了过量的镇静剂，导致现在无法正常吞咽。（我目前是这副样子，可是我要替自己辩解一句：我把抗焦虑镇静剂和胃药搞混了。所以，我更愿意相信自己现在并不是在"流口水"，而是有点不太吝惜口水。）无论如何，我认为空乘人员用皮纳塔棍子敲打（每个航班上）该死的最愚蠢的人的脑袋，会成为向所有乘客提供的一项免费社区服务。这并不会给他们造成永久的伤害。而且，如果这种事情在他们身上发生了不止一次，他们大概就能明白这是怎么一回事，否则他们还能通过别的什么方法吸取教训呢。

这么做还有一个好处：我们乘坐飞机时，都会感到点焦虑，变得喜欢挑三拣四。我们每个人也许总有一次会被皮纳塔蠢货棍子敲脑袋，这会是一个很好的提醒——提醒我们要对他人抱以更多的同情。我个人认为，我是最可能被棍子敲脑袋的，因为我的焦虑症会在飞机上变得相当严重，到最后我会发展成惊慌失措。通常我会在推特上告诉所有人"我爱他们"，因为那时我的抗焦虑药开始起作用，它会令我变得超级多愁善感，我会很害怕自己可能死掉。这就好像吃了迷幻药，只不过我想要的不是性交和咆哮，我只想让人抚摸我的头发，为我唱一首古老的爱尔兰饮酒歌。不幸的是，我最后发现坐在我旁边的人都根本不会唱任何饮酒歌，他们把时间都花在制作Excel饼图上了——这是有史以来最糟糕的用"饼"方式。

在我上一本书的宣传期间，我不断地乘飞机。这引发了我的焦虑症，最后导致我产生了轻度的精神崩溃——不知何故，它被称为"致命的疲惫"。我的精神科医生说，如果我今后仍然需要如此频繁地飞行，我可以找一只服务动物，它们能够为焦虑症患者带来情感上的抚慰。我曾经考虑让亨特·S.汤姆猫接受训练，但我后来想起来，亨特每次坐在行驶中的汽车里，都会有自发神经性腹泻的问题。我也曾经想象过抱着一只感染了突发性飞机痢疾的猫，这也不见得能够在很大程度上帮助我缓解焦虑，它只会带给我一些别的东西（而且是极其不卫生的东西），为我更添焦虑。

我给许多服务动物专家打了电话，还与一个女人谈了谈。她说我最好找一只已经接受过训练的、性情温顺的动物。她还告诉我，对于焦虑症患者，一般不建议把猫咪作为抚慰情绪的动物。我的猫咪讨厌狗，我想我完蛋了，但她又接着对我说，最近《美国残疾人法案》里增加了一条规定："允许焦虑症患者携带具有抚慰情绪作用的小马乘坐飞机。"基本上也就是说，我可以带着一匹讨厌的小马和我一起上飞机。我很确定小马是无法放进位子底下，也无法放在我的腿上的，但我觉得"让一匹医用小马站在我座位旁边的走道上，与此同时，我拿它的鬃毛编辫子"是一个不错的想法。此外，小马丹扎[1]会是一个很棒的行李动物。我不必带手提箱，只须把我的衣物放在它的背上，这样我就不必支付行李托运费了。此外，小马也不会着凉，因为它会穿上我的睡衣。

我试着让维克托相信：这是一个双赢的局面。但是，他认为在家里养一匹小马当宠物完全是异想天开——即使我说这是为了治疗我的精神疾病也无济于事。他回答我说，他毫不怀疑，我在精神疾病的影响下作出的决定最终会导致一群马与我们一起睡在

---

[1] Pony Danza，有一位美国男演员名叫托尼·丹扎（Tony Danza），作者在这里可能取了谐音的哏。

床上。我反驳说，我只需要一匹医用小马，但他说我最后会声称一匹小马太孤独了，然后有一天，他回家后会发现房子里到处都是马。我没有回答他，因为我们都知道，他说得对。此外，我很确定，带着小马上飞机的女孩，在每一趟航班上，都会被皮纳塔蠢货棍子敲脑袋。所以，维克托也许正在把我从我自己的魔爪里拯救出来，正在把我从脑震荡里拯救出来。

不过说实话，与我之前见过的事情相比，带着小马坐飞机只算得上一个小小的标新立异。我曾经遇到过一位坐在我身旁的女士，在我们等待所有乘客登机的三十分钟里，她用最大的音量把手机上的所有铃声都听了一遍。还有一次，维克托坐在机场总裁俱乐部里安静的木制隔间里——这里可以让专业人士在等待转机的时间里使用笔记本电脑进行工作——有一个和维克托坐在同一排的老男人，把耳机插在笔记本电脑上，观看电视剧《真爱如血》。突然间，他猛地扑向屏幕，尖叫道："小心，苏琪！"他的声音非常大，害得维克托也不由自主地跟着尖叫了一声。还曾经有一个坐在我前面两排的小伙子，超级小心地握着他的手机，为了不让周围的人发现他在飞机上看低俗色情片。如果他记得把耳机插入手机的话，周围的人也许确实不会发现，只可惜他没有这么做。他沮丧地（我希望是这样）呻吟着，把音量不断地提高再提高，直到他发现出了问题。再有一个排在我前面、站在安检警戒线上的女人，她问安检人员能否把她的猫咪（戴夫）放在行李X光机器里进行检查，因为她想看看它是否吃了一根项链。（"戴夫，你该死的到底怎么了？你要振作起来啊！"）

我不得不承认自己偶尔也会发生类似的情况。比如有一次，我在加利福尼亚买了一只古董篮子，但无法放进我的行李箱，于是我打算像拿手提包一样地拿着它。那是一只用死犰狳做成的篮子，手柄是犰狳的尾巴，无法放进机舱座椅底下。我试着把它藏在腿下，但空乘人员说："女士，您是否需要把你的……呃……犰狳放在上方的行李柜里？"我说："我拿着它就好了。它是一件手提行李，也是一个动物尸体。"她让我把东西塞进座椅底下，可我塞不进去。最后，我对着坐在我旁边的乘客叹气说，刚才犰狳篮子弄断了我的两个指甲，这就是人们讨厌坐飞机的原因。我考虑在我的犰狳篮子里放一把指甲刀，以防后患（把指甲刀塞在犰狳的一片甲壳下面。你不需要用指甲刀时，它可以把甲壳收拢）。这似乎是一个不错的主意，我想你也许可以再加一把奶酪刀和一把螺丝锥，做成一只瑞士军刀犰狳，不过自动拼写检查系统会把它改成"做成一只瑞士军刀假阴茎[1]"——真是不胜其烦，多此一举。

维克托认为，人们逐渐变成浑蛋是一个新现象。二十年前坐飞机要比现在容易得多，也没有那么大的压力。我只能相信他

---

[1] 作者在这里玩了一个文字游戏：她先把瑞士军刀（Swiss Army Knife）和犰狳（armadillo）合并成Swiss-Army-Armadillo；由于Army和Arma的拼写很像，她把Arma去掉，进一步缩合成Swiss-Army-Dillo；但因为英语中并不存在dillo这个单词，所以自动拼写检查系统会把它改正为最相近的一个词dildo（假阴茎）。

的话，因为以前我的家人度假从不坐飞机，总是开车或露营，其中包括一次前往"失落的枫林公园"的夏季旅行（那一年我九岁）。那天，我们一整个上午都在钓鱼，中午回到我祖父母的帐篷旁边，发现一群小松鼠在这个突然出现的帐篷上咬了一个洞，还把屎拉得到处都是，就好像有一辆撒粪车刚刚从这里经过。我们感到十分恐怖，但又不情愿地记住了这一幕。也许邻居小松鼠很生气，因为它们看见露营者在树林里解手，它们心想："浑蛋，我真不敢相信自己的眼睛！你们居然在我的客厅里拉屎！现在，我要让这种事发生在你们的客厅里！这种事情我可以干上一整天，浑蛋！"很难说事实到底是怎样的。松鼠真是一个谜。

愤怒而又恶劣的松鼠依然无法和机场里愤怒而又恶劣的乘客相媲美。如果你怀疑这一点，一定是因为你没见过一些人在飞机上的行径，比如有个非常幼小的孩子的座位被莫名其妙地安排在了飞机的另一头，但有人就是不愿意换座位，就是不愿意帮忙让孩子的父母能够照顾自己的孩子。有一次，我在芝加哥看见一个男人拒绝和一位母亲交换座位。这位母亲为她十个月大的婴儿买了一个座位，但这个座位和她的不在一起。她问坐在她旁边的男人是否可以去坐几排之外的同样是靠窗的座位，但那个男人拒绝了："我要坐在指定给我的座位上，因为航空公司就是这么规定的。这是我的座位。"他一边发着牢骚，一边傲慢地坐了下来。我当时真希望那位母亲站起来对他说："好吧。那我告诉你，反正这是我的小婴儿的座位，我的座位在你们后面两排。宝贝，祝你旅途愉快！先生，但愿你喜欢尖叫和撒尿。"当然，在事情发展到那种程度之前，周围就已经有很多乘客立即让出了自己的座位——真有点遗憾，因为原本可以惩罚一下那个男人。在飞机上坐在一个又哭又蹬腿的婴儿旁边，实际上和这个在飞机上又哭又蹬腿的婴儿本身同样悲惨。

去年，美国有线电视新闻网（CNN）让我参加了一场电视直播节目，讨论一项关于设立"没有婴儿的航班"的提案。我解释说，如果我们确实打算对乘客进行分类隔离，那我更愿意乘坐一趟"无洞航班"，因为婴儿永远不会请你加入"千尺俱乐部[1]"，也不会在飞行中剪脚指甲，更不会做我曾经看见别人做过的一大堆可怕事情中的任何一件。我在一场直播节目里谈论"洞"和"千尺俱乐部"让CNN的节目主持人有些目瞪口呆，但他们早该料到会发生这种事情，因为几个月前，他们问我对于"妈咪和政治"的看法时，我（在直播节目里）解释说，我一般不写关于这两个话题的文章，任何一个称我为"妈咪"的人都纡尊降贵了，除非他们确实是从我的"女性花园[2]"里出来的。我还解释说，我希望政治候选人能够拿出关于僵尸毁灭世界或机器人革命或网络空间自我觉醒的应急预案，这样至少可以让辩论变得有趣些。

出人意料的是，CNN再也没让我参加电视直播节目。（我想解释一点：我询问过预先给我打电话的那位女士，我是否可以在

---

[1]　Mile High Club，暗指在飞机上进行性行为。
[2]　Lady Garden，美国俚语，指女性的阴部。

电视上说"阴道"这个词？她说我最好别说。于是我说："好吧，那我可以说'我的女性花园'吗？"由于英语不是她的母语，她需要别人帮忙确认。她对着周围的人大叫道："可以说'我的女性花园'吗？"然后，她说周围好像没人觉得这样说会有问题。当然，没人觉得这样说有问题很可能是因为她没有提供任何对话的背景，没人知道这是一个委婉语，或者也许办公室里的所有人都认为这个女人正在拐弯抹角地谋取人们对她的"女性花园"的赞美。无论如何，我认为这件事给CNN带来了好处，因为这一段节目最后赢得了当天最高的收视率。我很高兴地打电话给我爸妈，骄傲地告诉他们："我的女性花园像病毒一样传播开来了。"不过我说完后才发现自己可能选了一个糟糕的措辞。）

维克托每周至少有一次公务出差，他认为是机场愈发严格的安检导致人们失去理智，因为在排队等待安检的时间里，他们好像完全丧失了逻辑思考的能力。有一次，维克托亲眼目睹了一个小伙子在他的手提行李中放了一加仑自家制作的冰茶。美国运输安全管理局（TSA）的工作人员从他的手提行李中拿出正在漏水的壶，看着它，好像在看一只断臂，然后说："先生，我刚才问过你有没有携带任何液体。"小伙子暴躁地回答："我没有携带液体，那是冰茶。"工作人员停顿了一下，叹了口气，然后解释说："冰茶是一种液体。"乘客傲慢地解释说："不是的，蠢货，它是一种饮料。"

接着，TSA工作人员用一根皮纳塔棍子敲了敲他的脑袋。

在我的世界里就是这样处理问题的。

不过，每个人都有偶尔携带古怪的东西偷偷通过安检却不小心被抓获的经历。我们的朋友贾森经常和我们一起旅行，他永无休止地把不合时宜的东西带来机场。上个月，维克托和贾森去参加一个在拉斯维加斯举行的会议，贾森想带着一大罐从好市多大卖场买来的发胶通过安检，而那个罐子大得可以用来装工业原料。

"它就像一个从美发学校拿出来的东西，"维克托事后告诉我，"安检人员说：'先生，你的东西有72盎司，已经超标了。'贾森只是耸耸肩，挖出一大坨放在自己的头发上，留到以后使用。那个罐子和克里斯可起酥油罐子差不多大小，你能把两只手都放进去。"我试着让维克托相信：贾森是为了和他闹着玩才故意这么做的。

"不，去年他在中国也做了同样的事情。他告诉我，他买了一瓶酒，但他们不让他带上飞机，于是他在安检区愤怒地把酒都喝掉了，这样就不会浪费了。"

"很好，"我说，"让他们见识见识。"

"是啊，让他们见识了一个喝醉的美国人再次穿上鞋子时是怎样一副德性。我们去年在墨西哥的时候，他又做了同样的事情。你还记得他在机场买了两升辣椒酱吗？"

"嗯，那次太恐怖了。"我点点头，"但我很肯定，当时我们都喝得烂醉如泥，根本不记得自己当时还没有通过安检。再说

142

了，辣椒酱难道不算热饮吗[1]？"维克托怒视着我，不过我确定他在心里大笑不止。

兜了一大圈，我开始怀疑，人们在机场变成浑蛋是因为僵尸即将毁灭世界。

下面我来解释一下：

你是否注意到，告示上列出的所有不准带入机场航站楼的东西其实都是同一类东西，都是在僵尸毁灭世界时能派上用场的东西。刀剑、枪支、手榴弹、砍肉刀、火、消毒剂、烈酒、链锯，这些都是在2号航站楼出现大量僵尸时我希望自己带在身上的东西。基本上，如果我们在航站楼里遭到了僵尸的攻击，那我们就完蛋了，所以人们也许只是因为被卸除了武器而感到害怕，即使你心里清楚，你要去的地方的名字（"航站楼"）只是"不断逼近突然死亡"的另一种说法[2]。

不过，从积极的方面来看，机场安检区也许有一个巨大的储物间，里面装满了从乘客那里没收来的指节铜环、手榴弹和链锯，所以在必要的时候，我们也许依然能够武装自己。（注：如今你还能买到指节铜环吗？如果我不得不在机场扔掉指节铜环，我会暴跳如雷的。那是一些很贵重的东西。）

---

[1] 辣椒酱英文为hot sauce，字面意思是"热的调味汁"，所以作者开玩笑说它是一种热饮。

[2] terminal可以表示"航站楼"，也可以表示"终点"。

我经常把那些列明机场违禁物品的告示拍摄下来，在我制作僵尸急救包时作为参考。此外，研究不同机场列出的违禁物品清单之间的细微差别，也是一件很有趣的事情。一些机场的清单非常令人生畏，里面尽是一些你认为不至于放在告示上的东西，例如机关枪和炸弹。另一些清单更关注一些含有太多液体的东西。我家附近的机场的告示说，不准携带雪花水晶球。我向上帝发誓，真的是雪花水晶球——这似乎很奇怪。在你被僵尸攻击的时候，你不太可能会想："上帝啊，我现在要是带着我的雪花水晶球该有多好啊！"

　　前不久，维克托仔细地翻阅了我不停地越写越长的"不能通过安检但在僵尸毁灭世界时用得上的东西"的清单。他认为这份清单存在很多问题。"为什么把烈酒放在你的清单上？"他问。

　　"你认为我会在僵尸毁灭世界时保持清醒吗？"我摇了摇头，"我可不这么认为。再说了，酒精是一种很好的消毒剂。"

　　"我非常确定，咸奶油利口酒对于伤口的疗效并不理想。"他太了解我了，"还有一些是什么？水枪？曲棍球棒？这根本就是一份你想玩的东西的清单。"

　　"不是的，"我一边解释，一边怒视着维克托，眼神好像在说他很蠢，"那是一些不需要子弹的武器。你可以用曲棍球棒让僵尸无法靠近你，然后你用枪往它们身上射硫酸。"

　　"硫酸……它也会腐蚀枪。"维克托回答。

　　"啊，"我说，"你说得对。好吧，如果出现了吸血鬼，我们就在枪里装上圣水。"

"还有吸血鬼？"

我为他的无知叹了口气："这么说吧，维克托，我认为如果最终证明世界上确实存在僵尸，那么一切都将变得难以预料。实际上，我认为自己或许应该着手做一份全新的清单，贴上'如果出现了吸血鬼'的标签，因为我是一个善于做计划的人。"

维克托笑着说我又开始自我防御了，但我非常确定，"自我防御"在集中精力为来自怪兽的攻击作准备时，也许是一种很好的心理状态。有点浑蛋兮兮的，自我防御，对可能会拖你后腿的小婴儿漠不关心，拿着一根削尖的皮纳塔棍子，以防万一遇到吸血鬼。你就是靠着这些活下来的。

我想机场也许永远不会是你可以去的最糟糕的地方。

我想让你知道：
垂死是容易的。
幽默是困难的。
临床抑郁症不是该死的野餐。

　　我上一本书出版时，我花了很多时间拒绝那些想采访我的人，因为我害怕自己说错话，也因为我找不到裤子穿。这一次，我决定将整整一个章节用于提问和回答。如果你需要写报道或者引用我的原话，你可以利用这个章节。写这样一个章节似乎有些奇怪，但其实很好，因为总有一些你抽不出时间写的事情和需要表达的歉意，它们都很适合放在这里。

　　我知道把附录放在一本书的中间而不是末尾是很奇怪的做法，可是我认为这样更合适。从严格的意义上来说，你的阑尾[1]长在身

---

[1]　英语中，Appendix既可以表示附录，也可以表示阑尾。

体的中段，所以这样安排一本书的内容也是合理的。也许上帝也遇到过同样的问题。亚当说："我并不想让自己听上去像个挑三拣四、忘恩负义的家伙，可是我走路时确实感到有点痛。那样正常吗？我脚上的东西是肿瘤吗？"上帝回答说："那不是肿瘤，是你的阑尾。附录要放在最后——你只要读上一本书，就会明白这一点了，伙计。"亚当大叫："真的？我不想在木已成舟之后批评你，但这确实是一种设计缺陷。花园里的那条蛇告诉我，这东西根本没什么用。"上帝摇了摇头，咕哝着："耶稣基督，那条该死的蛇就跟名人八卦网站似的！"亚当问："谁是耶稣基督？"上帝说："谁都还不是，那只是我到处散布的一个想法。"然后，上帝把阑尾从亚当的脚上挖了下来。想到他今后可能还用得着，就把阑尾塞进了亚当的上腹部。第二天，亚当想要一个女朋友。上帝说："你得付出一根肋骨作为代价。"亚当大叫："肋骨不是我需要的东西吗？你能不能用我的阑尾给我做一个女朋友？"这时那条蛇突然爬了出来，发出咝咝的声音："我严肃地问你，为什么你一直如此纠结于你的阑尾呢？反正那些东西有时候会莫名其妙炸掉，不是吗？"上帝说："这不关你的事，杰弗森！我开始怀疑自己为什么要把你创造出来了！"亚当说："等等……什么？它们会炸掉？"上帝大叫："亚当，我不是在和你谈判！"这就是为什么阑尾会长在腹部并且应该被摘除。

　　我请求维克托扮演采访者的角色，因为家里除了很会跑题的猫咪，就只剩下他了。【维克托是一个不怎么高兴被拖进来做这

种事情的人（加粗字体），而我是一个不穿裤子的人（不用加粗字体）。】

你到底要我在这里干什么？

你假装自己是一位来自知名媒体的记者。我需要你问我一些问题。今后我因为太过古怪而无法跟人说话时，他们可以偷偷使用这里的内容。

我不知道你想从我这里得到什么。

你很走运，我就是来帮你的。让我们从一个赞美开始吧。也许，你可以夸夸我的头发。

好吧。你的头发是真的吗？

有一部分是真的。不过，你这么问是很失礼的。

哦，对不起。

没关系，我原谅你。只要你在为我的新书写评论时，记得我刚才的宽容，还要记得写上"革命性的"这个单词和"为每一个你认识的人买上一打"这句话。

我为什么要为你的新书写评论？我是你的丈夫。

你现在应该假装你是一名记者。我的天啊，你真不会演戏！

好吧。从目前普遍的观点看来，这是一本关于抑郁症的书，因此你原本应该在书里定义一下什么是抑郁症。

这很难定义。

既然这是一本书，也许你可以试一下。

好吧。

抑郁症就好像……就好像你打开一个Word文档，小心翼翼地滚动鼠标，翻了几百页，好不容易找到了一个特定的段落。你刚敲了一下键盘，文档就自动转到了最末页，因为你忘了在你需要输入的位置上点一下光标。你彻底找不到那个位置了，气得用脑袋撞了一下办公桌。就在你把脑袋搁在办公桌上的时候，你看见老板的鞋子就在你的身后，你的老板走进来了。你马上说："我没在睡觉，我只是用我的脑袋撞了一下办公桌，因为我把一件事情搞砸了。"

呃。

等等。不对，不是那样的。抑郁症就好像……你的剪刀不见了，于是你买了一把新的，但你没有别的剪刀可以用来剪断这把新剪刀上粗粗的塑料安全扣。你骂了一句"该死"，然后为了打开这把剪刀，你试遍了世界上所有东西。但你手上只有塑料黄油刀，而它们做不了任何事情。你站在厨房里，手里拿着一把你用不了的剪刀，因为你找不到别的剪刀。你感到十分沮丧，把剪刀扔进了厨余粉碎机，然后在沙发上睡了一个星期。这就是抑郁症。

也就是说……
不，稍等一下。
抑郁症就好像……你再也不要奶酪了，连奶酪也不要了。

我很想帮助你，但我不知道自己应该请你再详细解释一下，还是让你别再继续解释了。
好吧。让我换一种说法。有时候，发疯是恶魔；而有时候，恶魔是我。

我走过安静的人行道，参加喧闹的派对，进入黑暗的电影院。一只小恶魔和我一起眺望世界。有时候，它在睡觉；有时候，它在游戏；有时候，它和我一起欢笑；有时候，它想杀了我。但它永远和我在一起。

我认为，从某种程度上说，我们每个人都受着控制。一些人依赖酒精和药物；一些人靠着性和赌博；一些人通过自残、生气或害怕；还有一些人随身携带着他的小恶魔——小恶魔大肆破坏他们的心灵，砸开装着痛苦回忆的落满灰尘的旧箱子，任记忆的残余四处传播。它会穿上我们伤害过的人的皮囊，也会穿上我们爱过的人的皮囊。最糟糕的是，它有时候会穿上我们自己的皮囊。那是一些最艰难的时刻：你能看见自己被禁锢在床上，因为你没有力气和意志离开；你发现自己对着你爱的人大吼大叫，因为他们想帮你却无能为力；你在路边的排水沟里醒来，因为之前你试着用喝酒或抽烟或跳舞来赶走疼痛或寻找疼痛。在这一刻，你不像你自己，而更像恶魔。

我并不总是相信上帝，但我一直相信恶魔。

我的精神科医生总说："如果你相信恶魔的存在，那么你就应该同时相信上帝的存在。这就好像……你相信世界上有侏儒，却不相信有巨人。"

我想指出的是，我确实在生活中见过几个侏儒，但我几乎从未见过巨人。我知道她会说什么：没有光明，就不会有黑暗；不可能只存在恶魔，却不存在创造它们的上帝；不可能只有善，却没有恶。

所以，不可能只有我，却没有我的恶魔。

我觉得这一点我可以接受。

或许是我的恶魔认为可以接受。

这很难说。

我的精神科医生告诉我，如果事情变得棘手，我应该考虑与我的精神疾病作斗争，就好像我在"训练一个恶魔"。我说："好吧。毫无疑问，我会输得很惨，我的训练技术很烂！"

她鼓励我用幽默扭转局势，并解释说："你正在训练一个恶魔。这不是你一个人可以完成的任务。有些人与神父和圣水共同完成，有些人与信仰并肩作战，有些人用化学药物和治疗进行斗争。无论你采取何种方式，这都是一个很困难的任务。"

"而且到最后人们通常会吐在恶魔身上。"我回答。

我越来越清晰地看到了一种联系。我想知道，在这个情景里我是不是神父。我不希望自己是神父，因为神父总在一切都恢复正常时死掉。这个类比开始令我毛骨悚然。

你是不是在我们的采访进行到一半时突然开始写文章了？

是的。对不起！但因为你是采访者，所以没能管住我应该是你的错。

好吧，很多时候人们就是喜欢先责怪受害者。我没有抑郁症，可我见过你与抑郁症斗争。对于目前正在寻求这方面帮助的人们，你有什么建议？

每个人都不同，因此每个人的精神疾病也不同。世界上不存在简单的治疗方法，但由于现在人们终于开始讨论这种疾病，就有了很多的工具可供使用。你必须搞清楚如何才能在抑郁症里活下来，这很不容易，因为你很压抑，你感到生活中从未有过的疲惫，你的大脑对你撒谎，你感觉时间和精力（你甚至经常缺乏精力）都毫无意义，你需要帮助。这就是为什么你在无法自救的时候，必须向你的朋友、家人和陌生人寻求帮助。

很多人认为，如果他们的第一次、第二次或者第八次抑郁症或焦虑症的治疗没有得到他们想要的效果，他们就是一个失败者。其实，每个人的疾病都是不同的。如果给你的精神疾病药物或治疗没有起到完美的效果，或者在一小段时间之后便失效了，这不是你的错。你不是一道数学题。你是一个人。对你起作用的不一定永远对我起作用（反之亦然）。但我确实相信，每个人都有一种适合自己的治疗方法，只要你给自己足够的时间和耐心找到它。

此外，精神科医生是一群善变的家伙，所以连他们也不清楚目前究竟在发生什么。精神疾病可能被认为是恐惧症，而恐惧症也可能被认为是障碍症。实际上，我曾经让我的精神科医生读了这本书，并修改了书里所有已经过时的内容。但等到下周新一期的《发疯大全》出版之后，这些内容又将过时了。要保持所有内容都是最新的是很难的——她同意我的看法，但她同时又指出，那本书的名字不叫《发疯大全》，而应该叫《精神疾病诊断与统计手册》。我辩解说，我已经厌倦了那个名字，如果他们采用我起的书名，我想一定能卖得更好。或者也可以叫《权力的游戏》第十四季。

以下是我找到的一些有助于治疗精神疾病的东西：阳光；抗抑郁剂和抗焦虑药物；维生素B；走路；在需要的时候让自己抑郁一下；喝水；观看《神秘博士》电视剧；阅读；告诉我丈夫需要有人监视我；把能够带给我舒适感觉的歌曲做成合辑，并阻止自己听一些想听但会让感觉更糟的东西。我害怕出门时，就在推特上和别人说话。我无法履行母亲的职责时，就和女儿依偎在一起看电视，让她念书给我听。我为自己不能出席家长会而感到愧疚时，就想想我们和猫咪一起躲在地毯堡垒里的时刻，我希望那是她会珍惜的回忆。我提醒自己，我有抑郁症，病发时我在一些关键问题上的判断是不可信的。事情变得的确很糟糕时，我拨打自杀热线。我不想自杀，但我曾经拨打过好几次热线，为了让他们说服我别伤害自己。他们帮助我。他们听我诉说。他们在那里。他们提供建议。他们告诉你，你没有发疯。但有时候，他们也会告诉你，你确实发疯了。但这是好事，这让你变得与众不同。

好吧。你感到抑郁时，哪些做法不会带来帮助？

每个人都不同，所以你能做的最好的事情，是问问那个你想要帮助的人需要什么。

比如说，有些人用"上帝"来治疗抑郁症和阻止自残。我认为这对于一部分人的确很有效，但并不包括像我这样的人。有些人声称，可以"通过祈祷赶走抑郁症"，或者说，你有抑郁症是因为你生活中没有足够的"上帝"。我试着服用过一次"上帝"，但不怎么管用。于是我把剂量减少了一半，只服用到"上"。上哪儿呢？我问了，但没有人回答——这大概是因为我的生活中没有足够的"上帝"。另一些人告诉我，屈服于抑郁症会让我看上去不知感恩，因为耶稣已经牺牲了，我不必再受苦了。但说实话，耶稣在生活中遇到过的烂事儿也多得超乎寻常。那家伙被钉死了。我打赌人们经过耶稣的身边时会说："哇，那家伙应该让自己的生活中有更多的上帝。"也许他们会发送电子邮件给他："你放开手，把一切交给上帝"或者"上帝倾听你膝盖敲出来的邮件"。也许不会发生这种事情，因为当时电子邮件还不够流行，但我认为这样更好，因为世界上最讨厌的事情就是有人告诉你：只要你是个虔诚的祈祷者，一切都会好起来的。或者，只要你多一点微笑。或者，只要你别再喝低糖可乐。

我可以告诉你，"只要打起精神"是全世界公认的最无效的治疗抑郁症的方法。这几乎等于告诉某个断了腿的人"只要起来走走就能痊愈"。有些人不明白，对于我们相当一部分人而言，精神疾病是一种严重的生理失调，而不是"星期一综合征"。同样是那些好心人，他们会说，是我不想让自己康复，因为我"需要做的其实只是打起精神和微笑"。他们说那种话的时候，我会考虑要不要砍下他们的手臂，然后责怪他们没有捡起来，否则他们就可以拿着手臂去医院重新接上了。

"只需要拿起手臂，把它们拿到医院里接上。这并没有那么难，萨拉。我整天在捡东西，我们都这样。不，我不会帮你的，因为你必须学习自己做这种事情。你知道我不会永远待在你身边帮助你。我确信你能够做到，只要你努力了。说实话，我觉得你看上去根本不想要一对手臂。"

的确，这不是一个完美的类比，因为在一般情况下，你不会因为被动的生理失调而失去手臂。除非我因为精神病发作，砍下你的手臂——从严格的意义上来说，这也可以说是生理失调导致你失去了手臂。因此，生理失调对于所有人而言都是危险的。我重点想说的是，如果精神疾病没有被认真对待，我们所有人都会遭受痛苦。

你如何与不了解抑郁症的人打交道？

有时候，人们说："格陵兰岛上的人都快饿死了，你生活在这里还有什么不开心的呢？"我回答说："不晓得，出于天赋？"你无法反驳，因为你感觉开心的时候，也会产生同样的负疚感："格陵兰岛上的人都快饿死了，你怎么还笑得出来呢？"再说一遍，我不知道。我不会问格陵兰岛上快要饿死的人：一些在瑞典的一些人得了癌症、失去了双臂，你怎么还笑得出来呢？我不知道我这样说瑞典和格陵兰岛上的人是否正确，我不懂地理。我重点想说的是，有一些很糟糕的事情，时而发生，时而不发生。我的法则是："享受当下还不算糟糕的时刻，因为糟糕的时刻即将来临。"反之亦然。这就是日常生活的101基本法则。你的家人病了，你的狗需要出去遛遛，你发现身上有个肿块，人们让你别再吃含麸质的食品了。这些事情从来没有消停过。所以，随大溜生活，别向那些快要饿死的人道歉。除非你就是那个饿死他们的人，那你应该好好道歉。

说得对！如果你就是那个饿死他们的人，你要道歉。这完全正确。

正确？噢，我要你问我写在那张卡片上的问题，因为我确信这样才不会跑题。

好吧。这样做是在欺骗读者，好像很不道德，但随便吧。"很多人对这本书提出了批评意见，因为【请在此处填入目前人们对我感到不满的随便什么内容】。你怎么回应？"

这是一个极好的问题。

哦，你已经写下来了。

人们的批评还算合理，但说起这个问题……首先，我为我做过的那件事情表示歉意。我的做法极其愚蠢，也许是因为我太年轻，也许是因为我被下了迷药。其实我不太确定你说的是哪一件事情，因此我的道歉好像也没什么诚意。但我向你保证，这本书里提到的我做过的所有事情之中，至少有一件事情会让我在未来的几年里认为它可恶到了荒唐的地步。这是一个我正在努力解决的现实问题。

我很想在每个句子前面加上一个类比或声明，在每件事情的开头写上"在我的生活中，我发现"，如此一来，人们就不会冲着我大吼大叫，说我搞错了（我经常搞错）或者被误导了（当然了）或者过分情绪化了（你好大的胆子）。不过，由于这本书描写的是我的生活，我只能希望自己没有说出口的声明已经在书里被暗示了。这是我的生活和我对生活的观察。如果我变了，我的观察也会跟着变。这就是写书最可怕的一个方面，却从来没有人告诉过你。你不得不把自己的想法和观点固定下来。它们存在于书页上，永远不会成长。你说服自己相信：你从来不是一个愚蠢、粗鄙或物质的人。然而有一天，你读了自己在七年级时写的日记，重新认识了变成了现在的你的那个人。你犹豫了，一方面你想拥抱那个不成熟的、充满困惑的陌生人，一方面你又想让她该死的理智一点。实际上，如果你读了这本书，讨厌我写的一些东西，那么很有可能，我也讨厌那些东西。就像我祖母经常说："你的观点是正当的和重要的，除非那是一些你自己都觉得恶心的狗屎玩意儿。万一发生了那种事情，你就自己撞墙去吧。"

我非常确定，无论你的奶奶还是你的外婆都没有说过这句话。

好吧，我加了一点自己的阐释，但也差不多……

有人曾经说过，如果你做了一件没有人讨厌的事情，那么这件事也不会有人喜欢。事实如此。对于艺术、写作和人而言，也是这么一回事。尤其对于人而言。实际上，我喜欢的大部分人都是一些危险的浑蛋，这一点你绝对想不到，因为我们或精于隐瞒，或学着诚实地忍受，让它成为一种新常态。电影《早餐俱乐部》里有一句台词："我们都很古怪，只不过我们中的一些人更擅长隐瞒。"我有一张海报，上面印着这句话，但我用马克笔把"隐瞒"这个词涂掉了，因为它让我想起一件事：当你像佩戴荣誉勋章一样地显露你独特古怪的气质时，你会由此获得某种骄傲和自由的感觉。

我们没有人能够对于挫败感无动于衷。我的朋友布琳·布朗和我认识多年，多到我数不清我们已经认识了多少年。她的人生相当成功。她是一位博士，和奥普拉玩在一起，写过几本关于真实、脆弱和勇气的畅销书。她本人就是"振作起来"的完美定义。我知道，如果我在半夜打电话给她，对她说："我超级害怕自己把一切都搞砸了。"她会说："我也是。我身边有很多事情都被搞砸了。我们到底是怎么了？"接着我们会把事情全都讲出来。最后，当我们知道对方也认为自己很糟糕时，我们的感觉会变好很多，因为我们都觉得对方比自己好。如果我们两个人都感觉自己是失败者，那么很有可能世界上所有的人都感觉自己是失败者。我告诉布琳，她害怕失败是一件好事，因为一个完美的人无法写出描述真实感情的、能给人带来帮助的书。所以，从理论上讲，感觉糟糕是写出她的下一本畅销书的第一步。而她提醒我说，我的整个人生是建立在不断伤害自己的基础上的。所以，如果我突然变得很理智，我会失业的。她说得对，可我依然害怕自己在这本书里写出糟糕的内容。所以，我决定在这本书里故意犯一个错误，我已经准备好了。现在，我可以松口气了，因为如果我搞砸了什么，我可以说那是我故意犯下的错误，给你十分，奖励你发现了这个错误。布琳说这是一个好主意，理论上讲，这就意味着我可以按照医嘱[1]故意犯错了。

---

[1] doctor既可以表示医生，也可以表示博士。

这很奇怪。你听上去像个妄想症患者。

你只有从来没有不小心写过一些冒犯别人的东西，才会觉得我刚才说的话很奇怪。我整天故意写一些冒犯别人的东西，并同时准备好如何为自己解围。不过，我一直很害怕写出或说出一些我完全没有意识到的很糟糕的话。比如有一次，我写一个朋友赌博赖账（welch on a bet），自动拼写检查系统说："没有这个单词。是不是想说'威尔士（Welsh）'？"我大叫："耶稣基督，自动拼写检查系统，你那样说带有一点种族歧视，不是吗？我写一个人没有偿还自己的债务，你却大叫：'我敢打赌，那是个威尔士人。'你自己好好反省一下，自动拼写检查系统！"后来，我上网查了一下，发现"赖账"这个短语可能来源于一种具有冒犯性的蔑视——"由于威尔士人被指控不诚实"。我甚至不知道还有这种事情。另有一个类似的例子。小孩说："我姐姐得到了一个更大的馅饼，我觉得自己被欺骗（gypped）了。"我长大后发现"欺骗"是一个由吉卜赛人（Gypsy）演变过来的贬义词，所以我再也不用它了。不过，字典里提供的最好的同义词是"flimflam"，但如果你说："你的甜点比较大，我感觉被flimflammed了。"这听上去很可笑，没有人会把这种抱怨当真。最后我只会为馅饼感到难过，我什么也不会说。另外，现在我担心，"flimflam"这个词有可能冒犯了弗拉芒人（Flemish）。

你想多了。

好吧，我有焦虑症，我脑子里整天想的就是这些。

我还担心，我写自己与体重作斗争的事情也会惹毛别人，因为社会对于外貌已经过分关注了，如果我再谈论自己对于肥胖的感受，不会给社会带来任何帮助。另外，我也担心自己一不小心变得很苗条。到时候，人们在新书宣传活动上看见我时会非常生气，因为他们不知道，随着我的病情、劳累和抑郁的程度的变化，我的体重可以上下波动六十磅。于是我不得不随身带着自己的一些丑照作为证据，还得带上医生的口供。我的医生不断地告诉我，我需要减肥，一直减到病入膏肓或者抑郁到整整一周无法进食为止。到时候，他会说："你看上去很棒！可你为什么又进了急诊室？"

我对自己的体重很敏感，但从总体上来说，我还是更喜欢自己真实的样子。我喜欢自己的身体有一些曲线，因为当我变胖时，我的皱纹会消失不见。从来没有人告诉你这些。你上了些年纪后，如果你突然苗条了下来，你的相貌也会突然老五岁，因为你的脂肪不再填充你的皱纹。有时候，我厌倦了使用"肥胖"这个词。我也会用"发疯"这个词来形容我自己。我完全不介意，这是因为我正在收回这些词。我还要收回"性感"这个词，因为说实话，贾斯汀·汀布莱克占用这个词太久了，他甚至已经不再需要它了。我还要收回"垂头丧气"这个词，因为那不是一个真实的词。别再用它了。

长话短说，我经常发疯，有时超重。世事不会尽如人意，但就因为这样，我才成了我。确实如此。另外，我不必为吃了太多蛋卷而感到难过，因为如果我突然变得苗条了，我会很难解释。这就是为什么昨晚我吃了芝士蛋糕。这是我的诡计之一。

写作时，你有没有不能超越的界限？

我的写作内容比较不加筛选，但确实有界限。我上一本书出版之前，我让书中提到的每一个人都读了一遍。我允许他们删去书里的任何内容，但万分感谢他们的是，他们批准了所有内容。实际上，他们还主动对我说："嘿，我有你爸爸犰狳赛跑冠军戒指和我家宠物浣熊穿短裤的照片，你想要吗？"

我的写作内容确实有界限。我不会讲一些我认为会在某天被一个十四岁的刻薄女孩用来欺负海莉的故事。我不会写我目前正在与某人吵架的事情，或者那种我自己不是那个最大的笨蛋的笑话。有很多故事我不会写，因为它们不是我的故事，我不能讲。不过，我讲能鼓励别人讲出他们故事的事。我刚开始写作时，我爸很少讲起他自己在疾病中的挣扎。后来，他看到一些人在读了我的故事后写给我的留言，他也放得开了。这是很棒的事情。我们与别人分享自己的挣扎，这让别人知道他们也可以分享自己的挣扎。突然间，我们意识到，让我们感到羞耻的事情也正是其他所有人曾经遭遇过的事情。我们远远没有自己想象中那么孤独。

你会不会担心自己的精神疾病遗传给海莉？

我曾经很担心，不过她今年十岁了，我没有在她身上看到任何我在她这个岁数时经历过的焦虑。有可能她今后会与精神疾病作斗争。如果发生了这样的事情，我会试着去理解她。也许我会失败，但我会继续一遍一遍地尝试，直到我最终能够正确地理解她。如果她和我遇到同样的问题，那么事情会变得简单得多，因为我能帮助她，我能教她使用我已经掌握的工具，但她依然会保留她的天性。

我妹妹和我是在完全相同的环境下长大的，但我俩的性格却完全相反。她的一个女儿和我很像，而我的女儿更像她。这令我们所有人都感到困惑。但这不是我们的错。我们有自己的天性。作为父母，你能做的最好的事情之一就是了解到你的孩子既和你完全不同，又和你完全相同。

你受邀作了很多演讲，参加很多电视节目。你感觉自己出名了吗？

我刚清理了猫咪的呕吐物，我感觉很恶心。

让我解释一下。你是否感到大家想了解你更多的私生活？

他们被我惹毛了想跟我干一架[1]？

---

[1]　维克托说的是Everyone wants a piece of you. 这句话直译为大家都想从你身上拿一块，也可以引申为了解。

什么?

你是指"嘿,浑蛋,你想跟我干一架吗"?

不,完全不是那个意思。

或者,你指的就是字面上的意思——他们想从我身上拿走一块东西?比如说,他们想要我的肾?或者他们就想把我肢解了?因为他们似乎依然对我很生气?一般情况下,你不想肢解你喜欢的人。我认为你把"出名"和"鄙视"搞混了。

我指的是比喻意义上的你身上的一块。

噢,好吧,对不起。这些问题害得我妄想症发作了,我又开始自我防御了。

是的,我发现了。

那该死的到底是什么意思?你想揍我吗?

我现在终于明白你为什么不接受采访了。

说实话,我这么做是为了发扬人道精神。应该有人给我颁发一块奖牌。

我想不出别的问题了。

我想不出别的答案了。

我们合作得不错。

阿门，先生。

我正在变成僵尸，身体器官逐个变异

去年的某一天，我朋友劳拉在凌晨两点感觉被她丈夫拍脑袋拍醒了。她想要挥开他时，却发现他在床的另一头睡得很熟。她把手放在脑袋上，碰到一个暖乎乎的会动的东西。她想那是她儿子的豚鼠。她打开灯，发现枕头上有一只负鼠。它嚼了她的一些头发下来，做了一个窝。她尖叫了起来，而负鼠也生气地咝咝叫着，往客厅跑去。她让丈夫去追它，但她丈夫很确定她是在做梦。她大叫道："真的？枕头上的这些沾满口水的头发都是我梦见的？"这时那只负鼠又猛冲了出来。他们在客厅里开始了一场负鼠大战，最后以负鼠的惨败而告终。你可别为负鼠感到太过悲哀，因为在整个野生帝国里，得克萨斯州的负鼠从来都是最混账的动物。我十岁的时候，我爸让我养了一只孤儿负鼠。我每次喂它吃东西，它都会发出咝咝的声音，并怒视着我，好像想让我被火烧死。它是一只沉溺于想象的、急躁易怒的负鼠，也是一个彻头彻尾的卑鄙家伙。后来，它终于长到了可以放归野外的年纪。但几个月后，它又回到了我们家，死在了门廊上。它也许是来泄愤的。很难搞清楚负鼠的真实想法。

我过去始终认为，劳拉的负鼠毛发事件是最糟糕的半夜两点醒来的方式。直到有一天，我在完全相同的时刻醒来，发现我的右臂被切了下来，换成了一群蜜蜂。或者至少可以说，我感觉是这样。我躺了一小会儿，心想我肯定要死了。我可能已经被一只负鼠咬掉了手臂，我的血大概会在几分钟内流尽，这就是我最终死去的方式。我考虑要不要用肘部轻轻地推一下维克托，这样他与我的最后时刻会是浪漫温柔的。然而，就在这时，我的胸部抽搐了起来，我不由自主地猛砸了一下他的脖子。他很走运，我砸得不算很重（因为我虚弱无力，快要死了）。他迷迷糊糊地问我："上帝啊，你有没有砸我的脖子？"我尖叫道："有只负鼠刚刚吃掉了我的手臂。"也许那才是最糟糕的醒来方式。

我很确定自己正在死亡的边缘。维克托打开灯，说我并没有流血。也许是我的胸口抽筋了——我很确定这算不上什么大事。我大口喘着气，告诉维克托说，我犯了心脏病。他又指出我抓错了胸口的位置，心脏应该在另一边。就在那时，我意识到自己也许犯了非常严重的心脏病，我的心脏正在试图逃跑。又或许我的右胸快要爆炸了。我试着对维克托解释这些，但他只顾着对我大吼大叫，让我冷静下来。我解释说，我需要去医院，除非目前的情况是"我吞下了一只爱尔兰妖精，它想在我的胸腔里啃出一条逃生的路"。维克托认为我有些中风了，他让海莉和我尽快上车。

海莉几乎还在睡梦中，所以我尽量保持安静，以免吓到她。维克托反复提醒我别忘记呼吸。我告诉他，我知道如何呼吸，一个人是不可能忘记呼吸的，真奇怪人们怎么会说出那种话来。他说也许人们确实会忘记呼吸，那就是为什么总有人死掉。又一阵抽搐发作了，我咬着嘴唇，晕了过去。当我恢复意识时，周围闪烁着警灯。由于超速，维克托被警察拦了下来。他解释说，他超速是因为他太太心脏病犯了。警察走到我的车门边，看了看我，叫了一辆救护车。接着，他们继续大声训斥维克托愚蠢的超速驾驶，说他本应该叫一辆救护车。但他申辩说，他当时没想清楚，因为他的脖子被一个声称身体里有一只爱尔兰妖精的女人狠狠地砸了一下。

救护车来了。紧急医疗救护人员试图让我自己走向轮床，但我的整个身体都无法动弹。我的身体无法直立，我想是自发性的可复原的脊柱侧凸引起的。在接下来的二十分钟里，我的感觉一片模糊，我只记得救护车在街道上呼啸而过，我看着自己的双脚，心想在这种时候应该拍一张照片放在推特上。但接着我意识到自己伤得太重，已经无法上推特了。就在这时，我知道我快死了。

紧急医疗救护人员把医疗监视器连接在我的心脏上，观察我的生命体征，同时让司机再开快些。救护人员问我："亲爱的，你对硝化甘油过敏吗？我要给你用一些。"这听上去很奇怪，因为我清晰地记得《草原小屋》有一集讲了这样一个故事：老爹由于小麦收成欠佳，不得不干起了开货车的工作，货车上装满了极易爆炸的硝化甘油，把他炸了个半死。救护人员又问了我一遍，我说："我对爆炸过敏。"他乐呵呵地看着我，再次让司机提速。他大概认为我产生了幻觉，因为他看过的《草原小屋》剧集还不够多。不管怎样，他还是让我在舌头底下压住了一些硝化甘油。这味道令人相当难受，可是既然我正在让炸药像有毒的暴风果软糖一样地在嘴里溶化，不难受才怪了呢。

过了一会儿，我被飞快地推进了急诊室，一群医生努力诊断我到底出了什么问题。"患者主诉胸部严重疼痛，血压正在升高。"紧急医疗救护人员说。

"还有，我吃了炸药。"我低声说，但没有人听见，因为他们正忙着脱下我的衬衫，给我做心电图。心电图向医生表明：我的心脏正完美地运作着。我大概是有胃气胀，我没有心脏病发作，我为此感到一阵轻松，可是我依然确定自己快死了，我尖叫起来："停下来，否则我宰了你！"就在这时，维克托匆忙跑进了急诊室。

"她不太能忍受疼痛。"他解释说，当时医生正从轮床边往后退了几步。医生点点头，我听见他下令给我注射一些稀释过的药剂。我告诉他，我要完整的剂量。他解释说，他刚才说的其实是"盐酸二氢吗啡酮（Dilaudid）*"，它是一种主要的疼痛缓解剂。极度痛苦的几分钟过后，护士给我注射了盐酸二氢吗啡酮，接着疼痛开始缓解。我最终决定不在医院里纵火。实际上，我对医院非常感激，我想与他们分享一些杂七杂八的事情，用来弥补我刚才糟糕的行为。

"你知道吗，"我问道，并没有特定对着某个人，"鲨鱼会被尿液吸引。"

"在一段时间里，她会有点兴奋。"护士对维克托说。

"所以，无论你多害怕，"我继续说，"千万别尿了。"

"这种情况说明了药物正在起作用。"护士说。

"不是的，"维克托叹了口气，"实际上不是的。这只是你们从别的病人身上总结的经验。她在餐厅里也这样。"

我想要抗议，但我觉得有点恶心，所以没有办法指出：我只在享受了非常好的服务，或者我还没有开口服务员就又在我的杯子里倒满了低糖可乐的时候，才表现出这种样子。

我一眨眼睛，我们就已经回到了家。我可能在医院里非常兴奋。我也为自己把胃气胀当成心脏病感到尴尬。但我相信医生的说法，他们说这一切都不会再发生了，这让我感到安心。

然而仅仅两周后，这一切又完完整整地发生了。

这一次，我确定自己快死了，但我非常镇静，让维克托用正常的车速把我送到医院。尽管我当时感觉比分娩还痛，但我很确定医生只会告诉我，我需要很使劲地放屁。我们到达医院后，他们立即认出了我们，据说这是因为我长着一张特别的脸，也或许是因为大部分人在接受服务时不会提供关于鲨鱼的有价值的建议。

我冷静地解释说：这不是胃气胀，我感觉胸口有一种分娩的痛，也许是因为我又长了一个阴道，需要我用力把孩子挤出来。没有人相信我，于是我尖叫道："我很痛！你们应该治好我，给我盐酸二氢吗啡酮！"维克托让我别再喊了，因为我看上去像一个"找药的人"。我说他的观察相当敏锐，因为我确实是一个找药的人，我正在找一种能够让我的隐形胸部阴道停止捣乱的药。他解释说，"找药的人"是用来表示"来医院寻求毒品的吸毒者"的医学暗号，把自己想要的药物的真实名称大声嚷嚷出来不会为我带来任何帮助。幸好那里有一个医生，他在我尖叫的时候给我验了一吨的血，然后意识到我出了问题——我可能有胆囊结石。于是我告诉他们，仓鼠一次只能眨一只眼睛。我觉得这是一笔公平交易，可他们还是给我的医保公司寄了账单。

我去见了一组胆囊专家。他们都说最好不要做手术，因为也许我不会再痛了。可我总觉得，取走身体上想要杀了你的东西是好事。于是，他们把莫拉莱斯医生介绍给了我，他以发疯似的摘除胆囊而闻名。也许是因为他喜欢收集胆囊。这个很难弄清楚。不过，我确实知道的是：莫拉莱斯医生没有一个正规的工作室，他借用附近的一家结肠直肠外科诊所。这会产生一大堆令人不安的理由。首先，我很确定自己不想通过直肠进入的方式取出胆囊；其次，挂在候诊室里的会是一些屁股的照片。我是说真的。

莫拉莱斯医生已经超过八十岁了。他只在迫不得已的情况下才说英文。在我妈出生之前，他就已经开始做胆囊摘除手术了。他是个古怪的人，但也很聪明。他看了一眼我的病历，然后告诉我说，我的胆囊已经坏死了，正在慢慢消失。我解释说，它的消失远远比不上它的闲逛。我想把它取出来。我想知道，你能否对你的胆囊下发一个限制令，不允许它到处闲逛，因为你不希望它这样做，这样会害死你的。你可以叫警察把你的胆囊取出来，因为它们妨碍了公共安全，你还永远不必为此付钱，除非你让警察赶走妨碍公共安全的人。这一点我不清楚。说实话，在这类事件里，我从来没有做过投诉的一方。

莫拉莱斯医生说，他会在我的身体里装满二氧化碳或一氧化碳（无论哪一个，都是无毒的），然后通过我的肚脐眼把胆囊拔出来。我问能否保留自己的胆结石（我可以用它们做一串项链），他说他不能允许我这么做，因为新规定是个混账玩意儿，他说他甚至不能把从身体里挖出来的子弹还给被射死的人，因为只要是从你身上拿出来的东西就会被认为是"医疗垃圾"。这似乎有点矫情，因为我女儿也是从我身体里出来的，他们完全同意让我带她回家。有些人甚至把胎盘也带回了家，还让家人吃了它（真的……存在这种事情），而且从来没有人投诉过这种事情。我解释说，我很确定佩戴用自己的胆结石制成的项链并没有让你的家人不知不觉地吃下你的胎盘来得令人反感。莫拉莱斯医生同意我的观点，他说他为了相同的话题已经争论过不下十次了，为了这种问题争论一次以上就已经很奇怪了。不过，他同意拍一些照片给我。我的朋友麦莉主动提出为我的手术拍照，我差点儿就带上她了，因为她是一个令人惊艳的摄影师。但后来我想起自己曾经听说，手术结束后，医生会把残留在我身体里的什么化碳气体通过我的肚脐挤压出来。我不想让任何人亲眼目睹我被迫用肚脐放屁，因为如果他们是你真正的朋友，这正是你应该保护他们、让他们远离的恶心事情。就好像《圣经》里说的那样：做朋友意味着永远不必看见对方用肚脐放屁。或者其他的什么。可能我记错了。

我在医院房间里等待手术开始。我感到有些担忧，因为你总能听到一些关于人们把东西落在身体里或者摘错器官之类的恐怖故事。"如果我醒来时多了一个小鸡鸡，那该怎么办呢？"我问护士。

她向我保证不会发生那种事情。她说这是正常的担忧，她经常看见做膝盖手术的人在那条没毛病的腿上写着："不是这条腿"。我也考虑要不要那么做，可这意味着我要在所有地方写上字，浑身上下贴满各种小便条，上面写着："不，不是这里。""你快找到了。""你在搞什么鬼？这个是我需要的。""别碰那东西，那是我的。"但维克托不会给我马克笔，因为他说即使我在完全清醒的时候也不可信赖，更别说我因为止痛药而变得很兴奋的时候了。

于是我只好拿出了我的幸运乳房。（**边注**：在一次图书宣传活动中，有个女人带给我一个假乳房。这是她为那些想要更大的乳房或者正在从乳房切除手术中恢复的人制作的。它看上去仿真度极高，我经常戴着它，让它从我的衬衣里露出来，看看人们会不会提醒我走光了。如果他们提醒了我，我就把乳房拿出来，并感谢他们的正派。这是一个能够挑选出好人的妙招。此外，如果在酒吧的时候，酒保对我视而不见，我就把假乳房放在额头上，因为它总能引起人们的注意。）我把我的幸运乳房插在腹部。护士回来后，我说："我想我产生了一些过敏反应。这个东西应该在这里出现吗？"我指了指几分钟前还不在这里的像真的一样的腹部乳房。值得表扬的是，她丝毫没有惊讶。我因此认为长出多余乳房的人要比你想象的多，但也可能她从来都不是那个最善于观察的护士。

他们最后把我推进了手术室。外科手术也许相当成功，可是我完全不记得了，因为我很兴奋。恢复过程有些痛苦，因为我的胆囊比预想中更容易受感染。不过，这也给除了我以外的人带来了娱乐。

"我需要吃药。"我躺在床上对着维克托悲叹。

他看了看手表："再等二十分钟。"

"你为什么恨我？"

"我不恨你，"他说完又低下头看杂志，"我只是不想让你服用过量的吗啡。"

"好吧，"我说，"那么说点什么分散我的注意力。"

"好的。这本杂志上说，如果你抛开一切的顾虑，你就能说出你生来应该做的事情。如果你知道自己绝对不会失败，你会做什么呢？"

"我会成为一匹飞马。"

"不是这个意思。"

"我会成为一匹棕色飞马。如果你是一匹白色飞马，你会成为一群热爱莉萨·弗兰克[1]的九岁小孩围追堵截的对象。黑色飞马也不好，因为它们太酷了，重金属乐团也许会想要绑架它们。没有人想要一匹寒碜的棕色飞马。我可以在街区里尽情地挥舞翅膀，没有人会真的在意我。也许我还会希望自己的背上生疱疹，这样人们就不会为了骑在我身上而打扰我了。"

维克托依然低头看杂志："如果你不能认真地回答这个问题，我就不跟你说话了。"

"我很认真呀，"我说，"如果我知道自己绝不会失败，我会是一匹邋遢的棕色飞马，背上生了疱疹。"

"不是这个意思，"维克托说，"这个问题是想引导你找到你在一生中真正想做的事情。"

"这就是我想做的事情。"

"选一些现实的事情！"

"好吧。"我生气地回答。我想了几秒钟，然后说："那么我想我还是选择失败吧。我选择失败，然而在失败这件事情上我永远不会失败，这样就能做出一个虫洞或者某种悖论，然后全世界

---

[1] Lisa Frank，美国商人，她以自己的名字命名的公司专门设计各种视觉艺术产品，最常见的元素是彩虹、霓虹色以及各种动物，其中最出名的是海豚、熊猫以及飞马，深受各年龄层女孩的喜爱。

就爆炸了。"

维克托抬起了一边的眉毛："因为没让你按自己的想法回答问题，你就想炸毁全世界？你不觉得自己有点反应过度了吗？"

"我认为自己需要更多的吗啡。"

"我认为这次谈话证明你已经服用了足够的吗啡。"

我交叉双臂："我要告诉护士，你待我很刻薄。你不让我背上生疱疹，也不让我吃药。"

维克托又继续看杂志："祝你好运。"

我看了看放在病房里的《工作人员值班表》。分配给我的护士名叫"Labya"，我感到很困惑，我忍不住想知道这个名字的发音是和"阴唇（Labia）"一样呢，还是要把a读得短促一些，读成"拉-比-呃"。

护士回来了，她给我在屁股上打了一针。我想这时所有的社交伪装都应该卸下了，于是我问："我只是不得不问一句……应该读成'雷-比-呃'还是'拉-比-呃'？"她困惑地摇了摇头，说："我想你是因为胆囊出了问题才进来的。"

"不是的，"我解释说，"我指的是那个表格。那上面写的是'阴唇'吗？"

她问："你是在问我表格上有没有阴唇吗？"

维克托往椅子里缩了缩，假装自己不在场。

我解释说，我并不是在与她调情，我只是看了看桌子上的表格。她盯着表格看了一会儿，然后皱起眉头，困惑地看着我。也许是我没和她调情惹恼了她。

她做了一个深呼吸，然后说："拉托亚（Latoya），这个名字念作拉托亚。"

我凑近看了看，上面确实写着拉托亚。但我辩解说，它远看起来很像阴唇，很像墨西哥玉米卷，也很像乔治亚·欧姬芙[1]的画。

这时，莫拉莱斯医生出现了。他给我看了一些照片——是我被摘除的令人恶心的胆囊，里面装满了石头。医生说，做手术是一个非常正确的选择，因为我的胆囊几乎死了，而且已经开始坏疽，即将影响我的其他身体器官。

"坏疽？"我问，"我甚至不知道还有这种东西，就好像我要从头开始玩'俄勒冈小道'。"维克托说我想起了痢疾[2]。莫拉莱斯医生说："你在俄勒冈小道上得过痢疾？你的病历上没写。"

我说："我猜你小时候是不是没有玩过很多益智类电脑游戏？"他说他小时候没有电脑。我解释说，这大概就是他永远不会在电脑游戏里得痢疾的原因。

莫拉莱斯医生摇了摇头："听上去很不卫生。你们把那些游戏放在哪里？"我解释说自己不是那个意思，接着把话题引到了我

---

[1] Georgia O' Keefe（1887—1986），美国艺术家，以半抽象半写实的手法闻名，作品主题多为花朵微观、岩石纹理以及荒凉的美国内陆景观等。
[2] 俄勒冈小道是一款以美国西部为故事背景的角色扮演类电脑游戏，玩家经常会死于痢疾。

的僵尸胆囊上。

维克托试图争辩，说我的胆囊没有变成僵尸，但我不同意。它还有一点活着，不过大部分已经死了，并且会感染它碰过的所有东西。这就是活死人，完全符合僵尸的定义。所以，基本上可以认为，我正在变成僵尸，身体器官逐个变异。我的身体里装了很多导管，用来把脏东西排空。这很恶心，我得让它们在我的身体里停留一个星期。我回家后，猫咪以为我肚子上的那些导管是很棒的猫咪玩具，不停地拍打它们，想紧紧抓住它们把自己吊起来。这一切在你的止痛药失去效力之后开始变得不好玩了，我不把它推荐给正在恢复中的人。

这是一个普通的胆囊手术，一个维克托认为不用住院就能解决的手术，可是它到最后演变成了一场持续数周的争论。维克托说他对此并不感到惊讶，因为大家都知道我的身体和我的脑袋一样复杂和古怪。不过，我不是唯一拥有古怪的身体器官的人。比如说，维克托坚持说他有"内耳屏障"，这就很荒唐。每次我潜入水下，耳朵总会被感染。维克托就会责怪我，说我没有关闭内耳屏障。他说得对，因为不存在这种东西。但他不同意，他说是我的耳朵太差劲了，而他自己的内耳屏障几乎是个超人。"我经常用它来屏蔽你发疯的声音，因此它们能够经常得到锻炼。"我不相信有什么内耳屏障，就算我曾经有过这种东西，我大概很小的时候就把它弄丢了。小时候，我的耳朵经历了那么多次感染，连耳膜都破了。我妈总想用土方子治疗它们，比如往我的耳朵里灌橄榄油，然后塞一个棉花球进去。我第一次在餐厅里品尝橄榄油时，我说："这味道好像耳药膏。"那是因为它就是我的耳药膏。这就是为什么我不喜欢橄榄和橄榄油，因为它们的味道好像耳部感染。

手术过去一周后，我朋友麦莉开车送我去该死的诊所把手术导管拿掉。莫拉莱斯医生的状态很罕见，他开始谈论地下墓穴和不断高企的国家债务。他在结束闲聊时说："我们注定无法逃脱厄运。世界末日。感谢上帝我快要死了，这样我就不必按您的意志亲眼目睹这一切了。"他说的都是真的，没有半点夸张，但他说这些话的时候相当兴奋。这个男人对待病人的态度极不寻常。

最后，莫拉莱斯医生拍了拍手，好像示意闲聊已经结束了。他让麦莉把我"固定在桌子上"。麦莉看了他一眼，想知道他是不是在开玩笑。他解释说，必须有人把我固定在桌子上，这样他从我的肚子里猛地拔出管子时我才无法揍他。麦莉很自然地耸了耸肩，把我结结实实地固定在了桌子上。这是好朋友的标志，或者坏朋友的标志，也可能两者皆是。

医生为我拆了线，接着猛地拔出了管子。这感觉就好像我不小心让一根跳绳缠住了肝脏，也好像我是一只木偶，如果你牵动我背上的提线，我会开口说话，而我说的是："哇啊啊啊啊。"简单地翻译一下，这句话的意思是："现在我能体会溜溜球的感受了，也知道为什么你认为病人会想揍你了。"

在我们开车回家的路上，麦莉说："你知道吗，这种怪事只会发生在你身上，就好像你总在召唤一些相当疯狂而又不切实际的医生出现，让他们与你的人生相匹配。如果我不在场，我永远不会相信今天发生的事情。"是的，我的整个人生就是这样过来的。

◇

* 自动拼写检查系统不断地提醒我：不存在"Dilaudid（盐酸二氢吗啡酮）"这个单词，它认为我想输入的很可能是"deluded（欺骗）"。自动拼写检查系统，我不喜欢你给我的暗示！

猫咪打哈欠是因为自私，但它们侥幸逃脱了指责

以下是这一周内我和维克托的第四次争吵：

我：每次我看见别人打哈欠，也会跟着打哈欠，因为这会传染；但每次我看见猫咪打哈欠，却从来不会跟着打哈欠。我在想这是为什么。

维克托：你知道吗，你其实不必把你脑子蹦出来的所有想法都告诉我。

我：于是我上网搜索原因。据说，别人打哈欠时我们也跟着打哈欠，是因为我们看见他们获得了很多美味的空气，我们的大脑就会想："妈的，那些空气看上去真美味！趁那个家伙把空气都吸完之前，我也快去抢一些。"

维克托：也就是说，你打哈欠是因为你自私。我明白了。

我：不只是我。每个人打哈欠都是因为他们自私。可是我们看见猫咪打哈欠却不会跟着打哈欠，我想这是因为它们的嘴巴太

小了，我们不怕它们抢走空气。另外你有没有注意过，猫咪打哈欠时，不会弄出像吸尘器一样的噪声。

维克托：什么？

我：你懂的。一个正常人打哈欠时，你会听到很响的吸气声，好像轮胎漏气的声音，只不过气流方向是反过来的。然而，猫咪打哈欠时，不会弄出任何噪声。这是为什么呢？

维克托：你是在问我为什么猫咪不会正确地打哈欠？

我：这是不是因为它们实际上根本没在打哈欠，而只是在舒展脸部肌肉，或者是在学习如何避免发出"我正在偷走所有新鲜空气然后把二氧化碳留给你"的声音，这样我们就不会在看到它们打哈欠后，大口吞下所有剩余的新鲜空气？

维克托：我不明白你干吗要思考这种事情。

我：我只是想说，猫咪打哈欠时不发出声音，是不是因为它们想独占所有空气？

维克托：停，别说了。

我：你要是不知道，就直接跟我讲。其实我也不知道，维克托，这没什么好难为情的。

维克托：我想我们不得不同意我们在这件事情上不同意彼此。

本次争吵的胜方：猫咪。因为它们得到了该死的一吨氧气，却没有人指责它们。

树袋熊浑身布满衣原体[1]

"这么看来，我明天真的要动身去澳大利亚内陆了。"我对身边的暴风突击队员[2]说。他露出了惊讶的表情，或者是害怕的表情。说实话，就算你和一名暴风突击队员结婚十七年，你也很难说清楚他在想什么。我觉得这都怪他的头盔。

"如果没有别人的帮助，你在购物中心里也会迷路。"维克托将信将疑地回答我，同时下意识地握紧了他那把用塑料管制成的步枪，"这整个旅行是我听说过的最荒唐的事情。"

"你买了一套和电影里的暴风突击队员一模一样的二手装备，就为了加入一支由陌生人组成的军队，去医院看望生病的孩

---

[1] 衣原体为革兰氏阴性病原体，是一类能通过细菌滤器、在细胞内寄生、有独特发育周期的原核细胞性微生物，广泛寄生于人类、鸟类及哺乳动物。能引起人类疾病的有沙眼衣原体、肺炎衣原体、鹦鹉热肺炎衣原体。
[2] 《星球大战》里的银河帝国突击部队。

子，可你其实连健康的孩子都不喜欢。我非常确定，你完全没有资格判断什么是荒唐。"

他摇了摇头，依然为我要做的事情感到困惑。不过他说得对，我很糊涂。

今天是万圣节。我把可能是我活着在美国度过的最后一个夜晚用于追赶一个装满糖果的九岁僵尸小红帽。与此同时，我的暴风突击队员丈夫和我们一起跳着穿过街区。直到最后一分钟，我才让维克托惊讶地发现我穿了达斯·维德的戏服。等到他穿戴整齐，我跳出来大叫："维克托……我是你的……老板！"他觉得一点也不好笑。我做了一个"死亡之握"，但他拒绝撤退到隐形圈内。这大概是因为我给维克托穿上由二十七片零件组成的外衣后，他发现自己无法坐下、依靠或弯腰，甚至要在别人的帮助下才能穿鞋。这其实和女人在约会的夜晚穿着塑身衣的感觉差不多。但是，作为一个男人，他感到极不适应。他像一个骑士，只是穿的是塑料和紧身衣，而不是盔甲。说实话，如果叛军知道了这些事情，他们会把所有暴风突击队员像多米诺骨牌一样地推倒，让他们像不小心翻了个四脚朝天的乌龟一样尴尬地摇晃。我怀疑暴风突击队员的老婆（显然她们每天不得不帮助队员穿衣脱衣）结婚后就会明白，她们很可能会变成年轻的寡妇。这很悲哀，但我打赌，黑暗势力应该会有一份不错的人寿保险计划。黑暗势力看上去总是很守纪律，有点共和党的样子。

整个澳大利亚的行程计划开始于一个月前，当时我的朋友劳拉问我是否愿意和她一起去澳大利亚旅行，旅费由某个"希望你去澳大利亚的人"赞助。我说"不"，因为我是世界上唯一讨厌旅行的人，因为我知道澳大利亚的一切都想用尽可能暴力和痛苦的手段杀害你。劳拉叹了口气，告诉我说，要保持开放的心态。我辩解说，很难反复拒绝一个在你家后院里，顶着得克萨斯州炎热的天气，用铲子赶走秃鹰并主动帮助你挖掘腐烂尸体的人——我曾经解释过这句话的意思，不过在我上一本书里。现在去买一本来读。它大概正在打折。我会等你。再买一些甜甜圈。你看上去太瘦了，吃点东西吧。

吃完了？好极了。让我们继续这个故事。

整个澳大利亚之旅是一个由澳大利亚旅游局赞助的"实现你的人生愿望"的活动。我们只要事后写一点东西，就能得到一次免费的旅行。我提醒劳拉说，我的人生愿望清单上的第一件事情，就是再也不用列该死的人生愿望清单。她提醒我说，我又开始愤世嫉俗了。她说这其实就是一张免费票，让我们去做任何我们想做的事情，只要它在我们的人生愿望清单上。

"真的？"我将信将疑地问，"我可以和一只袋鼠搏击吗？"

劳拉瞪着我："你想和一只袋鼠搏击？"

"好吧，其实我不想。"我承认说，"我只是想知道我有没有这种选择权。我只是不想让任何一只袋鼠受伤。也许……和袋鼠玩泥地摔跤？这样要紧吗？"

"问题是，我认为袋鼠天生并不那么好斗。"

"不是的，"我激烈地反驳道，"袋鼠是一群刻薄的浑蛋，整天在野外相互搏击。如果我们想确保大家的安全，首先要做的就是给它们戴上拳击手套。它们还会在搏击的时候抽烟，所以它们也污染空气。袋鼠根本不在乎二手烟的危害。"

劳拉抬起了一边的眉毛。

"我是说真的，我在一部20世纪50年代的动画片里看见过。"

她深深地叹了一口气："你所知道的关于澳大利亚的一切都是你从动画片里看来的，这正是你需要去一趟的原因。你知不知道那里有一个小镇，里面住满了鬼魂，也许还有很多连环杀手？"

我来了兴致："我们应该去那里看看。"

"这在你的人生愿望清单上吗？"

"好吧，我现在就把它加上。"我咕哝着，带着一丝埋怨的口吻，"我们可不可以穿上全套的树袋熊戏服，然后抱起树袋熊？如果我告诉你，我已经有树袋熊戏服了，你会不会更倾向于说'可以'？"

劳拉瞪着我："你有两套吗？"

"有啊，我需要另一套作为备用，以防这一套弄脏了。"

劳拉说："呃。"

"我开玩笑的，"我说，"不过我确实有一套树袋熊戏服和一套熊猫戏服，看上去都有点像熊，所以应该算我有两套。"劳拉没有回答，大概是因为她在想：树袋熊其实不是熊。熊猫看上去有点像熊，但是从严格的意义上讲，它更像巨大的浣熊。我猜她最后决定不把这些话说出来，因为她很擅长避开对自己不利的争论。

由于我讨厌坐飞机，劳拉建议我们坐卧铺火车横穿澳大利亚。我不情愿地承认自己一直想乘坐东方快车号，但我又有点觉得如果车上没有发生谋杀案，那就是浪费机会。这不是因为我特别嗜血，而只是因为我有自己的标准：如果没有谋杀案供应，这一趟卧铺火车之旅就不算完整。我认为，如果要我把这次旅行写入我的人生愿望清单，澳大利亚就必须为我提供谋杀案。但是，我又担心他们只愿意"提供协助"，让我自己负责策划整个谋杀案。然而，我连自己的袜子抽屉都不会整理，更不要说谋杀案了。劳拉有些担心我为这桩可能发生的谋杀案投入太多的心思，但我认为这只是因为她是一个专业的活动策划人员，干这种事情是她的第二天性。劳拉需要明白的是，不是每个人生来就具有她这种组织能力的。如果每个人都具有这种能力，那么一天到晚都会有欢乐的谋杀案发生。谋杀案里有点心拼盘、慈善捐款、巧克力喷泉，以及盛着彩色卷纸的玻璃罐和装着人类耳朵的礼品袋。我说这些话的时候，劳拉用怪异的眼神看着我，但我想这是因为她不知道应该如何接受赞美，也可能因为装着人类耳朵的派对礼品袋"太符合2011年的潮流了"。我不太确定。我很不擅长赶时髦。

我拒绝去澳大利亚旅行，拒绝了大约八百万次，直到劳拉最后说："你一直念叨着想要疯狂的快乐，想要在真正的生活中找到自己的舒适状态。这就是一次机会，亲爱的！扣紧你的安全带！拿上你的工作签证！"她提高了嗓门，胜利般地（还有一点恐吓般地）大叫："女人们，我们要去看野生世界啦！"

我答应了。澳大利亚也答应了。我的心理咨询师说，我需要一些额外的心理课程。为我们制定行程的女人说："我会把一切都安排好的，我会在你们离开美国前十二小时之内把你们将要做的事情告诉你们。"

这次旅行基于我们想完成的人生愿望，所以劳拉和我开始制定我们真心想实现但如果让我们自己负担费用就可能永远无法实现的愿望清单。这主要是因为我们都是穷鬼，而且很不擅长预订酒店。

我最初制定的人生愿望清单如下：

1. 舔一下大卫·田纳特[1]的脸。

2. 骑上金色的独角兽。

3. 让我实现更多的愿望。

劳拉说人生愿望清单不是阿拉丁神灯，她让我重写。

我把愿望改成了"骑骆驼""观看巨型蟑螂赛跑"和"游览电影《霍比特人》的拍摄地"。但是澳大利亚对我说："那是新西兰。再说一遍，新西兰不在澳大利亚。请别再问这种问题了。"

---

[1]　David Tennant，生于1971年，英国演员、导演、配音。他是电视剧《神秘博士》的第十任博士扮演者，也是至今最具人气的一任。

于是我在清单上又加了一条："把新西兰放在澳大利亚旁边，这样我就能看见霍比特人了。"

"我认为他们现在就应该着手做这件事情，"我对劳拉解释说，"我是电影《虎胆龙威》里的艾伦·里克曼，而澳大利亚是束手无策的人质谈判员。我也许可以让他们给我一辆装卸车，里面装满了活的懒猴，还有一个年轻的肖恩·康纳利，他们不得不按我说的做。权力令我晕眩。"劳拉怀疑含酒精的冰霜也能令我晕眩。从严格的意义上来讲，我们说得都没错。

我认为整个安排完全可能是一场阴谋诡计。等我到了那里，我会被强行困在一个将要持续整整一周的可怕的时间分享会里。这也可能是一个逮捕我的圈套，因为我没有付停车费。但也有可能我真的会去中部骑骆驼，这似乎还值得冒险。毕竟那里是新大利亚！什么事情都有可能发生。

（"新大利亚"是一个我造出来的词。等到他们幡然醒悟，把新西兰归入澳大利亚时，这个词就能派上用场了。别客气，澳大利亚旅游局。这个词我免费送给你。）

人们警告我说，澳大利亚的一切都想要你的命，但我觉得他们反应过度了。澳大利亚不想要你的命，那里更像一个为那些不怎么在乎能不能活着的人设立的高级俱乐部。澳大利亚就像喝醉了并拿着刀大发雷霆的得克萨斯州。比如说，澳大利亚有一种危险的漏斗（网）蜘蛛，而我们在得克萨斯州吃一种漏斗蛋糕。我不知道什么是漏斗蜘蛛，听上去它们的味道远远比不上烤蛋糕，但两者都不会给你的身体带来什么好处。

人们警告我们，要小心那里的"坠熊"——一种神秘的熊，会从树上掉下来吃了你。你应该把叉子放在头发上吓唬它们，让它们远离你的脑袋。澳大利亚已经到处都是致命生物了，我不知道为什么他们认为还需要再编造一些。也许是为了根据有没有把叉子都插在头发上来判断这个人是不是游客。在得克萨斯州，我们用"打鹬"[1]来愚弄游客。不过到了最后，你总能找个什么东西开上一枪。因此，就算发现"鹬"是一个编造出来的东西，也没有人会真的气得发疯。再说一遍，留意树上的动静，把叉子插在头发上——这是赶走狐蝠的好方法。顺便说一下，狐蝠可是真实存在的。它们是一种巨型蝙蝠，翅膀张开有五英寸长。它们住在公园里，把它们命名为"能够用翅膀把你整个人包裹起来的巨型老鼠"更为合适。

我确实在达令港看见了几只狐蝠。达令港这个地名似乎不怎么样，我不喜欢一个地方随随便便地表扬它自己。一位热心的澳大利亚人对我解释说，这个地方是根据一个姓"达令"的小伙子命名的，但我不相信。"我不喜欢这个名字，"我解释说，"它很自以为是。"那人不置可否地点点头，心想最好别和一个穿着全套树袋熊戏服的陌生外国人争论，因为现在天气很冷，而她又

---

[1]　Snipe Hunt，是从19世纪40年代起在美国北部流行起来的一种整人游戏。当地人骗初来此地的游客去打猎一种名叫"鹬"的鸟，并对这种鸟作各种各样的描述，但其实都是他们编造出来的。

没有带外套。

我想多了。

劳拉和我想在澳大利亚到处留下陷阱（用棍子撑起来的纸箱，里面放着婴儿），看看能否逮到澳洲野狗。但是劳拉指出，这大概需要自带婴儿。可我连手机充电器都经常忘带，所以我们只好划去了这个愿望。我问能否让威格尔斯乐队的格雷格开着红色大轿车带我们转转[1]，但是澳大利亚旅游局似乎有些犹豫，于是我们决定一切从简，只让他们做一些比较容易的事情。

愿望 1：穿成树袋熊的样子拥抱树袋熊。

我计划穿成树袋熊的样子，这样树袋熊就会知道被另一只树袋熊抱住是什么感觉了，因为这样才公平嘛。只不过，说实话，它们也许只想让你把它们放下来。人们总是不征求它们的意见，就不停地把它们抱起来。树袋熊是新一代的小矮人。它们个子比你小，但是这并不代表你有权问也不问就把它们抱起来。不过，这并不意味着我不想去自然保护区看看——那里有大量的树袋熊，你可以把它们堆成一堆，然后跳上去，就好像跳在一个蓬松的落叶堆上。（我说的是树袋熊，不是小矮人。）这并不意味着我真的会跳在一堆树袋熊或者小矮人身上。有时候，我们心里充

[1] The Wiggles，由四名专注音乐创作的幼教老师于1991年在澳大利亚成立的乐队。他们开创了一种特别为学龄前儿童设计的幼儿音乐表演娱乐形式。《大红轿车》是他们创作的一首歌。

满了一些想做但不一定真的会去做的事情。比如说，某人是个浑蛋，你想烧了他的车库，但你没有这么做，因为这是违法的，也因为你找不到火柴。我心里有好几桩纵火未遂案，还有一些没有跳上去的树袋熊堆。

我告诉劳拉，我想让一只树袋熊爱上我，这样我就能偷偷把它装在我的背包里带回家。可是，她指出我连背包也没带来。我太不会做计划了。

"也许我应该穿成一棵桉树的样子，因为它们真的很喜欢挂在树上，这能让它们感觉轻松惬意。"我说，"然后我全身涂满薄荷膏，因为我觉得薄荷和桉叶的味道几乎一样。我再给它们抽薄荷味的香烟。那些该死的树袋熊会爱上我的。"

劳拉同意我的想法："我读过的一篇文章说，树袋熊都是懒洋洋的、晕乎乎的，那是因为它们吃的桉树叶子里有毒，它们用一辈子的时间消化毒素。也许它们的确很想被拯救。它们整天吃些有毒的垃圾。需要有人给它们一块牛排嚼嚼。"

"或者一磅蛋糕和一些复合维生素药片。"我补充说。

"另外，还有大量的树袋熊感染了衣原体。幸运的是，树袋熊衣原体不会传染给人类。"劳拉补充说。

"呃。树袋熊感染衣原体的感觉和人类一样吗？"我问。

"不晓得。我从来没有感染过人类衣原体。"她回答。

劳拉有时候真是个喜欢自吹自擂的家伙。

我越想越觉得自己和那些树袋熊是多么相似。我们都免疫力低下，轻度病态，筋疲力尽，身上充满毒素。我完全就是一只树袋熊。

"我更像一只袋鼠，"劳拉想了一会儿，然后回答说，"我是个脾气随和的人。但是，如果你欺人太甚，我会把你的肚子切开，然后转身走掉，让你失血而死。"

"这就是为什么我要和你搞好关系，"我说，"我也是一个赫奇帕奇[1]，我有乳糖不耐受症，我还很容易被小鸟分散注意力。"

劳拉没有回答。但我要替她辩解一句：我话里有很多含意，她需要慢慢领会。

虽然我把一只活树袋熊偷偷带出澳大利亚的愿望在很大程度上减弱了，但是关于我能不能穿着树袋熊戏服的问题，树袋熊管理员仍然考虑了两个星期，因为他们担心这毛茸茸的戏服会使树袋熊受到惊吓。最后，我得到了批准。然而，我们在到达悉尼动物园后，被告知不在游客登记名单上，因此我们肯定不能拥抱任何一只树袋熊。也许是我的树袋熊戏服让他们反感。我解释说，有人特意通知我们可以来这里拥抱树袋熊，而我的戏服在几周前就被批准了。他们看着我，那种眼神好像在说他们已经叫了保安。（我太熟悉那种眼神了。）我拿出文件材料给他们看。他们舒了一口气，说我们走错了地方，我们要去的是悉尼野生动物园，和悉尼动物园不是一回事儿。

---

[1] 《哈利·波特》系列小说中霍格沃茨魔法学校的四大学院之一，以勤劳、善良和忠诚的品质作为选择学生的标准。

"你们这里的人到底需要几个动物园？"我问。

"他们最近才开始自称动物园，所以把游客搞糊涂了。"员工解释说，"乘坐回程巴士，让司机开车带你们去水族馆。"

"太好了。"劳拉说，"我们要去拥抱一群水生树袋熊了。我还不知道地球上存在这种生物。"

"不存在这种生物。"员工回答。

"真棒，"我回答，"那么我们可以拥抱一群淹死的树袋熊了。我真没料到会有这么一天！"

三十分钟后，我们终于到达了正确的地点，发现野生动物园其实是一个水族馆兼蜡像馆的一部分，还挺不错，只是和刚才把我们赶出来的那家动物园相比，这一个非常迷你。我们找到树袋熊圈养区【自动拼写检查系统说现实中不存在"koala enclosement（树袋熊圈养区）"这个词，它建议我改成"koala enslavement（树袋熊奴役区）"。显然，自动拼写系统强烈地感觉到了树袋熊的劳动能力。维克托也说不存在"圈养区"这个词。可是我刚才把它写在书里了，所以它现在存在了，维克托！】

我告诉工作人员，我们来这里拥抱树袋熊，可他看我的眼神好像我刚才说的是"我来这里把小婴儿的四肢砍下来"。最后我们才发现，在澳大利亚的这块特殊区域里，抱树袋熊是违法的，这个规定已经执行了很多年。但我不打算就此罢休，因为他们已经批准我穿树袋熊戏服了，所以他们肯定已经知道我们来这里是为了蹭蹭树袋熊的。他们叫来了管理层人员，到最后才弄明白，我其实只是被批准在盯着树袋熊看的时候可以穿着树袋熊戏服。

我试着礼貌地争取抱抱树袋熊的机会，但他们告诉我，就连大卫·哈塞尔霍夫[1]也只允许站在树袋熊的旁边。一听到这句话，我只好放弃了我的念头，因为如果连霍夫都不能向树袋熊示爱的话，我是百分之一万没机会了。我觉得他们有充分的理由对树袋熊采取保护措施，因为明摆着有人把衣原体传染给了大量的树袋熊。不过，话又说回来，如果它们都已经感染了衣原体，那么它们就不可能感染更多的衣原体。他们担心的或许是树袋熊把衣原体传染给我，但我很乐意有这种机会，因为我真的很想对人们说："我抱过树袋熊"，而且我很肯定治疗衣原体的针剂已经被研发出来了。我的争辩只会让树袋熊管理员感到困惑，但令我惊讶的是，他们都是很好的人，他们为我的失望感到抱歉，竟然同意让我进入圈养区抓拍几张树袋熊的照片。

没有我想象中的那么浪漫，但至少树袋熊看见我时没有过分惊慌。它看上去有些害怕吗？回答：不，它不害怕。因为该死的它正在睡觉。我怀疑它们嗑了安眠酮，我有一点嫉妒。也许我可以用马克笔在它的脸上画一圈胡子，而它依然会待在"树袋熊才会做的狂热的美梦"中。

我想我在这里得到的教训是：你不应该对抱树袋熊怀有太高的期望。实际上，它们身上的味道很奇怪，它们很多都感染了衣

---

[1]　David Hasselhoff，生于1952年，美国著名电影电视演员、歌手。

原体。也许这是大自然拯救我的方式，不让我害死自己，不让我感染衣原体。

备注：我有几个朋友去过澳大利亚一些依然允许你抱树袋熊的地区。他们都说感觉很甜蜜，只是树袋熊很重，而且比你想象中更臭。如果你真的想抱树袋熊可又抱不到，他们建议只要拿一只毛茸茸的枕头套，在里面装上一些用过一小段时间的猫砂就可以了，也可以把几只昏昏入睡的浣熊捆在一起，或者抱一只死掉的树袋熊。也许，当时我应该问："你们有没有因为被拥抱而吓死掉的树袋熊？因为我们不介意。我们不挑剔，不像那些该死的树袋熊。"我肯定自己的愿望会得到满足。现在我又想了想，圈养区里的树袋熊可能根本没在睡觉。人们可能把它们做成了标本，然后用热黏合剂固定在树干上。这大概就是为什么我们连亲抚它们都不可以。在澳大利亚，热黏合剂经常受到炙烤，很容易融化。这就是为什么你不能靠近树上的死树袋熊。它们会从树上掉下来，到时候诡计就会被揭穿。

愿望 2：看一看世界上最大的某个东西。

澳大利亚特别喜欢庞然大物，比如巨型龙虾（30英尺，约9.14米）或超级冰冰乐（50英尺，约15.24米）。我想去看看世界上最大的香蕉（43英尺，约13.1米）。劳拉甚至不知道世界上还有这种东西，不过她一听说，就表示也想去看看。不幸的是，大部分庞然大物都不在我们要去的那个地区。我们在网上听说有一个巨型土豆，只要花一天时间就能找到它。于是我们租了一辆车，开了好多好多个小时，去看澳大利亚的巨型土豆。只是它不是一个真土豆，而是一个土豆形状的水泥雕塑。它就在一个加油站的旁边。我们问当地人如何找到它，他们说："什么？你们是指那坨巨型大便？"

作为一坨大便，显然它还是很可爱的（？）。一个巨型大便土豆。

一个大土豆便。

这可真棒！我一点没有挖苦它的意思。你看看它！

照片承蒙劳拉·迈耶斯提供

由于澳大利亚到处都是环形交叉路，而且所有人都逆向行驶[1]，我们只能同心协力地开车寻找大土豆便的所在地。最后，我们决定分工合作。我一边兴奋地盯着导航仪，一边大叫："左！右！掉头！"而劳拉把方向盘握得紧紧的，连手指关节都发白了。她按照我的指挥，怒视着那些胆敢轻轻松松逆向行驶的人们。环形交叉路造成了最大的困难，那里没有红灯和让车标志，所有人都绕圈行驶，直到找到自己想要的出口。我认为一定有相关的交通法规，只是我们不懂。于是我们只能在开车时打开车窗，伸出手指着前方，对着周围的车辆大叫："我们要走那条道，别撞我们！"就算是一群狗，也能驾驶得比我们好。

　　我们从来没能正确使用车辆指示灯，因为在澳大利亚，你以为是指示灯的旋钮，结果却是雨刮器的开关。所以，我们几乎没有任何驾驶技术，有的只是一个会莫名其妙地被反复打开的雨刮器。我打赌澳大利亚的租车公司能够很准确地判断汽车是不是被美国人用过了，因为美国人用过的汽车总是需要更换雨刮器。

　　除此之外，澳大利亚的所有东西都是用公里、米和升来度量的，而我和劳拉都不知道如何把度量单位从公制换算成英制。所以，当导航仪显示我们需要在行驶两公里后转弯时，我会说："准备好在两分钟或两小时之后转弯。我不知道应该是哪个。"劳拉抓

---

[1]　与美国相反，在澳大利亚车辆应该靠左行驶。

狂地看着我，但因为她也没学过单位换算，所以也不能多说什么。

"在这次度假期间，我们做了太多的数学题。"我像一个爱发牢骚的美国人似的抱怨道，"在过去的三十九年里，我一直没去学公制单位，就算现在我也不打算妥协。如果现在我妥协了，就等于向约翰逊老师承认：确实终有一天，我会不得不学这个。"

劳拉点了点头，表示同意。

"该死，"我说，"从现在起，我将用婴儿来度量每一件东西。我指的是婴儿的纵向长度。每个人都知道一个婴儿的身长，所以这种度量方法全球通用。擅长数学的人也许会气疯了，因为他们不得不为所有东西进行换算。当人们不再使用腕尺[1]度量方舟的尺寸时，上帝大概也有这种感觉。"

"或许现在根本连方舟的尺寸都没有人量了。"劳拉回答说。

我们最终把车开入了组织方安排我们扎营过夜的灌木丛。

"这地方可真灌木丛呀。"我开始遣词描绘。

"超级灌木丛，"劳拉回答说，"最灌木丛啦。"

我有一种确定的感觉：澳大利亚肯定会庆幸自己派了两个作家加入这趟行程。

我们到达营地后，发现那里不太像露营，而更像"奢营"，也就是"奢华露营"。帐篷已经为我们支好了，还配有露天浴

---

[1]　即从手肘到中指顶端的距离。

缸和防蚊纱网。附近有一个小屋，里面供应美食、美酒、热茶和充电器插头。我们结识了本恩（他的名字可能是叫本恩，也可能叫别的什么），他家拥有并经营这片营地。他和我们一起吃晚餐。我们吃了牛油果冰激凌配爆米花，还有塔巴斯哥辣椒酱汤。（"这里经常会突然发生一些很诡异的事情。"——劳拉正在吃澳大利亚菜。"我嘴里有什么？"——我也正在吃同样的东西。）

本恩和我们聊起他上周参加的一次化装舞会。那天他打扮成阴道的模样，而和他一起去的小伙子则打扮成检查阴道的镊子的模样。我刚要怀疑本恩是否知道检查阴道是怎么一回事儿，他惊叫道："不，等等，不是镊子，是别的东西。嗯……啊……啊……扩阴器！"这时，周围正在吃晚餐的人们惊讶得差点儿跳起来，都盯着我们看，我猜那是一种嫉妒的目光。

本恩向我们保证，我们完全没有理由害怕在灌木丛里睡觉。以下是他的原话："别担心，朋友们。她会是一些苹果。"据说，这句话在澳大利亚的意思是"你他妈的给我镇定"。我问这附近有没有犀牛，并解释说，我上小学二年级的时候，看过一部名叫《上帝也疯狂》的电影，我关于灌木丛的知识都是从那里看来的。本恩说那部电影描绘的是博茨瓦纳的灌木丛，所以我所知道的关于澳大利亚的一切实际上都是关于博茨瓦纳的。

我们解释说，害怕灌木丛主要是因为里面有负鼠，它们喜欢用劳拉的头发做假发。本恩犹豫着承认：她也许不会全部是苹果，因为我们被分配去睡在一个名叫"负鼠帐篷"的地方。不过，他又向我们保证，澳大利亚的负鼠很可爱，不是我们在得克萨斯州遇到的那种长着大牙、脾气暴躁、会用"嗞嗞"的声音发出威胁的动物。

为了防止你认为我大惊小怪，请看这张照片。

这是美国负鼠表现得最乖巧的时候的样子。

"但你们需要注意一件事情，"他说，"绝对不要把食物放在帐篷里，因为那会吸引野生动物。"

"好的，"我停顿了一下，"但劳拉和我是肉做成的。"

本恩向我们保证那不会有事的，还很体贴地加了一句："请别杀害我们的负鼠。它们很可爱，不会吃掉你们的脸。"本恩给我们一个他称之为"火炬"的东西，但我们称之为"微型手电筒钥匙圈"。这东西里面好像有些短路。在劳拉和我两个人瑟瑟发抖地穿越浓密的灌木丛的过程中，它经常自动熄灭。我们径直走上一条小路，小路的正中央有一只巨大的负鼠！劳拉吓得尖声大叫："阿曼达！"真奇怪，该死的谁是阿曼达？后来，她说自己只是随口喊了一个没有意义的词，这个词由纯粹的惊吓和好多的元音构成。但我怀疑她和这个名叫阿曼达的人之间有一些悬而未决的纠葛。无论如何，就在那时，手电筒熄灭了，我们伫立在一片黑暗之中，耳边是一只动物急促地跑来跑去的声音。"护住你的头发！"我大叫，并用双手遮住她的头发，但同时我又害怕她把我的手误认为负鼠而拿刀割我。劳拉是一个很出色的人，但是在遇到会啃头发的负鼠时，她的行为会有些失控。不过就在那时，手电筒又亮了起来，而负鼠已经消失不见了。我想告诉劳拉，那可能只是一只负鼠鬼魂，但我担心那种说法会让她更加惊恐。

我们终于找到了自己的帐篷。我们穿上我带来的袋鼠和树袋熊戏服，一方面是因为天气出乎意料地寒冷，另一方面是因为我们认为，如果野生动物半夜进入我们的帐篷，它们会以为我们是同类，不会吃了我们。有一件我可以大大方方承认的事情：那天晚上，我们制作了一段寻找布莱尔女巫式的录像。万一我们没能活下来，这段录像可以用来和我们的亲人道别。另有一件我不好意思承认的事情：当时，我想对劳拉讲一个前天我在去看海豚的旅途中听来的故事，用来分散她的注意力。只可惜我当时听到的是：海豚是一种超级猥琐（rapey）的动物。这是真的。我不知道为什么会有人想和海豚一起游泳。自动拼写检查系统想用不存在"rapey"这个词来掩盖真相，但真相就是这样。雄性海豚会因为性欲得不到满足而残暴不仁，甚至经常轮奸雌性海豚。劳拉看着我，好像在说我已经失去了理智。我这才意识到，我又开始谈论可怕的澳大利亚动物了。但我说不可能有陆生海豚进入我们的帐篷，与我们搭讪。最起码不会出现在这种内陆地区。大概不会吧。

"请不要再谈论猥琐的海豚了。"劳拉说。

"知道了，"我回答，然后把话题转到轻松一点的事情上，"海豚讲解员还指给我们看了一个私人岛屿。岛上禁止人类涉足，因为科学家说，需要保护那里的企鹅。但这看上去有点可疑……澳大利亚的企鹅不允许任何人看？我觉得科学家在说谎，他们只是想独占这个岛屿。吸血鬼库伦家族或许也是用这种方法把岛屿搞到手的。"

"或许你只要不说话就可以了。"劳拉建议。

于是我照做了。

第二天早晨，我赶着一家子袋鼠，朝着劳拉跑来，而此时劳拉正在帐篷外的浴缸里泡澡。我是出于我们之间的友谊才这么做的。有时候，你不得不为一些事情作一番解释。显然是这样。

愿望 3：调查澳大利亚的马桶里的水是否真的会冲上来。

我竭尽全力想要作一番调查，但澳大利亚到处都是低压式节能马桶，所以马桶里的水基本上只会消失了然后又出现。如果你为此感到失望，我很抱歉。我向你保证，感到失望的不止你一个人。不过，从某个角度来看，这是一件好事，因为如果马桶里的水真的会冲上来，那么每次你冲水，马桶就会像一个愤怒到有暴力倾向的净身盆似的，喷水击中你的脸。而且，似乎或许澳大利亚认为这个心愿相当荒唐，不值得认真对待，他们决定把我们送去内陆看一些更有意思的东西。

我们要在内陆待上几天。我原以为那里是令人兴奋的荒郊野外，可我在飞机上读了一些关于内陆的材料之后，才意识到那里基本上只有岩石和沙漠。那里看上去和西得克萨斯很像，只要西得克萨斯的面积达到方圆一百万英里，并且除掉所有的啤酒仓库和人类，换成想要杀害你的致命毒蛇。

西得克萨斯和澳大利亚内陆唯一的真正的不同点是澳大利亚人为他们的岩石感到自豪。他们应该自豪。澳大利亚有许多巨型岩石，我们正在去看世界上第二大岩石乌卢鲁巨石的路上。我们在飞往目的地机场的途中看见了它（建造这个机场的目的就是让人们在飞往机场的途中观看巨石）。我转过头，面对着劳拉："嘿……巨石就在那里。"我对着飞机窗户晃了晃脑袋。

劳拉探过身子看了看："啊，那的确是一块巨石。"她有些惊讶地点了点头，那样子就跟你在YouTube上看到一只猴子跳拉丁舞差不多。接着，她一脸绝望的表情，快速地翻动着我们的旅游指南，想看看内陆有没有酒吧。"那么，在剩下的三天里，我们做点什么呢？"

我不应该怀疑澳大利亚，因为我们在仔细查看了行程安排之后，发现我们在内陆有很多事情要做。比如说，去看看其他"和乌卢鲁差不多大但没有乌卢鲁那么大的"岩石，在岩石附近参加日出之旅，以及另外安排的日落之旅，还有购买岩石的相片。

我们对于旅程中的这一部分并未抱有很高的期待。

但我怀疑我们的评价有失公平，因为所有的旅游指南都说乌卢鲁巨石令人惊叹，太阳每次移动引起的光线的细微变化会令岩石展现出完全不同的面貌。我怀疑写那些旅游指南的人嗑了致幻剂，因为我曾经有一次精神兴奋时，也对饼干做过如出一辙的描述。

最后事实证明，旅游指南是对的。乌卢鲁巨石非常令人惊艳，它是世界上第二大独立岩体。我没有问什么是独立岩体，但我猜它是指拉丁文里的"大屁股岩石"。我们的徒步旅行导游开车送我们去乌卢鲁巨石的所在地。我们从度假村出发。如果你不想露天睡觉，不想被澳洲野狗咬伤，度假村里有一小簇各种档次的酒店供你选择。酒店小册子没有特别提到澳洲野狗，但我想小册子其实暗示了它们的存在："这里没有澳洲野狗咬你。大概没有。本酒店供应流动自来水。"诸如此类的说明。小机场、度假村，还有一些我们从未见过的帐篷，是我们在几个小时里看见的唯一的东西，所以我们无处可逃。不过，我们发现我们住宿的那家中等价位的酒店还不错，那里有一个像模像样的酒吧。我们因此感觉舒服多了。此外，我们住的房间里有一块很有趣的地毯——设计者原本希望它能够让我们想起古老的红淤泥小溪，然而棕色地毯上流过的血色印痕看上去就好像这里曾经发生过一桩凶杀案，凶手把被害人拖过房间并扔下阳台，但留下的血迹还挺美的。

我们的导游是一个知识丰富的可爱女人，她渴望与人分享乌卢鲁的文化魔力。乌卢鲁现在已经还给了当地土著人。当年，白人出现在这片土地上，说："你们不知道什么是'所有权'？太好了！它现在归我们了，你们可别介意。你好吗？我们在接下来的一段时间里把你们送到别的地方去当狗屎一样对待，怎么样？"这是一段相当卑鄙而又漫长的历史。直到现在，人们才开始改正错误（包括把乌卢鲁还回去，并向当地的土著人支付旅游开发的费用）。然而，全世界基本上都抱有同一个根深蒂固的想法：白人很坏，不应该允许他们探索任何当地人在世界之初就已经探索过的地方。我想代表白人，奉上一句来得太迟但完全发自内心的话："对不起，我们不该如此浑蛋。我们已经吸取了教训。另外，我还听说一些关于你们在塔斯马尼亚吃了我们一些人的故事，但我向你们保证，这没什么恶心的。如果给我们足够多的钱，我们大概也会吃自己人的。"我没有给当时遇见的可爱的土著人拍照，因为他们认为照片会囚禁他们的灵魂。如果他们的想法是正确的，那么Facebook基本上等于建造了一个人间地狱。我把这句话大声说出来后，发现这个想法其实也没什么惊人的。

我们的导游——以下我会把她称作"杰茜卡",因为我是一个很糟糕的记者,从来不会把别人的名字写下来——驾驶了一段不远的路程,把我们(另加一对老夫妇和一个年轻的丹麦女孩)送到了乌卢鲁的山脚下。然后她介绍说,我们看到的这部分是岩石的"尖尖头"(如果你看到这里咯咯笑了,让我们来击个掌),岩石的大半部分都在地下。杰茜卡用木棍在红沙土里画出了乌卢鲁的真实面貌:隐藏在地下的长棍形巨石慢慢向上升起,直到尖尖头顶出地面。我瞪大眼睛看着劳拉,劳拉也回瞪着我——我意识到我们的导游完全漫不经心地在地上画了一根阴茎,我们都惊愕地看着它。我连忙拍了一张照片,但我没把它放在这本书里,因为黑白印刷会看不清楚,而且我拍照的时候,我们的导游正在用脚把它抹去。但如果你想看一位年轻女士用脚抹去画在地上的阴茎的彩色照片,我可以寄给你。我并不是说你会想看,其实我觉得没有人真的想看那种东西。

我们被派去探索沙漠,弄清楚有什么东西想谋害我们。在经历了一个小时的炎热之后,我怀疑想谋害我们的就是不停地指出有新岩石出现在我们眼前的杰茜卡。那些都是同一块岩石。我不是傻瓜。不过,当我被迫出门在沙漠里行走,把看见的每一根树枝都想象成毒蛇的时候,就很难讲了。

我从未见过活蛇,但据说蛇在澳大利亚四处泛滥。这里有太多的蛇,连蜥蜴也被当作蛇。请注意:如果你是一只蜥蜴,但你没有脚,那么你就是一条蛇。蛇就是那么一回事。

6. Patiny-patinypa – Burton's Snake-Lizard
I am not a snake

Don't let appearances fool you. This is not a snake but a harmless legless lizard, a group of lizards found only in Australia and New Guinea. It has a short body and

"我不是蛇。"

这条蛇是一个肮脏的骗子

　　澳大利亚没有一个季节不是多蛇的季节。得克萨斯的蝎子至少会在冬天里全部消失，让我们歇一口气。我估计它们和熊一起冬眠去了——这场面有点恐怖，想象一下，你弄醒了一只脾气暴躁的熊，它身上爬满了愤怒的蝎子。那会是天底下最糟糕的事情，我现在又想了想，觉得那种事情完全可能在澳大利亚发生。

　　劳拉和我开始绕着巨石行走，整个过程非常愉快，美中不足的是总有成群的苍蝇跟着你，好像一个愤怒的随从一心想在你的鼻孔上造房子。我只把鼻子捏住了一会儿，就不小心吃了两只苍蝇。你也许会认为这将教会其他苍蝇躲避我，结果却没有。愚昧鲁莽的苍蝇跟随愚昧鲁莽的游客。我们已属于彼此。

乌卢鲁巨石很酷，还有一点神秘。劳拉和我都听到了吟诵声——我们认为这是某个地方在播放背景音乐，但杰茜卡向我们保证，这声音完全来自我们的脑袋。她认为我们喝醉了。我们没有喝醉，但我们很感谢她的提议，立即找了一个酒吧。我们发现，"醉酒"在澳大利亚被叫作"穿上一只摇摇晃晃的靴子"和"脱下你的脸"，最后你会"打个五彩斑斓的哈欠"——这是我听说过的最有趣的意指"呕吐"的委婉语。

我们还学习了如何让自己说话带有澳大利亚口音。举例来说，如果你说"Good eye might"，澳大利亚人听起来就是"Good day, mate"。另外，"Raise up lights"等于"razor blades"，"Dee yoon unduh"等于"Down under"。大致上，你只要像颞下颌关节有问题似的咬紧牙齿，并随心所欲地把"r"的发音都丢掉，就可以了。说实话，澳大利亚白白写了那么多的"r"，真有点"idiculous[1]"。

愿望 4：弄清楚雌性袋鼠是否真的有三个阴道。

你知道吗？雌性袋鼠有三个阴道。也许这就是为什么它们总

---

[1] 这个词应为ridiculous，意为"荒唐可笑的"。作者为了呼应前面一句，故意把这个词里"r"去掉了。

是打来打去。它们也许该死的每天都和经前综合征一起度过。不过，好的方面是，袋鼠有很多地方可以用来偷藏东西，因为它们身上有那么多的洞。实际上，袋鼠身上有那么多的洞，身体里的东西却没有漏出来，这可真令人震惊。

有趣的是，雌性袋鼠有三个阴道，而雄性袋鼠却只有一个尖端分叉的阴茎。这就好像在一场物种进化程度相差整整一个级别的比赛里，袋鼠女孩将成为胜利者。【有一种奇妙的未经考据的说法：袋鼠也对着自己流口水，为了保持凉快（因为没有什么东西比一只流口水的袋鼠看上去更凉快）。了解这一点的好处是：如果你看见袋鼠流口水，这并不一定意味着它们有狂犬病。这只说明了它们很热（这里的"热"是指它们的身体温度，和"性感"无关）。】

我想问问悉尼野生动物园，袋鼠是否真的有三个阴道。可想到他们连树袋熊也不肯让我碰一下，对袋鼠进行妇科检查这种事情大概想也别想了。况且我身上也没有带手术钳。于是劳拉和我开车进入灌木丛，寻找野生的活袋鼠。等到它们趴下来的时候，我就能仔细地盯着它们的屁股看了。真的有一只袋鼠兴奋起来了，但是因为有皮毛挡着，我什么也没看见。那个部位颜色粉粉的，并不吸引人，至少不吸引我，毕竟我不是袋鼠，虽然为了让它们感觉不到威胁，我的确打扮得像只袋鼠。我有一张照片，拍的是我给一只袋鼠看一张它的照片，但它毫不在意。袋鼠不懂什么是自拍。

我们还吃了袋鼠肉，对此我感觉有点难过。一方面是因为它们如此可爱，另一方面是因为它们很难吃。好吧，也许不算"很难吃"，但是袋鼠肉吃起来有一股很重的血腥味，这是因为袋鼠肉要生吃，煮熟后会变得跟皮鞋一样硬。我始终认为这是一个奇怪的类比，因为人们什么时候吃过皮鞋了？他们怎么知道皮鞋吃起来是什么味道？为什么不是皮包或者皮裤呢？

澳大利亚是一个非常奇怪的国家：你花了好几天四处奔跑，寻找野生袋鼠，为了一睹它们的雄姿。然而一小时后，你又去吃用它们的肉做成的比萨——符合吸血鬼口味的血腥比萨。澳大利亚人的确喜欢吃袋鼠肉，而我唯一不觉得难吃的一次是端上来的袋鼠肉被切成了薄片，并在上面喷洒了一些酒精饮料。我之所以喜欢这种吃法，是因为这样一来它们的味道和平时不太一样。如果把肉片切得很薄，薄到透光的程度，我想我会更喜欢的。如果他们能忽略从我的唇边流淌下来的袋鼠的鲜血，我甚至会要求再来一份。也许我不会这么做。我算不上一个对吃有执念的人。

愿望 5：澳大利亚回旋镖。

在澳大利亚内陆的时候，我们曾经有机会学习扔标枪，只可惜这个活动总安排在我们喝酒之后。从严格的意义上来讲，生活中的每项活动其实都安排在我们喝酒之后，只不过这次是在澳大利亚内陆。除了喝个酩酊大醉，我们没有别的事情可做。我拿起一个放在礼品商店门口箱子里的塑料回旋镖试了试，但它没有飞回来。这时我意识到自己把一个还没付钱的商品扔了出去，而且能扔多远就扔了多远。我想跑出去把它捡回来，但又担心捡起它时会被认为偷了商店里的东西。他们会对我实施比"仅仅往沙漠里扔商品"更为严厉的处罚。于是我走进礼品店，看看会不会有人对我说点什么。没有人对我说话。也许是因为这种事情经常发生。你不能把回旋镖放在室外的同时又期望没有人会把它们扔出去。这简直就是"澳大利亚式钓鱼执法"。我考虑要不要买下那个回旋镖，但是后来想到它被扔出去后没能飞回来，很可能它本来就坏了。我不过就是在付款前试了试回旋镖的质量而已。劳拉并不完全同意我的说法，她认为也许是我扔回旋镖的技术不行。不过事发当时她正在上厕所，所以她其实没有资格作这种判断。

"老实说，"我说，"回旋镖是用来让人们感觉不满足和不被爱的东西。人们认为会飞回来，其实它从来不会。回旋镖就像背信弃义的坏狗，就像充满魅力的前男友——你妈安慰你说，他之后会发现离开你是个巨大的错误并会回到你身边，然而他根本不会那样做。"

"我很确定回旋镖是能飞回来的，"她说，"我在电视上看见过。"

"我还在卡通片里看见过猫咪一口吞掉一整盘千层面呢，可是这并不意味着，即使你在现实生活中逼着猫咪吃掉那么多芝士，也不会害死它。相信我。回旋镖不会飞回来的，除非你把它往天上扔。"

212

劳拉瞪着我："好吧，那就是你有问题了。"

"不，我是指往天上扔，不是指把它吐出来。"我解释说。

"啊，"她点了点头，"我刚才还在想那样做有什么用呢。"

"每件东西都是回旋镖，只要你把它们往天上扔。"我解释说。

"不包括飞艇。"她反驳道，同时以惊人的速度计算着自己已经喝了多少杯酒。

"说得好，"我回答，"我总是忘记飞艇。"

愿望 6：我只想离开这个该死的屋子。

这听上去十分荒唐，然而离开我的屋子是这一整趟怪诞旅程中最艰难的事情，没有之一。我是一个能够连续在家待上好几周，就连和快递员说个话都需要挣扎一番的人。能让我这种人自愿离开我的安全区域，算得上是一种成就，而且值得这么做。有时候，你不得不逼着自己离开屋子，即使这会令你身上的每一根内向的骨头都想离开你，让你变成一个人形水母。但我还是努力做到了。这很令人惊喜，也很叫人害怕，但说到底还是令人惊喜，还有一些怪诞、令人困惑和难以置信。

我观看喷泉洞惊险的喷潮现场，和沙袋鼠一起跳下海滩，在潮汐里玩耍，学习内陆土著人的点画艺术，在沙漠里紧紧依偎着骆驼。我们还观看了六名莎士比亚风格的演员在悉尼歌剧院的舞台上一齐呕吐。（不过是在一个很小的舞台上，只有大约三百个婴儿那么长。）

这很不错。

可我依然想舔一下大卫·田纳特的脸*。去安排一下吧，英格兰！在这方面，澳大利亚目前领先。

* 或者与他在同一个电梯里分享空气，或者在他睡着时抚摸他的头发，或者随便做什么都行。我不会挑三拣四的。

巫毒阴道

上周，我的朋友金寄给我一个她自己制作的用于教学的毛毡阴道（里面有一个小小的毛毡宝宝，这样孩子们就能明白宝宝是从哪里生出来的了）。我的第一反应是：我再也不想知道宝宝是从哪里生出来的了。我的第二反应是：等等，这些阴毛是真的吗？如果是真的，我需要洗洗手。还有，这不是巫毒娃娃的制作方法吗？我认为如果你在娃娃身上加入人类的毛发，它就变成了巫毒娃娃。所以，从逻辑上来讲，这不是把它变成了一个巫毒阴道吗？这到底是怎么一回事？

照片承蒙oneclassymotha.com提供

我把阴道留在桌子上，去拿相机给它拍张照（因为没有人会相信我收到一个巫毒阴道，他们都会说："无图无真相！"）。但是，当我回到桌子旁边时，我的阴道不见了！我不是指我的阴道，我是指我收到的礼物阴道（不是说我的阴道不是上天赐予我的礼物。算了，这又不是一场竞赛）。

我经常想起小时候听过的一个故事，关于一只人类的断手获得了生命，它让人们实现愿望，同时又将他们杀害。我原本一直认为，没有什么比一只断手在街区里跑来跑去杀人的场面更令人毛骨悚然了，可直到今天我才发现，一只巫毒阴道在我的房子里飘来飘去的想法才更可怕。只不过那个阴道是椭圆形的而且没有手指，我想它只能滚来滚去——这让恐怖程度略微减轻了一点，但也只有略微一点。

我想起海莉正在家里。我是一个好妈妈，我不想让她不经意地找到一只埋伏着伺机行动的阴道。于是我找维克托帮忙："有人给我邮寄了一个阴道，但在我去拿相机的时候，不知道它跑哪里去了。有可能它现在正在实施谋杀的暴行。"维克托以为我喝了酒，但有可能只是因为他知道向别人求助对我而言是很困难的事情。

我澄清说，那是一个阴道的手工作品，用来演示宝宝是如何出生的。但是我觉得那上面加了真的阴毛，所以它可能会获得生命，并在我给我朋友的阴道拍照前逃得无影无踪。维克托摇了摇头，但没有关上他办公室的门，而是和我一起去找阴道，因为说

216

实话，你还能有别的机会做这种事情吗？

十五分钟后，我们在楼梯上找到了刚才失踪的阴道，猫咪正在那里啃它。我觉得有点恶心，但我更关心我的朋友怎么样了，因为如果它真的是一只巫毒阴道，那么我的朋友大概刚刚裤裆朝下跌进了切割机里。

我凑近看了看，才发现那些毛发其实是你可以从手工制作店成包购买的娃娃头发。我有点放心了，但是维克托说，即使它不是用阴毛做的，我也不能留着它。这样会浪费掉一个完美的阴道，但我后来注意到，猫咪已经把它撕坏了一点，还把毛毡宝宝的脑袋咬了下来。我认定损失已经难以挽回。

我担心猫咪把宝宝脑袋吃了下去，这样会堵塞消化道。不过后来，我们在马桶里找到了宝宝脑袋。我们并没有很惊讶，因为这只猫咪喜欢带着小物件走来走去，然后把它们扔进马桶里。猫咪玩具、波利口袋、芭比娃娃的脑袋和唇膏，只要你没盖上马桶盖，最后它们都会出现在马桶里。马桶就好像它的私人许愿池。我不知道它到底想用自己从阴道里挖出来的宝宝脑袋换什么回来，但是无论如何，它似乎对结果很乐观。我仔细检查马桶时，它一边甜蜜地呜咽，一边磨蹭我的腿。我冲了马桶，把它小小的献祭品送去了"马桶神"之类的它的随便什么祈祷对象那里。天知道它在祈祷什么，也许是得到更多的毛毡阴道。

备注：出于某种原因，人们在读完这一章后，似乎产生了更多的疑问。所以让我重申一下：金做的这些装了宝宝的阴道是给小孩子用的教学用具，她把它们称为"河狸宝宝"。目前它们最大的特点是"全新改进的阴毛"。你也可以把它们当成相当恶心的钱包，如果你希望再也没有人偷你的零钱的话。

　　又备注：我没有在这一章里用"猫咪/阴道[1]"的双关语玩笑，应该有人给我发一块该死的奖牌。

---

[1] pussy，既可以表示"猫咪（儿童用语）"，也可以表示"阴道"。

真的，是这地球需要减肥

昨天，我的医生说我需要减掉20磅才符合"健康体重"的标准。我其实完全不想听到这种话，因为这周我已经在试衣间里为自己的肥胖感到万分羞耻了。这听上去很荒唐，但只要你是个女人，你大概就会点头，因为你了解这种挣扎。

所有试衣间都是装满脆弱情绪的小房间，里面有好几面镜子，帮助羞耻感加倍增长。最糟糕的是出于某种原因没有装门的试衣间。这就像噩梦，却发生在现实中。购物中心里有一家店铺——当时我正在读初中（让我们回到购物中心变得无可救药和充满危险之前的时代）——里面有一个大试衣间，沿着四周的墙壁设有一些没有门的开放式隔间，围绕着中间的一小块空地。每个在隔间里的人都能目击对面隔间的你没有意识到衣服装有拉链，你的衣服卡在头上，或者你大汗淋漓地挣扎着把一条尺码太小的裤子拉上你的臀部——这时你听到了一声不幸的绷裂声，你却希望别人以为你在放屁。

即使在一般情况下，单独试衣间的店员也无疑会在你把衣服缠得最乱的时候，走到你的门口，问你："需要帮忙吗？"你用颤抖的高八度的假音说："不用了，我很好。"你希望那个声音表明你没有遇到衬衫卡在肩膀上的问题。你也知道店员很可能正在监视器里看着你，店员知道你卡住了——这会让局面变得更尴尬。我猜有几家商店大概保存着所有我在店里摔跤和打碎东西的滑稽视频。

还有一种让我感觉很糟糕的情况：我拿了八件衣服走进试衣间，却没有一件穿得下，但我不想把这件事告诉试衣间的店员，因为我感觉"这些都不适合我"的隐含意思是"对不起，我比我自己想象的胖"。于是我会把其他衣服都还给店员，只留下一件外套，然后趁人不注意，亲自把它放回货架上。我这样做是因为一个整天把塑料的试衣数量牌递给顾客的彻头彻尾的陌生人的看法似乎对我而言很重要。我尝试着说："这些都不适合我。"这样就能把责任都推卸给衣服。这就好像在说，这些衣服甚至都没有努力一下。不过这样说的坏处是，店员会主动提供帮助。那样就更糟了，因为他们接着会给你拿一些他们认为你会喜欢的衣服，而这些衣服的尺码你永远穿不下。你不买他们推荐的衣服，也就等于拒绝了他们。即便如此，这也胜过一些衣服最大码只有10号的店铺。在那些店铺里，我只能假装自己是来看围巾和首饰的。我周围都是一些曲线玲珑的姑娘。她们看到我，也感觉自己受到了冒犯。通常这只是一种无意的冒犯，但有些冒犯却是故意的。比如说，有时候店员会像看米其林人一样地看着我，说："我觉得我们店里没有你穿得下的衣服。"这会给人很糟糕的感觉，好像唯窈窕淑女至上似的。于是我解释说，我来这里是给流浪狗买衣服的，因为我喜欢给它们穿上一些暖和但又不够好看的衣服，这样就不会有人把衣服从它们身上偷走了。这样说能让店员立即闭嘴。

我试着爱上自己自然而然的样子。但是，当你的医生特别强调"健康"和其他一些破玩意儿时，你不可能一点也感觉不到自己很差劲。是的，我是有点超重了，但我很确定这不完全是我的错。这是整个世界的错。

从理论上来讲，我们离开地球表面越远，我们受到的重力就越小，我们体重就会越轻。所以我并不胖，只是我待的地方不够高。维克托说，听我的声音，感觉我已经待在够高的地方了，但我怀疑他只是在侮辱我。

有一个简单的事实是：世界上并不存在"真实体重"这种东西，存在的只是"质量"。体重取决于你的所在地的重力大小，这就是为什么当你在珠穆朗玛峰顶部称体重时，由于你比较接近外太空，你的体重也会比在家里称的轻。不过，为了证明这一点，你必须拖着一台体重秤爬上珠穆朗玛峰。这真是糟糕透顶。实际上，我认为他们应该为大家在山顶上留一台体重秤。也许他们已经在那里放了一个，因为谁会愿意再把体重秤拖下山峰呢？

那简直是疯了。坦白地说，首先，我从来不明白人们为什么要去攀登那种地方，不过如果那里有个体重秤而人们告诉你在那里你会变得比你以为的苗条，我猜我就会有攀登的动力。我会步行坐直升机上山，为了会对我说"你能再多吃一点"的体重秤，或者为了能把我变成詹妮弗·劳伦斯的魔豆，或者为了一大篮子奶酪。最好是切达奶酪。

在月亮上，我的体重就跟一个大号烤面包机差不多。所以根据这种逻辑，我并没有超重，我只是受到了太多重力（over-gravitated）。自动拼写检查系统说我不可能over-gravitated，因为根本不存在这个词，它猜我想说的是我"overly-aggravating（过分招人厌恶）"。维克托说自动拼写检查系统说得有道理。

自动拼写检查系统和维克托都很讨厌我。

既然人们都如此在意体重超标，那么人们应该研究如何减少地球的质量，这样地球上的重力也会减小。"赖克医生，我需要减肥吗？我可不这么认为。我认为也许是这个该死的星球需要减肥。"维克托说，这是一个"推卸责任"的典型案例。我同意他的说法，因为我认为"推卸"是一种科学方法，可以用于转移地球的质量，从而让我们的体重变轻。维克托说，他认为我不知道什么是"推卸"；而我认为维克托不知道什么是"支持"。（那是指当我站在浴室里的体重秤上时，他能够让我稍微靠一下。）我觉得这完全是常识。维克托说这根本不是。

去你的。我需要有人给我一台体重秤。

和一座山。

和一架直升机。

和一些奶酪。

与狐狸相反的疯狂

以下是这一周内我和维克托的第一百万次争吵：

维克托指责我疯了，但实际上我与狐狸一样疯狂。只不过那是一只真正的疯狐狸，而不是假装疯狂的正常狐狸。

维克托说，"与狐狸一样疯狂"这句话关键指出了狐狸其实不是疯子，只是狡猾地假扮成疯子。但我解释说，我是与狐狸相反的疯狂。人们认为我是疯子，后来他们意识到我只是玩了一个把戏，我其实超级聪明。接着他们又花了一点时间研究我，最后发现事实不是这样的，我确实就是一个疯子。但我也真的很幸运，因为这一套我依然用得上。我与一只确实疯了的狐狸一样疯狂。那是一种最危险的狐狸（foxen）[1]。

"我觉得你没在听我说话。"他说。他接着又说了一些别的

---

[1]　关于foxen，参见本书结尾《致谢》一章。

事情，但我没听见，因为我已经被他对我的指责气疯了。我的意思是，你能相信这个家伙竟然说出这种话吗？接着，我意识到他已经说完了，正等着我回答。我想他刚才一定是在道歉，于是我说："我原谅你了，但别再有下一次了。"他听后又大吼大叫了几句，也许是因为他不习惯别人待他如此宽容。他看上去有些困惑，依据我的经验来看，这困惑总会让人对自己生气。

有些人像死火山一样，随时准备着因愤怒而爆发，也随时准备着几乎毫无征兆地四处喷射岩浆。此外，他们的脾气通常都很暴躁。我是在打比方。我不想要一个竟然会对你喷射岩浆的坏脾气男人，那是拿自己的生命安全冒险，那也许就是鼠疫的传播方式。但我原本想说的是，一些看上去很安静的男人其实很容易发怒。（抱歉，这个比喻和我实际想说的好像没什么关系。我会解决这个问题的，但这就是编辑存在的意义。）

本次争吵的胜方：除了我的编辑之外的所有人。也包括狐狸，因为没人知道它们究竟在想什么，所以没人对它们有任何期待。幸运的小杂种！

一篇关于欧芹、芥末、奶油芝士和汤的文章

边注：我遇到了写作瓶颈，于是去喝了个烂醉如泥。等我酒醒后，发现自己写了一篇关于欧芹、芥末、奶油芝士和汤的文章。我向你保证，我和你一样感到困惑，但我决定把这篇文章保留下来，因为从某种角度来看，喝醉的我写的文章比清醒的我写得好。她真是一个浑蛋！

欧芹

我不喜欢欧芹。

没有人真的会吃欧芹。它最终只会留在盘子上，作为一张象征性的书签，告诉你：你要为这顿饭支付比预想中高出25%的费用。我甚至不认为它可以吃。我很确定，熔化的欧芹是制作塑料的原料。实际上，我怀疑世界上的欧芹总数不超过1000棵，每一棵都会被厨师一遍又一遍反复使用。

也许就因为我们不吃它，它才不断地出现在我们的餐盘上。也许厨师把它作为惩罚，每个晚上都把它放在盘子里端上来。这很像你妈连续三个晚上给你吃反复加热的扁豆，你不想吃，但还是勉强把它们咽了下去，结果都吐在了盘子里，害得身边的人都不想吃扁豆了。

然而，不吃欧芹并不是我们的错。我们第一次出门吃晚饭时，就有人教了我们两件事：那是黄油，不是冰激凌；那是欧芹，别吃。

但我现在又想了想，才意识到如今你几乎看不到欧芹，也许是因为我们很少吃美国菜了。欧芹已经被迷你寿司卷旁边的一大堆芥末取代了。

芥末

你从来不会把它吃完。

没有人会把它吃完。

你见过有谁要求再加一点芥末吗？从来没有。芥末到最后总会被还给厨房里的厨师，而厨师也许会把它重新加入料理台上的那个大橡皮泥球里面。

它也许是欧芹做的。

奶油芝士

如果奶油芝士是用芝士做的奶油，那么面霜为什么不是用面孔做的霜呢？

噢，等等，或许就是这样的。

也许我就是在自己的脸上厚厚地涂了一层新的脸部皮肤，让它填平我的皱纹。这是很聪明的做法。那些皮肤可能是做微晶磨皮手术地方的，也可能是从回收来的碧柔毛孔清洁贴上弄下来的。真是一群狡猾的家伙！让我们把自己的皮肤撕下来，然后再卖还给我们。这几乎和把屁股上的脂肪抽出来填入嘴唇一样让人感觉备受侮辱。确实存在这种事情，这明显标志着文明已经崩塌。这就是为什么我不喜欢你姨婆的强吻，因为你实际上在和她的屁股亲吻。怎么说呢，我不太确定"实际上"这个词在这种情况下指的是什么。它是指即使你的屁股已经在你的嘴唇里，但它实际上还是你的屁股？有很多事情新闻学院从来不教你。

汤

有一次，我参加了一个晚宴。服务员拿着一种名叫"hors d'oeuvre"的法国餐前点心走来走去。我现在又想了想，才意识到那个点心的名字也是法语。看样子法国人真的很喜欢小巧的食物。这一点不假，因为他们非常瘦。电影《天使爱美丽》里的那个女孩如此娇小，简直能够放进我的阴道。我不是说我会那样做。其实我应该说"口袋"，但是我的连衣裙上没有口袋。我确实有个阴道，它有点像口袋，虽然不是可以让你放纸币的那种口袋。硬币大概也不行。我想这取决于你的阴道肌肉有多强壮。如果你的阴道能够夹住一卷硬币，那么可以说它相当有力量。向你致敬，我的朋友！

　　关于你引以为傲的、充满力量的阴道，我们就谈到这里吧。我现在要谈的是法国餐前点心。我从来不吃这种点心，因为我患有严重的乳糖不耐受症，我总担心食物里藏着的一点奶油会让我进医院。然而，讨厌的是，服务员一直在我身边走来走去，反反复复地问我现在想不想拿一块，即使我在两分钟前刚刚说过我不能吃，他们就好像在用我不能吃的食物嘲笑我。不过，最近我已经解决了这个问题，因为我意识到，如果我不想被迫不断地拒绝美食，秘诀就在于大声地说："不，抱歉，我不能吃那个东西，因为我会拉肚子。"这在你周围的人听起来相当刺耳，但是我发现，大部分服务员问你想不想吃东西，并不是因为他们真的想让你吃东西，而是因为他们心不在焉或者喝醉了（我根据自己为别人提供食物的经验得出了这个结论，所以别再对我指指点点，除非你指责的是我喝醉，那是我该骂），他们已经忘记了是谁说的不要吃东西，但是没有人会忘记是谁说的拉肚子。"因为我会拉肚子"这句话会让所有服务员警觉起来，从此彻底避开你。晚宴上的其他很多人也会避开你，这就是拉肚子会带来的风险。

　　还有一次，我参加了一个钢琴宴会。一开始，听说他们会把汤作为餐前点心，我心想那怎么可能。后来，我看到服务员走到我身边，奉上一个很大的平底勺，里面盛了真正一丁点儿汤。我个人认为，无论你是谁，无论你对什么过敏，这整个创意都有点失败。穿着美丽燕尾服的人一次给你端上一勺汤，这充分定义了什么叫作"过分精致的狗屎"。我非常肯定这是某个搞餐饮的人在喝醉后想出来的，他认为看到人们被这种恶作剧捉弄会非常有趣。我怀疑接下来的一道菜是服务员用他们的口水喷过的薄饼，接着他们会用嘴把薄饼喂到你的嘴里，就好像你是一只幼鸟。实际上，我认为在这本书出版之前，用嘴喂薄饼也许就已经大行其道。我想让大家注意，这是我想出来的。

此外，他们提供的甚至都不是热汤，而是西班牙冷汤——我以前喝过这种汤，它基本上就是你称之为"番茄汤"的东西，只不过已经冷掉了。于是你放弃了喝汤的念头，尝试着把它当成无酒精的番茄贝利尼鸡尾酒，或者已经融化了的用汤做的冰棍，一种汤冰棍。晚宴上的每个人都喝了汤，因为没有人想承认西班牙冷汤的味道就好像融化了一半的番茄味冰激凌。但问题是，在他们咽下这一勺汤冰棍之后，服务员已经走开了。于是所有人只能穿着优雅的礼服站着，同时却尴尬地拿着一把脏勺子，好像戴着一件他们不想要的糟糕的首饰。一些人趁别人不注意，把空勺子放在窗台上或地上，但大部分人只是安静而又绝望地等待着再也不会回来的服务员。他们不得不把勺子放在身体的一侧，好像在假装它是香烟或者可爱的小狗。

我看见一个女人满怀期待地四下张望了一分钟。当她意识到再也不会有人回来拿走勺子之后，她只是耸了耸肩，把勺子扔进了水池。这种做法似乎有点过分，但你又不得不敬佩这种"我没有该死的地方放这个根本不属于我的餐具"的态度。她用扔勺子的举动告诉晚宴上的每一个人:"如果你不打算管好你自己的东西,那么我非常确定的是,我也不会为它负责!"

就在那一刻,我喜欢上了这个女人和她的态度。如果我当年是一个被留在她家台阶上的弃婴,我现在对这件事情的看法也许会截然不同。可惜我不是。我是一个女人,刚刚看到另一个女人通过了勺子测试。我甚至不知道世界上还存在这种测试,从来没有人专门为通过这种测试而学习。就在那时,我发誓从此再也不为别人的勺子、观点、愚蠢行为负责,因为坦白地说,我已经为自己的那堆烂事儿操碎了心。有很多人生课程,人们从来不会善加利用。我怀疑这就是其中的一个,然而我已经准备好了。

只要试着给我一把勺子。

备注:我刚才把这一章念给我的朋友卡伦听,她非常喜欢,但她在一个地方打断了我,说:"等等。你不能说自己想要把《天使爱美丽》里的那个女孩放进你的阴道。"我说:"我同意你的看法。所以我说的是'能够',而不是'想要'。她会闷死在里面的,她可是法国的国宝。"卡伦说:"你需要把阴道拿出来。"我大声说:"在公共场合下?我几乎从来没有在公共场合下把我的阴道拿出来过。你喝醉了吗?"她说:"珍妮,我认真地对你说,你得把你的阴道切除掉一小部分。"她的话让我有点害怕,不过她接着解释说,她是指我应该把书里关于阴道的内容删去一些,因为男人也会读我的书。我说："卡伦，男人喜欢阴道。他们永远不会对它感到厌倦。再说了，就算是不喜欢阴道的男人也是从阴道里来的。阴道就像家一样，只是有点湿乎乎的。"她被我的措辞吓了一跳。她说不是所有的男人都喜欢看阴道的故事，她爸爸也打算读一下这本书，到时候他也许会觉得有点被冒犯了。于是我告诉她，我会在书里加一段话，为我的阴道向她爸爸道歉。我不得不做这种事情的频率高得令人震惊。我想这就是作家不得不学着适应的事情之一。

又备注：我为我的阴道感到非常非常抱歉——我不得不说这句话的频率已经高到了离奇的程度。说实话，我应该把这句话印在T恤上。

有人寄给我三只死猫

以下是我和我的朋友麦莉之间的对话。（麦莉的名字发音和麦莉·赛勒斯[1]相同，但是她比后者先得到这个名字。她想指出这一点。她比麦莉·赛勒斯早出生很久。她想让我把最后一句去掉。）

我：昨天有人给我寄来一些东西，你猜是什么？

麦莉：某些恶心的东西。

我：噢，天啊，你怎么知道的？

麦莉：我有特异功能，而且我不是第一天认识你。到底给你寄来了什么？

我：一堆死猫。

麦莉：呃。标本？

---

[1] Miley Cyrus，生于1992年，美国女演员、歌手、词曲创作人。2006年凭借电视系列剧《汉娜·蒙塔娜》成名。

我：不是。

麦莉：噢，该死的。

我：确实很恶心吧？

麦莉：有人给你寄来一些正在腐烂的死猫？

我：它们没有腐烂。内脏都被取出来了，所以它们就好像猫咪……袖套？

麦莉：谁会寄给你猫咪袖套？

我：没有留下字条。它们只是被装在一个商店购物袋里。

麦莉：那就更加诡异了。

我：上个月，我确实跟一个女人谈过话，她说她有一些猫皮想寄给我，但是……

麦莉：谜团揭开了。这从来就不是一个谜团，只是你没有给我足够的信息，因为你不会讲故事。

我：不是我不会讲故事，听着，因为那位女士说她得到这些死猫的方式完全不违反伦理道德……

麦莉：别说了，这无关紧要。

我：不，这很重要。她说自己在一家兽医院工作，经常会有一些被轧死的或者死于癌症的猫咪。因为不想浪费了它们，兽医院会把所有没人认领的死猫卖给兽医学校用于解剖。剩下的皮毛，他们会晒干了用来包裹邮件。

麦莉：他们把死猫皮用作包装材料？那太恶心了。他们要寄的是什么……人体躯干？

我：从理论上来说，这是一种绿色环保的做法，只是有点恶心。无论如何，她说她想为我做几副猫咪手套，因为我曾经在文章里提到过它们。

麦莉：等等，为什么猫咪会需要手套？

我：不是的，是用猫咪做成的手套。可以送给那些无家可归的人。

麦莉：我真后悔问你这些问题。但是……你到底想说什么？

我：几年前，我产生过一个想法：对二手吸奶器进行再利用，把死猫的内脏吸出来，因为这样就可以……嗒嗒……变成给流浪汉用的猫皮手套了！我把这个想法告诉我的朋友克雷格，他大叫："那个……太荒唐了！"我说："过去居然从来没有人想到过这个主意，这一点确实很荒唐！没有人想要死猫和二手吸奶器。我们可以把它们从垃圾填埋场里救出来，还可以帮助流浪汉。这其实是零碳排放！"克雷格想要谈谈善待动物组织和火焰弹。我说："克雷格，我只会用没有传染病的死猫。我不会到处抓活猫，然后把它们的内脏挖出来。看在上帝的份上，我不是妖怪。"坦白地说，我有点生气自己居然要澄清这种事情。我这么做是为了帮助流浪汉，不是为了我个人的猫咪手套收藏。我的意思是，我住在得克萨斯，我甚至不需要手套[1]。

麦莉：哇哦，你是那么……无私。

---

[1]　得克萨斯州基本上属温带气候，南部部分地区为亚热带气候，冬季温暖，夏季炎热。

我：的确如此，所以我希望有人能寄给我一副在不违反伦理道德的前提下制成的猫咪手套，但后来我收到的却只是这些没有裁缝加工过的猫皮……荒唐的是……还给了我三张。

麦莉：有人寄了一堆死猫给你，而在这整件事情里，你认为最荒唐的是死猫的数量？

我：是的，因为我只有两只手……却要分给三只猫咪手套，这意味着什么？

麦莉：也许它们是用来暖腿的。

我：麦莉，那我也没有三条腿。

麦莉：也许两个用来暖腿，一个用来保护阴茎。

我：我没有……你到底有没有听我说话？

麦莉：你到底有没有听你自己说话？你想用死猫皮来暖腿，这是你有问题，现在要争辩的不应该是我。

我：言之有理。

麦莉：到底怎样才能够在不违反伦理道德的前提下把猫皮剥掉呢？

我：剥猫皮的方法不止一种[1]。

麦莉：我会假装你没说过那句话。

我：你在开玩笑吗？为了能说出这句笑话，我等待了整整一场对话。

---

[1] There's more than one way to skin a cat. 这是一句谚语，直译为"剥猫皮的方法不止一种"，引申为"做事情的方法不止一种"。

麦莉：我知道。尽管如此，我还是会继续和你做朋友的。

我：我的天啊。我才搞明白，我有三只猫，我有三只在不违反伦理道德的前提下被剥了皮的死猫。这是给猫咪穿的万圣节戏服。

麦莉：哪只猫会穿得像……

我：……另一只猫？

麦莉：那是一套糟糕的戏服。

我：猫皮又长又薄，也许可以用作酒瓶保温罩。

麦莉：寄死猫给你的人没有留字条？

我：没有。只有一个商店购物袋，里面装了三只死猫。

麦莉：购物袋是帆布的还是塑料的？

我：塑料的。

麦莉：那不环保。我非常肯定，那个女人在对你说谎，她只是想掩盖她犯下的反人道主义的罪行。

我：她对猫犯下了罪行，所以从严格的意义上来说，应该是反猫道主义（Catmanity）。

麦莉：不存在这个单词，它听上去好像猫咪（cat）和海牛（manatee）杂交出来的东西。

我：还可以是？如果你把一件用猫皮制成的衣服披在一只小海牛身上？

麦莉：我想你是在生搬硬套。

我：我有一大袋死猫。人们不能指望我按逻辑思考。那个女人在寄给我一箱死猫的时候，你认为她按逻辑思考了吗？麦莉，要抓住一个连环杀手，你得按连环杀手的方式思考。

麦莉：你认为她是一个连环杀手？

我：我不认为。我用了一个糟糕的类比。我的意思是，你必须像剥猫皮的人一样思考，才能理解为什么你的车库里有三张猫皮。

麦莉：它们为什么会在你的车库里？

我：难道我应该把它们放在屋子里吗？这会把我的猫咪吓得屁滚尿流。真是一个坏猫妈妈！这就好像你把小孩的人皮带回家给你的孩子看。它们在看过扔在地上的猫皮之后，应该会更认真地对待我提出的别在沙发上撒尿的要求。天啊，我完全可以放一张猫皮在沙发上，这样费里斯·喵喵在上面撒尿时，我就可以说："是的，费里斯，这就是上一只在这里撒尿的猫咪得到的下场。"

麦莉：这就是为什么你的猫咪总是瞪着我？我是不是正坐在猫咪撒过尿的沙发上？

我：费里斯，就算你在这里做了标记，也不代表这里就是你的了。别再瞪着别人了。

麦莉：呃。

我：别担心，这里已经清洁过了。我知道你在想什么。你在想，费里斯会说："就算把所有猫咪都包括在内，我也是最早住在这里的。我不会上当的。"但是，你看我这样说行不行：猫咪的记性很差，费里斯甚至都记不住便盆在哪里？据说是这样的。

麦莉：实际上，我只是在想要不要移到另一张沙发上。

备注：我刚才去车库寻找那些猫皮，想拍一张照片放在这本书里，但我没能找到。我告诉维克托，我在车库里弄丢了几只猫咪，他说："你把我们的猫咪弄丢在车库里了？"我说："当然没有，我怎么能把我们所有的三只猫咪都弄丢在车库里呢？那会让我成为一个不负责任的妈妈。弄丢的猫都已经死了。"接着，围绕着弄丢死猫究竟算不算更不负责任的问题，我和维克托吵了一架。最后我吵赢了，因为"这些该死的家伙不可能再活过来一点点了，维克托"。我打电话给家政公司，告诉他们这个月不用打扫卫生间，我只需要他们把我的车库仔仔细细地搜查一遍，寻找几只死猫。后来，清洁公司的经理打电话来对我说："快乐家政不提供找死猫的服务。"他们也不擦窗。我甚至不太确定，我们为什么还要请家政服务。

我可能在尴尬的沉默里说漏嘴的一些事情

我在人力资源部门工作的时候，我们用一种手段让人们承认自己做错了事情。这种手段非常有用，它经常会让人们承认一些根本没有发生过的事情。

以下是这种手段的实施过程：

你邀请人们进来，让他们坐下。你只是满怀期待地看着他们，并忍住不说一句话。大部分性格不算特别孤僻的人都会不适应这种尴尬的沉默。为了填补这种沉默，他们会揣测自己被叫来这里的各种可能的原因，然后把自己做过的坏事的细节全部说出来。我不知道这种手段是否有专门的名称，反正我称之为"在心里与艾伦·里克曼亲热"，因为这就是我在尴尬的沉默里经常做的事情。无论如何，艾伦·里克曼和我一起解决了人力资源部门面对的很多悬案。

同样的手段会被用于凶杀案的调查，还有很多精神科医生也会使用——包括我自己的医生。我怀疑我的精神科医生用这种手段让我承认被压抑的记忆或被虐待的经历，但我只是天生患有精神疾病，所以到最后我只会东拉西扯一些毫无根据的事情。这不会带来任何帮助，只会令人更加确信：我来到精神科医生的诊所并非偶然。

以下是我发现自己在短暂而又尴尬的沉默里可能对精神科医生吐露的事情：

"曾经有几次，在一整个星期里，我只想撕掉自己的衣服，然后躺在大街上。我现在又想这样做了。我这是在发病吗？因为感觉上挺像的。"

"我可以用眼睛辨别味道。我是指辨别眼药膏这类东西的味道。我不用眼球品尝坚硬的食物。那很疯狂。但是如果我想，大概也可以试一下。该死，这是一种多么糟糕的超能力！"

"我需要找一名技艺娴熟的纵火犯。我并不一定想烧毁掉什么，我只想让自己可以有这样的选择。我需要雇用一名纵火犯。我很肯定这不犯法，只要我不用他。"

"昨天，我发现贝拉克·奥巴马本人其实不上推特。坦白地说，我有种被出卖的感觉。这就好像克林顿用一支雪茄和那个女孩搞事。只不过感觉更糟。"

"我在假期里最强烈的想法是'挖啊挖啊挖，然后跑走'。"

　　"每一个从来不肯跟我聊聊'馅饼屋'的人都让我生气。"

　　"昨天，我花了一整晚清理一个九岁的呕吐物。我是指一个九岁孩子的呕吐物，不是说这个呕吐物已经九岁了。我没有那么不擅长料理家务。"

　　"只有很少几天，我感觉自己热爱人类以及他们所能创造的一切不可思议的奇迹。此时此刻，我又有了这种感觉。如果谁把它搞砸了，我会直接捅他们的脸。"

　　"维克托讨厌圣诞节。他说那些展现基督诞生的戏剧场景里都有个问题——没有安排足够的日本武士。"

　　"昨晚，我读完了《圣经》。前方剧透警告：耶稣没有完成任务。不过我现在又想了想，也许他最后完成了。也许这本书我放弃得太早了，但我要为自己辩护一句，这本书的内容真的越来越令人沮丧。说实话，这本书给了我致命的打击。但我猜测，从理论上讲，耶稣没有死。他只是假死。或许这只是梦里的一个片段。又或许他是一个僵尸之类的东西？这令人费解，因为耶稣为了替我们赎罪而死，可是上帝不接受他的死亡，这是不是意味着我们的罪恶还没有偿还清？我说的'没有偿还清'是指它们……依然存在于书里，而不是指'太棒了！这些罪恶真优秀！[1]'。有些人认为这种想法亵渎神灵，但我很肯定耶稣会认为这种想法令人捧腹。另外，我们可以想象：你的生日离圣诞节那么近，这是一件多么倒霉的事情。"

"我讨厌热得盖不上毯子的天气，因为我害怕自己不盖毯子会飘到天花板上，然后会被吊扇切成碎片。那种事情是完全有可能的，不是吗？"

"我在二十二岁之前，都一直念错自己的中间名。它的拼法是'Leigh'，我把它念成'蕾娅'，好像公主的名字。我还从六年级起，故意念错我的姓。我姓'Dusek'，它的捷克语发音的第一个音节和'Douche'一样[2]，我也许已经侥幸不再这么念了，但我妹妹和我妈（午餐女士）依然念着正确的发音。我告诉学校里的每一个人：她俩口齿不清。"

---

[1] 原文用了outstanding，它既有"优秀的"意思，也有"未偿还"的意思。
[2] douche的意思是"（女性阴道）冲洗法"，俚语中有"脑残、脑子进水的人"的意思。

"我看见推特上掀起了一阵纪念安妮·弗兰克[1]的热潮，还以为她又去世了一次。后来我才发现，这次去世的是找到她日记的那个人。她本人还好。我说的'还好'是指她'依然死着'。我不是说她死了是一件好事。我只是认为她没有死而复生是一件好事。没有人想要一个安妮·弗兰克僵尸。"

"在来这里的路上，我看见一朵云，形状像个骷髅。我的第一反应？食死徒来了。"

"我感觉如何？我有点想要义愤填膺，但是我没有什么可愤怒的。我猜我愤怒是因为人们没有我想象的那么愚蠢。"

"一个人后悔自己没有趁着年轻，在躺下后乳房还能指向天花板的时候拍摄性爱录像。这种想法正常吗？因为我感觉从来没有人谈论过这个话题。"

"他们为什么要把'彩色铅笔'称为'地图填色笔'？谁会给地图填上颜色？谁会买黑白的地图？为什么从来没有人回答我的问题？"

---

[1] Anne Frank（1929—1945），生于德国的犹太女孩，根据她的日记编纂而成的《安妮日记》，成为纳粹德国灭绝犹太人的著名见证。

值得表扬的是，我的精神科医生几乎从来不会露出丝毫震惊或讶异的神色，她通常只是冷静地跟着问一句："你对此有什么感觉？"或者"再跟我讲讲"。但如果把她往坏里想，也许她只是在想象和艾伦·里克曼亲热，根本没注意我在讲什么。我曾经想通过承认自己杀害了邻居并把尸体埋在我家的地下室里，来试探她有没有在听我讲话。但我最后没有实施这个想法，因为我心里有一点点顾虑：也许我确实已经杀害了我的邻居，并把尸体埋在了我家的地下室里。虽然这不太可能，因为我家连一个地下室也没有。所以，万一我的医生的确在听我讲话，我可以用没有地下室这一事实证明我的清白无辜。除非我真的有一个地下室，而我故意忘记它，为了不让我的脑子想起所有我埋在那里的死人。基本上，我无法试探我的医生到底有没有在想象光着身子的艾伦·里克曼，因为有可能在一个不属于我的地下室里，到处埋着我不记得自己杀害过的人。这才是我应该在心理咨询时谈到的问题。一旦确认了我家没有地下室之后，我就来谈谈。

我的骨架像土豆一样棒极了

在我读高中的时候，我们班上的大部分女生都热衷于追求"3P标准"：Popular（受欢迎）、Pretty（漂亮）和Petite（娇小）。显然，我没有机会在其中任何一项取得成功，所以我想创立自己的"3P标准"。我轻轻松松就把"Peculiar（古怪的）"据为己有，但是接下来，我就想不出其他任何以P开头的好词了。

我妈建议我用"Papillose"，意思是"拥有多个乳头"，但我觉得这个目标太低了，对我而言都太低了。她又提议了一个词"Palmiped（脚趾间有蹼的）"，她说如果我爸在标本工作室里用胶水把我的脚趾粘在一起，看上去一定非常逼真，没有人会怀疑它们是假的——这大概是因为没有人会假装自己有一双脚蹼。她还提议了另外两个词："Pecorous（遍地都是奶牛）"

和"Potateriffic"——这个词甚至不存在[1]，但是"念起来非常有趣"。（确实非常有趣。你念念看。po-ta-te-ri-ffic。好极了。）后来我放弃了创立自己的"3P标准"的念头，但我在心里记了一笔：我妈在"如何获得肤浅的好人缘"这个问题上，提供不了什么帮助。玩拼字游戏的话，她还会带来极大的危险。

在我读八年级的时候，我们班上所有人缘好的女生都会在周末参加私人睡衣聚会。几周后，她们统统染上了疥螨。如果你不知道什么是疥螨，你就别再往下读了，因为接下来的内容会非常恶心，恶心到你想烧掉自己的房子。疥螨是一种钻在表皮下面的微生物，它们会在那里产卵，会在你的血肉里安营扎寨。和它们相比，虱子简直就像一阵夏日微风。如果动物染上疥螨，会变成兽疥癣。所有漂亮孩子都染上了会吞噬血肉的寄生虫，你原以为这对于其他孩子而言会是一种巨大的补偿，但结果绝大部分孩子把疥螨当成参加私人聚会的外在标志，只不过参加聚会的优势碰巧变成了现实生活中的虱子。突然间，病菌感染成了新的友谊手环，人们为了能够加入漂亮孩子的行列，甚至假装自己身上也有疥螨。人们竟然开始吹嘘自己感染了内部的疥螨，而实际上他们根本、没有、感染！

就在那时，我意识到"人缘好"是一大坨狗屎。

我明白了"人缘好"有时候就等于"人类疥螨"，这治好

---

[1] 这个词是potato（土豆）和terrific（棒极了）拼在一起构成的。

了我的心病，我再也不想让自己变得"人缘好"了。但对于另外两个P，也就是Petite（娇小）和Pretty（漂亮），我依然无法释怀。我的长相不算难看，但也实在没有什么引人注目的地方。小时候，我的妹妹金发碧眼，根本不认识的人总会说她看上去像个"天使"，并开玩笑吓唬她，说要把她掳走。（这是一个很奇怪的玩笑，你们最好别再开这种玩笑了。这就等于在说"我想吃了你"，和"看你一眼就让我就变成了凶猛的食人怪"的意思差不多。请别再开这种玩笑了。这令人毛骨悚然。）而我呢，刚好相反。一直有人对我说："你看上去就和你爸一模一样。"（我爸是一个身材魁梧、令人生畏的男人，留着浓密的胡子，身上经常沾满了血。）

我最常听到的一句话是："我是不是在哪儿见过你？"

你没有见过我。

我长着一张大众脸。这一点在我读大学期间尤其讨厌，我永远会被认作校园里的另一个女生——据说她长得很像我，连姓氏也差不多。我从没见过她，不过据说她很有名。陌生人会朝着我微笑挥手，然后问我有没有烟。我会解释说："我不是那个人，我甚至不抽烟，你把我当成另一个和我长得很像的女生了。"陌生人会以为我在跟他开玩笑，或者我其实很吝啬于我的烟。有时候，我有点嫉妒那个比我坏一些的"我"，她总能在偷了男大学生联谊会的吉祥物和赢了喝酒比赛后与朋友击掌庆祝，而真正的我只能深埋在图书馆里。那个"我"开始和已婚男人睡觉并贩卖毒品。我想找到那个"我"，摇着她说："你不能再这么做了！我们不应该是这个样子！"可我从来没有遇见过她。不过，我确实遇见过几个人怒气冲冲地责问我。那个女生要了他们，而他们不相信我不是那个女生。我有点怨恨"另一个我"把我拖入她的混乱生活。最后，我决定自己来解决这件事情。我告诉那些坚持说我在酒醉后和他们鬼混过的陌生人，他们应该去做一次剧毒疱疹的血检。当路边有人拦住我，悄悄地问我"还有没有货"，我告诉他们，新法规要求我必须让他们知道，我可能是个便衣警察。接着我再问他们一遍，他们到底想要什么。"你要说得响一点，否则我身上的话筒录不到你的声音。"——我指着我的胸口，慢慢地、口齿清晰地说了一遍。同一时刻，他们仓皇而逃。我听说另一个"我"在下个学期搬走了（也许是因为她不断听到那些关于她的令人唯恐避之不及的疱疹、便衣警察的传言）。我从来没有见过她，以后也见不到了。我感到有些悲伤，因为和同样长得平淡无奇的另一个"我"见面，应该是一件很有趣的事情。不过我现在又想了想，才意识到也许当时我经常见到另一个"我"，只是我从没注意到她而已。

我一直努力不让自己为相貌问题所困扰，因为我祖母过去总说："内在更重要。"这大概是真的。凭借我的好运气，我身上长得最好看的部分被藏在我身体最最内在的地方。我怀疑自己长得最好看的部分是我的骨骼。说起来真不好意思，我也许拥有世界上最优雅、最令人难以忘怀的骨骼。但是，只要我身上还覆盖着足够的脂肪让我可以活着欣赏它，我就永远不会得到别人对它的赞美。这就是为什么如今我希望人们对我说"你有一副漂亮的骨骼"。虽然你们看不到，但请选择相信我，知道了吗？

我已经开始向陌生人表达类似的赞美了，但是我不会赞美他们的骨骼，因为我已经认定自己拥有世界上最性感（致命的性感）的骨骼，我再赞美别人的骨骼会显得我很虚伪甚至好像在挖苦别人。你发现我刚才做了什么吗？我用那个笑话赞美了我的骨骼。既聪明又漂亮。不，我不会赞美你的骨骼，取而代之，我会说"我打赌你肯定有一个精致的胰腺"或者"我打赌你的筋腱肯定极其出色"之类的话。人们通常会被赞美得晕头转向，他们会飞快地跑开，或者对我说他们身上没带钱。面对陌生人赞美自己的内脏，所有人都会措手不及，这正说明了这些赞美多么难得。

对于这条规则，灵魂有点例外。人们总是赞美"古老的灵魂""美丽的灵魂"或者"完美无缺的灵魂"，但那些似乎都是站不住脚的，因为灵魂根本看不见，永远得不到泳装选美比赛的冠军。另外，人们超级关注灵魂，总想为自己心目中的上帝赢得灵魂，或者把灵魂献给火山，或者把灵魂当作赌注，从魔鬼那里赢得金色小提琴。我想说的是，灵魂是挺不错的，可是有点被高估了。就好像锁骨，或者你卷舌头的本事。这些都很重要，但是我们忽略了人体的其他部分其实也很值得赞美，也很性感，只可惜我们太过专注于赞美紧致的胸肌、纤细的手腕和未受玷污的灵魂。我想说的只是，我们要扩大一点赞美的范围，这并不会带来伤害。我打赌你的小肠子肯定很可爱。

　　我在写了自己的内在有多么出色之后，才意识到我刚才让自己死后残留的骨骼成了盗墓者垂涎不已的对象。现在我必须布置几个装着诱饵的陷阱，用来保护我的尸体。比如说，也许我应该安排自己躺在一个装满闪粉的棺材里，因为今后要是有谁把我挖出来，他会说："这是什么鬼？是闪粉吗？这种东西一旦沾上了，甩都甩不掉。真是烦人！我们还是去挖旁边那个男人吧。"（对不起，维克托。）我就是这样赶走盗墓者的。如果我被火化了，我会让殡仪馆员工把我的骨灰撒在装满闪粉的棺材底部。这样一来，即使有人决定挖开我的坟墓，他们也得让闪粉淹没了自己的胡子，才能找到我。我的骨灰里会有一张字条，上面写着："这就是你来我这里盗墓的下场，浑蛋！"或许，我可以在我的棺材里放一个小棺材，在小棺材里放一个更小的棺材，一直这样放下去，就像俄罗斯套娃一样。在最小的棺材里，有一个封了口的信封，上面布满了斑斑点点。信封里面有一张字条，上面写着："恭喜你，现在你已经染上了疥螨！"这就像你爸妈在圣诞节给了你一个超大的礼物盒，你打开后发现里面还有一个小一点的礼物盒。打开小一点的礼物盒后，你发现里面还有一个更小的礼物盒。就这样一直持续下去，直到包装材料在你身边堆成了山，而你最后得到的只是一些新袜子和大量无处发泄的愤怒。这就是想要打扰我的尸体的人会有的下场。唯一不同的是，他们最后得到的不是新袜子，而是闪粉和疥螨。这是世界上、最糟糕的、圣诞节！

为了让我的外表能够符合社会已经建立起来的一套荒唐的标准，我试过很多折磨人的手段，但始终没有收到理想的效果，因为我的身体活在现实社会中，而那里有太多奶酪。

"我认为这都怪电脑修图软件，"我的朋友麦莉有一次对我说，"我用修图软件把我的腰修细一些，把我的脖子弄长一些。后来，我希望自己在现实中也能变成这个样子，这样网上的人们在没有修过图的照片里看见我时就不会问我：'噢，我的天啊，你怎么啦？'每到那种时候，我只能假装自己刚刚经历了一场火灾之类的厄运。"

"修图软件是一个可怕的工具。"我表示赞同，"在把照片发布到网上之前，我总会先把自己修得苗条一点，把头发弄得好看一点。我想用修图软件去掉别人挡在我前面的上臂，柔化我膝盖上的脂肪，给自己加一件没有沾上那么多猫毛的外套。换一种做法会比较容易：只管说一句'去你的'，然后在照片里加一只猫——它从窗口摔下来，正好落在我的身体上，把我覆盖掉。'好了，完美的自拍，这破玩意儿弄好了。发布！'"

我把我祖母关于"内在比外在重要"的老生常谈告诉了麦莉。麦莉抬起眉毛表示赞赏："我从来没有想到过这一点！"她说，"也许我的子宫长得很惊艳！"

"我打赌它一定华丽。你用它造出了几个我最喜欢的人。"

麦莉点点头："我应该为我的子宫做一次网络直播，节目名称叫作《麦莉，最近怎么样？》。"

我不确定这个直播会不会放在黄金时段，但它可能比卡戴珊家族[1]的节目更有意义。

最近，我做了一次能够去皱的水疗美容。不过我刚刚读到一篇文章，里面说一些地方用死人捐赠的皮肤填充皱纹。我觉得这是在侮辱别人，因为这就好像在说："你看上去太糟糕了，我们认为往你的脸上注射一些死人的皮肤或许会有所改善。"我现在又想了想，我打赌只有从年轻的、充满胶原蛋白的死人身上剥下来的皮肤才有用。这似乎有点像在处女的血液里洗澡，只不过少一些血液，多一些注射。

那些皮肤是从哪里来的？如果是阴茎上的皮肤，怎么办？或者睾丸上的皮肤？没有人想用别人蛋蛋上的皮肤填充自己嘴唇上的皱纹。实际上，每当我看见整容脸，我的第一反应是："不知道他们脸上有多少地方是用生殖器上的皮肤做的。"我的第二反应是："移植过来的皮肤尸体大概是从盗墓者那里买来的。"那就是为什么我让维克托在我的棺材里留一张字条，写上关于疥螨和闪粉的警告，告诉那些可能来我这里盗墓的家伙，别把我的尸体注入到那些年迈的有钱人的脸上。不过，维克托说他打算在自己的办公室门上装把锁，因为我似乎不太明白在他开电话会议期间，什么能说而什么不能说。

---

[1] 纽约知名家族，在美国体育圈和娱乐圈享有很高的声望和地位，被称为娱乐界的肯尼迪家族。卡戴珊家族的真人秀节目在美国拥有很高的收视率，仅《与卡戴珊同行》每周的平均观看人次就高达350万。

这并不意味着我彻底反对整容手术，也不意味着我以前没做过这种手术。前阵子，维克托发现了一张照片，上面写着："珍妮，七岁，手术后。"照片里的我完全失去了意识，脑袋上裹着一大块纱布。

"你这是怎么了？"他问，"窗户上的那些东西是金属栏杆吗？"

我凑过去看了一眼照片："那些是装在医院病床边缘、防止我摔下去的栏杆。我在那个年纪的时候，睡觉时总会从床上掉下去。"

他盯着我脑袋上的大纱布看了一会儿，接着又看了看我，最后对着自己点点头："这张照片说明了太多的问题。"他低声说道。

实际情况并没有看上去那么糟糕。刚为我做完扁桃体切除手术的医生说，既然我已经被麻醉了，不如顺便把我那只天生畸形的耳朵也修复了。我怀疑那不是他的专业领域，当时他只是感觉无聊或者喝醉了酒，就想："等等，我想尝试一些新的东西。"我之所以如此怀疑，是因为我醒来后发现自己头上裹着一团形状不规整的纱布，从里面伸出一簇簇难看的头发。我看上去就好像一个喝醉的小孩，想折一顶纸帽子戴在愤怒的史纳菲[1]头上。一周后，他们拆掉了我头上的纱布，剪掉了我的一些头发，剥夺了我仅剩的一点点自尊。我的耳朵看上去和从前完全一样，于是医生

[1] Snuffleupagus，是美国家喻户晓的儿童节目《芝麻街》里的大鸟幻想出来的好朋友，是一只可爱的没有扇形耳朵的大象。

让我在接下来的一年里，用头带裹住耳朵睡觉，这样能起到保持器的作用。如果这个保持器一点作用也没有，那么它确实能够将我的耳朵保持在原来的样子。

二十年后，我又尝试了一次可有可无的外科手术。当时我已经厌倦了戴眼镜，决定去做眼睛激光手术。诊所想推销给我一种价格更高的、被他们称为"超人视力"的手术给我。我告诉他们我不想拥有能够透视衣服的视力，因为这会毁了我的感恩节晚餐。他们解释说，这只意味着你会拥有比20-20更好的视力[1]。但是它的价格太高了，而且说实话，我更希望看见东西的边缘有一点柔化。世界看起来有点模糊的话会更美——这就是为什么我们很多人吃晚餐时会喝第二杯酒。

"这与我想要的刚好相反。"我在手术过程中尖叫道。

据说这是一种少见的反应，所以他们不会在手术前特别提醒患者注意。我说："你们还在吗？我闻到了一股焦味。"接着，我意识到焦味是从我身上传出来的。医生后来解释说，这是一种化学反应的味道，闻起来碰巧和肉体烧焦的味道一模一样。这就是为什么我再也不相信医生了，就因为这件事和上一次的耳朵手术事件。

近视眼手术的效果还不错，在接下来的几年里我不用再戴眼镜了。但是，后来我的视力又开始变差。的确发生了这种事情。

---

[1] 正常视力标准，即在20英尺（约6米）处，能够看清正常视力所能看到的东西。

你希望你能被永久修复，但实际上随着年龄的增长，你的视力又会开始变差。不过，两者到最后会达成一种美丽的默契：你的年龄越大，你越不想看清楚自己在镜子里的模样。

几周前，我的朋友布鲁克·谢登来给我拍照。她早在几年前就想做这件事情了，但由于我始终坚信下个月自己会变得更苗条，我不断地推迟拍照的日子，直到最后布鲁克决定直接上门来找我。她是我最喜欢的摄影师之一。她的作品黑暗、混乱、美丽。我想象我的照片会是迷人而又深刻的。至少也能拍出一半的效果。

我们开车来到一片沼泽地。我穿着一条从二手店买来的晚礼服，披着一件用桌布制成的斗篷。布鲁克想让我坐在一根树枝上，树枝在高出我头顶几英尺的地方。维克托和海莉也跟着一起出来兜风。维克托决定抓住我的双脚，把我扔到树上去。这一招很管用。但是后来，当我要下来的时候，我完全不知所措。维克托建议我踩在他握紧的拳头上，然后倒在他的身上，但我做得好像不对，因为维克托一直在哼哼大叫："珍妮，快倒在我身上。"我说："我正在倒下。"他说："没有，你只是趴在我的手上。快倒在我身上！"我说："我已经尽力往你身上倒了，维克托。"他大叫："你没有正确地倒下！"我说："倒下是我唯一能够正确做到的事情。这已经是我最好的倒下了。"这时海莉大喊："你们看，我发现了一只小猫！"这情景真令人担忧，因为我们身处沼泽地，大部分在沼泽地里被发现的小猫最后都会被证明是丧心病狂的臭鼬。不过，海莉来得正是时候，因为她令我措手不及，一下子倒在了维克托的肩膀上。不幸的是，维克托的肩膀重重地砸在我的肚子上，害得我放了一个很响的屁。

当时，我就是这般模样：放屁，尖叫，上下挥舞着手臂，抓住维克托的裤子后面，支撑自己站起来，然后疯狂地检查沼泽地里有没有染病的臭鼬。我不确定自己能否找到合适的词语来形容我在那一刻的模样，如果有的话，"淑女"的反义词一定是首选。我羞愧得无地自容。但是，布鲁克大笑了起来，她说这样很完美，因为她认为自己抓拍到了我的精髓。维克托主动评价说，要避开我的精髓是一件难事。但我很肯定，他在讲一个无聊的关于屁的笑话。

一周后，布鲁克完成了我的肖像照。照片里的我是一只幸福的青鸟，身上充满了矛盾的色彩。我被锁在笼子里，却依然无忧无虑、乐观开朗，即使周围乌云密布。

这只青鸟就是我，身上到处都是肿块和皱纹，甚至还有一只歪耳朵。它不是漂亮，而是比漂亮更好。

它真是该死的像土豆一样棒极了。

照片承蒙布鲁克·谢登提供

这叫作"猫掩"

在过去的几个月里，我的头上陆续隆起了一些鹅蛋般大小的肿块。我打电话给我妹妹（她在急诊室工作过好几年），问她觉得这些东西会不会是癌症。莉萨叹了口气，叫我不要再把任何东西都想象成癌症。那些肿块更可能是我在子宫里吸收的沉默的双胞胎，他们现在开始发育成脑袋，她希望他们不会遗传我半夜三点打电话给她、确认他们有没有得癌症的习惯。说完，她便挂断了电话，因为她对病人的态度一贯不好，但也可能因为她的急诊医生资格证刚刚过期，她不能再通过电话诊断癌症了。我比较喜欢她在成为急诊医生之前做的工作，那时候她估计是一个职业小丑，因为她的口袋里总装着糖果，而且每当我难过的时候，她会为我做一个气球贵宾狗。

那些肿块几乎会在一夜间出现。它们有半个高尔夫球大小，感觉痒痒的，不过最终它们越变越小。我认为它们是由焦虑症引起的荨麻疹。我的精神科医生同意我的看法，并建议我去隔壁的皮肤科医生那里看一下，以确保我没有得其他更严重的疾病。

几天后，我去作检查。医生看了一眼我的头皮，不屑一顾地说："噢，那只是葡萄状球菌感染引起的毛囊炎。"我盯着他看，他解释说："你的类风湿性关节炎是一种自身免疫缺失的疾病，因此你更容易感染这类病菌。我给你开些药。"我解释说我很担心，因为我经常听说葡萄状球菌是超级致命的。但是医生说："没事的，它跟青春痘差不多，只不过长在你的头皮上。从来没有人死于青春痘。"

我觉得他极其冷漠，而他觉得我大惊小怪。我说他刚刚告诉我，我感染了葡萄状球菌，它们即将蔓延至我的大脑。他却说："你从哪里听来的？你只是脑袋上发了一些疹子。"我解释说，我的大脑就在我的脑袋里。他作为医生，居然需要我来指出这一点，这真令我感到担忧。他和维克托几乎一模一样地摇了摇头，让我别再读网上那些东西了，然后走出诊室，去为我拿药。当然，我立即拿出了手机，查一查他害怕让我看到的究竟是什么东西。因为我很肯定，"别再读网络上那些东西"在暗指"我该死的谅你也不敢去谷歌上搜那些东西"。

"他在用一种极其懒惰的方式告诉我，我快死了。"我暗自思忖。

医生回来时，我一脸怒气地给他看我的手机，问他为什么要给我开治疗"疟疾、炭疽和霍乱"的药物。他告诉我说，这正是他不想让我上网的原因。他说这种专门的药物也可以用来治疗青春痘。他说得对，但这仍然没能消除我的疑虑。这就好像吃了一片治疗脚趾骨折的药丸，而这种药同时也治疗瘟疫，还能让失去的手臂再长出来。我得到了五花八门的信息。这是一种严重的病理反应，而我应该得到同情并卧床休息呢，还是没有什么大碍呢？他安慰我说"几乎没有大碍"，并叮嘱我每天吃两次疟疾药。我又给他看了一个过去八年一直长在我腿上的肿块，但是他说："噢，那只是一个肿块。"我开始怀疑这个人是不是一个假医生。

无论如何，听到医生说"不，这不是癌症"，是一件好事。不必为服用治疗疟疾的药物而感到忧虑也是一件好事，虽然我在这次看医生之前根本没有这种忧虑。

医生不经意地问我有没有想过在脸上做点什么，因为有一种特殊的肉毒杆菌即将到货。这时，这次看医生的过程中最令人担忧的事情发生了：我用钢笔刺了他的膝盖——这是我想象出来的一幕，因为在你需要钢笔的时候，你总是一支也找不到。在现实世界中，我告诉他，我并不热衷于付钱让人把能够引起瘫痪的毒素注入我的脸。实际上，我为自己的笑纹感到骄傲，我把它视作一个徽章，它向人们表明我不是一个浑蛋。他反驳说，其实他注意到的是我眉毛间的一条皱纹。我说我活了好久才得到这条皱纹，我目前还不打算把它们擦掉。

"我丈夫给了我这条皱纹。"我怀有戒心地说，这令我自己都感到惊讶，"这条皱纹代表了我在这个该死的世界上和他关于每一件事物的每一次争吵。这条皱纹在说：'别惹我，否则我会宰了你。'它实际上是一块奖牌，表彰我服过的刑期，它是我自己挣来的！"

他点了点头（表情轻松得令人惊讶），回过头继续填写我的病历。

"但是，"我承认说，"如果你要去除我腿上的那个肿块，我没有意见。我与那个肿块没有什么私人关系。"他凑近看了看肿块，然后对我说，他可以把它去掉，但是会留下一个大洞和一条疤。于是我决定放弃了，因为花钱换来另一种缺陷，似乎是在浪费钱，况且我也可以留着这个偶然长出来的东西，反正又不要钱。

医生送我出门时，对我说："别太焦虑了。"因为有一些皮疹实际上是紧张引起的。我把这句话记了下来，把它当作爆炸性新闻告诉我的精神科医生：医学界终于找到了可以治疗我严重的焦虑症的方法了，那就是"只要别太焦虑了"。

我的上帝，我们的科学已经发展到这种程度了。

后来，我打电话给莉萨，想再征求一下她的意见。她再次提醒我说，她不是医生，以及我们各自生活的时区相差很大，她打算今后半夜关了手机睡觉。不过，当我提起我腿上的肿块时，她兴奋了起来，因为她意识到自己的腿上也有一块完全相同的肿块。我问她有没有看过医生，她说："为什么我要看医生？这只是一个肿块，一个小玩意儿。"就在那时，我意识到她会成为一个了不起的医生。她告诉我说，让我吃治疗疟疾的药物是对的，因为凭借我的

262

运气，我可能已经染上了疟疾。她说得有道理。她还说，我应该做手术去掉腿上的肿块，因为我可以用去掉肿块后留下的洞跟别人玩"人体小酒杯"的游戏。我腿上的伤口会是有瘢痕的、皱巴巴的，我非常肯定没有人想喝到那里面的酒。她说："来洛杉矶。任何东西在这里都有市场。"也许她说得对，但我怀疑很难找到你情我愿的双方。这是生活中的一个老生常谈。莉萨说，如果我抱着这种态度，那么我永远无法找到一份"人体腿部小酒杯"的工作。但我想无论我什么态度，都不存在这种工作。

总之，如今我感觉自己老了，有很多皱纹。要不是我的一个朋友已经做了手术，我大概也会想去做手术。手术后，她的一边眉毛由于太放松了，目前比另一边低一些。她问我看上去是否明显，我告诉她不明显，她看上去就好像一直在为某件事情感到困扰，不过正是这一点让她看上去神情忧伤而又充满智慧。我觉得她对我的回答还算满意，也可能她实际上很生气。告诉某人他的脸有点歪，是一件麻烦的事情。你永远不知道，他们接下来向你靠近是为了拥抱你还是给你的脸来上一拳。

莉萨迷迷糊糊地听我讲完这一切，指出这整件事情非常可疑：我的医生鼓励我去看另一个医生，而那个医生让我感觉自己老了，这样我就会再去看一下我的精神科医生，跟他讨论我的中年危机——而在他搞出这一连串的事情之前，我根本不知道我有中年危机。

我点了点头："接下来，我回去见我的精神科医生时，她也许会在我的椅子上涂满毒藤，于是我又不得不再去看皮肤科医生。到最后，我也许会开始怀疑自己被耍了，但没有人相信我的精神科医生会毒害我。维克托会逼我再去看精神科医生，让她治疗我'无缘无故发作的被迫害妄想症'。"

"答对了！"莉萨说，"你现在像医生一样思考，或者像精神病患者一样。"

更有可能是后者，因为我的精神科医生就像甜点一样可爱，有一张干净而又无辜的脸，这种脸只能属于一个绝对不会有罪恶感的人，也可能属于一个沉溺于肉毒杆菌的人，她通过向皮肤科医生介绍额外的客户支付她的注射费。

无论如何，我应该停止这种想法，它会让我长出更多的皱纹。

备注：我的医生安慰我说，头部的葡萄状球菌感染很容易治愈，而且基本上不可能蔓延到我的脸、大脑和身体，但是（以防万一）我已经开始练习把猫咪当作遮掩，我称之为"猫掩"，因为这样念起来更有趣。我带着猫咪到处走，把它举起来放在脸上，用来掩盖我的缺陷、瑕疵和双下巴等。

可悲的是，我现在不得不用别的东西掩盖猫咪在我脸上留下

的划痕，这有点像"第二十二条军规"。其实这样也不错，因为我虽然穿着猫咪皮草，但动物保护协会并不会因此大声训斥我，除非我把费里斯·喵喵固定在我的脖子上，猫咪围脖可能会惹怒他们。但我永远不会那么做，因为那样很可笑，也很残酷，也许会导致更多的细菌感染。到时候，"是的，那只是一个肿块"医生会说："是的，我知道你认为这些痕迹是吸血鬼咬出来的，但你可能只是因为把猫固定在脖子上而感染了细菌。别再那么做了。这里有一些可以治疗那种病的药物，它同时也能治疗睾丸萎缩和眼球缺失。"那就是为什么我认为也许我应该把费里斯·喵喵放进婴儿背袋里，这样我不用订书机的钉子，就可以把它穿在胸口上了。

应该有人给了我一个瑞典Babybjörn牌婴儿背袋，背袋后面剪了一个洞好让尾巴伸出来。

和一些卧床休息。

和一些疟疾。

或许还要教我如何把钱用在值得的地方。

我们比伽利略好，因为他已经死了

我曾经听说，世界上的每个人都患有不同程度的精神疾病。有些人的病况微不足道，而另一些人的则已经远远超出了他们能够承受的范围。即使某种典型的障碍症也带着极多的个人特色。比如说，我的抑郁性障碍症反反复复。每当它离开后，我总有段时间很难想起自己在发病期间有多么迷茫或麻木。与此相反，我的焦虑症却一直伴随着我，还会带来各种琐碎的附属障碍症或恐惧症，好像某种恐怖的礼物套装。

我与众多恐惧症进行斗争，例如广场恐惧症，也就是害怕自己身处一个在混乱发生时不可能逃脱的环境里。我还患有一种很敏感的社交焦虑性障碍症，也就是社交恐惧症，因此我害怕跟人打交道。我没有蜘蛛恐惧症，也就是非理性地害怕蜘蛛，因为害怕蜘蛛是一种极其理性的表现，所以我认为它不能算是"障碍症"。我还患有人群蜘蛛恐惧症，也就是害怕跟身上爬满蜘蛛的人打交道。最后一个是我编造出来的，但我还是很害怕。

我认为害怕与人打交道只是大部分内向和不擅长社交的人会有的想法，而我往往会再向前发展一步……发展到疯狂害羞的地步。这种障碍症以各种奇怪的方式表现出来，而我在病发的那段时间里，无法和外部世界互动。有人来敲门时，我甚至会在家里躲起来，听见自己的心脏因为害怕而咚咚直跳。

如果我正在别的房间里，这种事情会比较容易处理。但是每当门铃响起时，我总是不可避免地独自在家，并坐在大门旁边的办公室里。通常我的百叶窗是关上的，但是底下总会拉起来一些，为了让猫咪能往外看看这个我一直在回避的世界。

"他们能看见我的脚吗？"我问自己。与此同时，我全身僵硬，屏住呼吸，等待敲门的人离开。"也许他们会认为我只是一个服装店的假人模特。"我对自己轻声说道。

我把我的双脚慢慢地放在椅子上，用膝盖顶住下巴。我的动作很轻很慢，以免引起他们的注意。我盯着他们的双脚，看看他们有没有因为我的动作而作出反应，看看他们有没有发现我。

我坐在那里，蜷缩成胎儿的姿势。我在身体上逃避这个世界，我感觉自己很可笑。几只猫咪用怪异的眼光看着我。它们对我议论纷纷，主要是因为它们想知道，既然我坐在它们最喜欢的椅子上，那么我的大腿去了哪儿。

最糟糕的是，等在门外的人又按了一下门铃。按一次门铃是按章办事，但按两次门铃就是疯子了。真正的精神变态者会一直等着，有时候甚至会拨打我家的电话，而我坐在里面，身体无法动弹，心里想着："电话是从房子外面打来的。"

我从来不接电话。

最终，这个人离开了，留下我独自好奇他是谁。这是一段黑暗的时光。可能是连环杀手，也可能是当地教堂的成员、某个通知我欠费的人、驾着一辆神奇马车的魔术师，或者一个来警告我煤气泄漏的公共事业单位的工人。

也可能只是一个想知道我是谁的人。那个姑娘提起双脚，想躲避一个她完全不认识的人，但她为什么要这样做？她是谁？

说实话，有时候我也对我自己感到好奇。

向人们解释什么是焦虑症是一件困难的事情。别人害怕的事情我并不害怕。我不害怕蛇、小丑和针头。我可以坐在停尸房里，或者和死人一起出去玩。我可以站在高得令人头晕目眩的地方往下看，也可以在废弃的精神病院里捉鬼。

大部分人害怕在公众面前讲话，但我不害怕上台，我可以很自然地在一千人面前讲话。可怕的东西并不在台上……让我害怕的是走上台的途中可能遇到的成百上千万的问题。如果我迷路了，怎么办？如果有人认出我了，怎么办？如果没有人认出我，怎么办？在上台之前，我应该躲在哪里？如果在我躲起来的时候，人们发现了我的真面目，怎么办？那是一个惊恐万分的我，既无趣又奇怪，睁着一双心惊胆战的动物的眼睛，直到她走上台，意识到自己站在正确的地方，没有别的选择，除了开口说话。在我走上台后的几分钟里，我的恐惧逐渐缓解了，因为至少在那些时段里，我不用作决定，也不用好奇我在做什么。我可以放松，因为在那个短短的时间里，我没有别的选择，除了呼吸和继续讲下去。

有些人害怕坐飞机，我也是，但不是你认为的那种原因。从家出发去机场的路上，每走一步，我都害怕自己会被骗、迷路和瘫痪。直到我真正坐上座位、飞机起飞，我的恐惧才会消退。因为那时我别无选择，也无法犯错，我感到可以轻松几分钟，而与此同时，害怕坐飞机的人会突然用一种正常的、能够被理解的方式变得紧张起来，惊恐地抓住椅子的扶手。我同情地看着他们，多么希望自己能够向他们解释：他们的害怕是不理性的；我们的感觉会好起来的；即使我们的感觉没有好起来，一切也都会过去的；再说了，我们什么也做不了。我想对他们说那些话，但我担心他们会一直跟我说话，这我可受不了，因为在飞机着陆前，我需要一段安静的时间，用来研究和记忆目的地航站楼的地图，再三确认我写在笔记上的关于这次旅行的每一步都正确执行了，并为我们即将登陆的未知之地以及我可能会迷路的数不清的地点而感到担忧。害怕坐飞机的正常人在走出机舱时，会怀着明显轻松的心情。他们的非理性害怕是正常人所能理解的，那种害怕会在走出机舱后消失——这两点都让我忍不住嫉妒。我的害怕只会再次增加并一直持续下去，直到我回家的那一刻，才能够得到缓解。

你的身体构造无法在如此长的时间里承受如此多的害怕。因此，如果我过于频繁地旅行，我的身心都会受伤。我对人们解释说，这是我的自身免疫方面的疾病，人们能够理解。但是，我的自身免疫问题只是整个谜团的一部分。另一部分是我害怕离开家里的舒适区域。我在那里为自己建立了一块光滑细腻的保护屏，但它很快就破裂了。它开始折磨我的每一分钟，直到我最终被打回原形，筋疲力尽，完全不能动弹。

这是一些相互矛盾的情感。我为宣传自己的书而到处旅行时，遇见了世界上最优秀的一群人。一些人喜欢我书里的幽默，一些人喜欢我书里的黑暗，一些人用与我在受惊时一样的眼神瞪着我，轻声告诉我说，这是他们好几周以来第一次出门。这些是我最喜欢的人……这些人和我很像：他们担惊受怕，但无论如何还是独自跨出了家门，发现自己和签售队伍里与自己很像的人交上了朋友。虽然这是在我的博客评论栏里每周都会发生的事情，但是在现实生活中亲眼看见这种场面，还是会令人备感愉快。

我第一次出门宣传我的书时，我不知道这件事情那么消耗精力和那么令人害怕。每次一周半的旅行让我有点力不从心。我没有彻底崩溃。（我到家后才彻底崩溃，连续几周不能动弹。）这是过度刺激和恐惧造成的，没有常规的方法能够让我镇静下来。如果我的情况变得非常糟糕，维克托和海莉会在当天飞到任何我所在的地方。我们躲在酒店房间里，相互依偎着看电视。这正是我需要的，比我没敢预约的按摩有用，比我没敢参加的派对有用，比我拒绝了的度假有用。

写下这些事情，难免给人留下错误的印象，这令我有些担心。我爱那一群特别的人，他们理解并喜欢我的文章，能够找到他们是我极大的幸运。我爱走进签售区，发现书店里的位子都已经坐满了。书商很震惊地看到成百上千个奇异而又令人惊叹的怪胎出现在书店里。他们站着，微笑着，穿着红色的礼服，手里拿着金属小鸡。我爱这本奇怪的小书成为了畅销书，因为地下的读者们掀起了惊人的海啸，他们支持这本书，并吸引其他人也注意到这本书和我的博客，让其他人也在我奇怪的博客讨论区里找到他们的安身之所。

当一个人拥有了其他人都拼命想要获得的天赋，人们很难理解他的压抑或焦虑。最善良的说法是你好像有点忘恩负义，最恶毒的说法是你似乎不知廉耻。可是这依然改变不了事实。有些时刻（在正常人看来）好像是我人生中最辉煌的时刻，其实却是最糟糕的时刻。没有人告诉你这些，也许是因为它听起来很疯狂，但这丝毫不会削弱它的真实性。

我希望有人曾经告诉过我这个简单却又令人困惑的道理：有时候，即使一切都如你所愿，你依然会感到难过，或焦虑，或麻木到很难受。因为你不能一直控制你的大脑和情绪，即使在事情进展顺利的时候。

真正令人害怕的是，有时候它会让事情变得更糟。遇到坏事情时，你应该感到难过。但如果你的一切愿望都实现了，你依然感到难过呢？那简直糟糕透顶。我为什么在酒店的床上蜷成一团？我为什么如此局促不安，以至于无法享受生活？在一场为我举办的庆功晚宴开始时，我为什么感觉自己是个失败者或骗子？在事情进展得如此顺利时，我为什么感觉难过、想吐、充满罪恶感和直冒冷汗？

如果一切都很完美而我本人却非常痛苦，那么这还算得上尽善尽美吗？

答案是否定的。

它会好起来的。

你会好起来的。

你学着接受一个事实：能够激励你的事情和别人说的应该能带给你快乐的事情是非常不同的。你认识到你可以选择自己喜欢的天堂（和两只小猫躲在毯子底下看推特上的僵尸电影），不必理会别人关于"名誉 / 财富 / 聚会才是我们应该努力争取的人生巅峰"的想法。有些东西惊人地与此毫无关联。

如果你能够发现，让你感觉最快乐的东西其实比想象中更容易得到，那你已经获得了一份惊喜的礼物。你可以很自由地庆祝或感激那些特别的时刻，它让你再次充满活力，给你平静和快乐。是的，一些人想要的是红毯和摄影记者。但事实证明，我想要的只是浸在椰子酒里的香蕉雪糕。这并不意味着我不会欣赏生活里的好东西，这实际上意味着我成功地识别出对我而言生活里的好东西。这一点很重要，因为在人生的尽头，没有人会再说"谢天谢地我要去骑大象了"之类的屁话，人们会说："我希望自己花更多的时间和我爱的人在一起。"因此，如果你多花一小时和你的孩子玩"地板是熔岩"[1]的游戏，那么你的生活就胜过了那个一路旅行到斯里兰卡的女孩，并且还是在那个女孩还没有染上霍乱的前提下。大概是这样吧。我想还是要看情况。

这并不意味着我不让自己去参加会议、旅行或度假，我也做这些事情。我知道，如果我不强迫自己出门，我会变成一个隐士。所以，我尽可能地经历美妙的事情，遇见了不起的人，不让自己被彻底压倒。不过，对于我要做的事情，我很挑剔，因为我知道自己没有足够的"勺子"做完所有的事情。

你知道关于"勺子"的事情吗？我觉得你应该知道一下。

"勺子理论"是我的朋友克里斯汀·米瑟兰迪诺发明的，它能解释你身患慢性疾病时受到的限制。大部分健康的人似乎有无数把勺子供他们使用，一把勺子代表完成一项任务需要的精力。你早晨起床，用了一把勺子。你洗了个澡，用了一把勺子。你工作、玩耍、打扫，你爱你恨，那会用去好几把该死的勺子……但如果你年轻而又健康，那么你在晚上睡着时，手上还有没用完的勺子，同时还能等待第二天早上又有新勺子送来。

但是如果你病了或者感到痛苦，你的筋疲力尽会改变你和

---

[1] The-floor-is-made-of-lava，一种在欧美国家非常流行的游戏，当有人喊"地板是熔岩"时，无论你在何处，都要立刻爬到高处远离地面。

你拥有的勺子数量。自身免疫系统疾病或像我患上的关节炎之类的慢性病痛会减少你的勺子数量。抑郁症和焦虑症会带走更多勺子。也许你一天之内只有六把勺子可以用。有时候甚至更少。你看了看自己需要做的事情，然后意识到自己没有足够的勺子去完成全部。如果你打扫了房子，你就没有勺子去做运动。你可以拜访朋友，但之后你就没有足够的勺子让自己开车回家。你可以完成普通人持续做几个小时的任何事情，但是接着你会撞墙，倒在床上想："我希望自己能够停止呼吸一小时，因为仅仅是呼气和吸气，也让我感觉太累了。"你的丈夫看见你躺在床上，他挑逗般地扬起眉毛。你说："不，我今天不能跟你做爱，因为我已经没有足够的勺子了。"他用奇怪的眼神看着你，因为这话听上去有点像性变态，还是让人感觉不舒服的那种。你知道自己应该解释一下"勺子理论"，这样他才不会对你生气，但你没有解释清楚，因为早晨剩下的最后一把勺子被用来去干洗店拿他的衣物了。于是你只能大声地自我辩解："我把所有的勺子都用在你的干洗衣物上了。"他说："该死的……你不能用勺子支付干洗费。你发什么神经？"

这时你也生气了，因为他也有错。但你太累了，没有力气大吵大嚷。你在心里替自己辩解，但是也进展得不顺利，因为你太累了，你连在脑子里替自己辩解都做不到了。你的内心出现了指责你的声音，但你实在太累了，没有力气不去相信它们。于是你更加抑郁了。第二天醒来时，你拥有的勺子甚至比前一天更少了。你想通过咖啡因和意志力获取更多的勺子，可是那些方法从来不管用。唯一有用的方法是认识到缺少勺子并不是你的错。在你将自己混乱的生活与别人同样混乱但至少外人看不出来的生活相比较时，一遍又一遍提醒自己这个事实。

实际上，如果跟一些人作比较会让你心里感觉舒服些，那么你就应该只跟那些人作比较。比如昏迷的人，因为那些人根本没有勺子，你也不会看到任何人对他们指指点点。我个人总是拿自己和伽利略作比较，因为所有人都知道他很厉害，可是他连一把勺子也没有，因为他已经死了。所以从严格的意义上来讲，我比伽利略好一些，因为即使我今天只洗了个澡，完成的事情也比他多。如果我俩比赛一天内谁完成的事情比较多，我在我的生命中该死的每一天都能打败他。但我不会沾沾自喜，因为伽利略对他目前的勺子供应量的控制能力并不比我强。如果连伽利略都想不出来如何保住他不断减少的勺子供应量，那么我为此自责是相当不公平的。

我已经学会了如何明智地使用我的勺子：学会拒绝；催促自己，但不要过分；试着享受生活中的惊喜，同时在恐惧和疲惫的边缘蹒跚前行。

关于这方面，上周末发生的事情是一个最好的例子。有人邀请我在会议上发言，我接受了邀请。但是，从我家去旧金山的酒店的路途令我精疲力竭，我没有力气去会议现场，也没有力气吃东西或者叫出租车。我锁上酒店房间的门，不让清洁工进来，因为我得感觉我的房间是一个受到保护的地方，没有其他任何我可能会与之战斗的情绪掺杂进来。

这听上去很疯狂，但这是真的。我能感觉到别人的情绪。也许是他们的生命力？反正是某种东西。这种感觉很不舒服，但又很难从某个角度来定义。这就像一件你不喜欢的毛衣，由于一种你无法解释的过敏反应，穿着它会让你感觉痒痒的。我通过吃药来钝化自己的过分敏感，这让我变得有能力爱上毛衣、人类和生活。但在药效过后，我又开始害怕，我想逃跑和尖叫，我想有人来救我，但唯一能救我的人是我自己。我觉得希望渺茫，因为我是一个不可信任的、陷于瘫痪的人，而且我的胃猛地一跳，我知道我的身体又要生病了……这是我的大脑从生理上向我表明，我的身体将失去一切功能。我过去常常在想：我应该战斗还是逃跑？在我最糟糕的日子里，我感觉这是我的身体发动叛变的方式……它用尽一切办法，想要抛弃我。

我预订的酒店位于旧金山田德隆区的一个比较糟糕的地段，它破旧、神奇、可怕、压抑、令人兴奋。那里到处都是流浪汉，他们成群结队地在每条大街上走来走去。我成功地避免了与任何人碰面，不过由于酒店没有客房服务，要吃东西就不得不下楼走到大街上。然而，问题在于，我每走几步，就会被一个男人或女人拦住，他们不是患有严重的精神病，就是喝得酩酊大醉了，或两者兼有。我走了几步，看见一个打着赤膊的男人坐在门廊上，抓住路人的脚，对着他们吐口水，并高喊："给我一块钱！"我拐了个弯，改走另一条路。在那里，我看见一个发疯的女人，对着空气生气地尖叫，好像那里有个人似的。每条大街上都在发生这种事情，我只能不停地拐弯，直到无路可走。于是我只能走回酒店房间，吃自己带来的花生黄油饼干。

这并不是说，相比有家可归的人，我更害怕无家可归的人。我害怕的是一些复杂得多的东西。我看着他们，心想：他们会是我的未来吗？如果我被困住了并被强迫一刻不歇地待在人群里，我也会变成那个样子。每天不断地尖叫，陷于恐惧之中，被一群人挤在门廊上。迷路，再也无法移动，没有任何选择。这就是我现在的感受，只不过我幸运地被困在了一个酒店房间里，这里有干净的床铺和一瓶我随身携带的药片。我希望这药片能够给我带来勇敢。我最终需要依靠它叫一辆出租车去机场，做正常人不会想到但我却心心念念了很久的无数件事情，直到我乘上了出租车，在想象了一百次我在机场里迷路的情景之后，现实中的我终于真的在机场里迷了路。

我担心自己会被困在这里。我站在酒店房间的门口，看着外面的真实世界，我害怕自己会停下脚步，害怕自己没有能力离开，没有能力叫出租车，没有能力登上飞机。我害怕自己会被永远困在这里，和街上的那些人一样。

我很幸运，因为我还有选择。我服用药物，使用治疗工具，学习呼吸的技巧。我有朋友和家人，我可以在情况变得太糟糕时叫他们来救我。我还有互联网。这听起来有点怪，但是上推特就好像拥有一大群见不着面，但同样把生活搞得一团糟的人的陪伴。他们和你一起躲在浴室里。在寂寞的酒店房间里，你用枕头堆成堡垒躲在下面，看他们逗你发笑。他们中的很多人和我遭受着同样的恐惧，这让他们和我有着类似的孤独。我们找到了一种共同孤独的方式。

与友好的陌生人以及可以装进口袋的陌生朋友一起经历生活，会发生很多美好的事情。他们庆祝你的胜利。当你情绪低落时，他们给你发关于浴缸里的刺猬的视频。他们告诉你，你并不孤单。你猜接着突然发生了什么？你就真的不孤单了。他们把可怕的经历变成了你能够和朋友一起笑谈的事情。这些奇怪的陌生人和你一起走路。他们始终陪伴着你，在深夜里你的痛苦发作的时候，在你独自一人尴尬地坐在公共场所的一张桌子旁又不小心让自己出丑的时候——巧的是，这正是我上周末参加会议时发生的事情。

由于酒店不提供客房服务，我靠着吃自己带来的花生黄油饼干才活了下来。但在住宿的最后一天，我决定在我发表演讲之前，吃一顿真正的食物。我决定勇敢地面对世界，去酒店隔壁的餐馆吃饭。接下来发生了一连串令人尴尬的事情。如果我不能把它们写在推特上大加嘲笑一番，我一定会非常不安。（这就是性格内向者的优点。他们经常打电话或上网，所以即使你独处的时候，你也感觉自己和朋友在一起。）

长话短说。当时我试着悄悄自拍，用来体现我在一家灯光昏暗的餐厅里有多么孤苦伶仃，但之后我忘了关掉闪光灯，我用手机把照片贴到推特上时，我的手机发出了一声响亮的狼啸。我急忙跑开，却被餐厅里美丽的锦鲤池的边缘绊了一下，踩在了一条鱼的身上。这条鱼没有什么大碍，我的右脚却狼狈不堪。我想用房间里的吊扇吹干我的鞋，但好像需要很长时间。我不能穿着一只会发出"叽叽嘎嘎"噪声的鞋子发表演讲，于是我把鞋子挂在吊扇叶片上，因为我想这样能靠惯性把水甩出来。一开始似乎还挺管用，直到后来我把风扇的转速调得过快，鞋子从风扇上掉了下来，砸在我的脸上。感觉就好像我的脑袋被自己的愚蠢踢了一脚。

然而，推特自始至终都在一旁提醒我：如果我不干蠢事，就不会再有人关注我了。

也许这就是我喜欢互联网的原因：它能把一个的确很恐怖的时刻转化成我们今后会笑谈的回忆。因为我和一群会同情我的、至少会像欣赏可怕的火车事故残骸一样欣赏我的经历的人在一起。这很好，也很可怕。我活了下来，虽然我不得不穿着一只发出轻微嘎吱声的鞋子上台，讲完后又立即躲回我的酒店房间。

我继续做着那些我会做的事情，因为这就是生活。因为也许有一天，我会习惯这样的生活。也许有一天，我对生活的反应就跟我被锁在飞机上或站在舞台上一样。也许我能够学会放松和享受生活，而不是让恐惧挟持我远离生活。也许有一天，我能很轻易地承认那些明摆着的事实……我别无选择，只能呼吸和继续迈步向前。

我爸教我的一些事情

把坦克狗从洞里拉出来的时候，要永远拽着尾巴。"坦克狗"是犰狳的一个非常棒的名字。

你不能把驴子单独留在汽车里。但你能够把它带进酒吧，而且从此以后，你就再也进不了那家酒吧的门了。

如果你有太多的草，而你的邻居有太多的山羊，你应该借几只邻居的山羊来吃草。但要确定的一点是，你借来的都是母羊，否则到最后你会多出很多山羊。草太多和生育控制不足：山羊就是那样产生的。

如果你想学习美国当地人剥水牛皮的方法，你应该找一群住在你的院子里。我指的是一群美国当地人，而不是一群水牛。说实话，我家的空间大小勉强能装下那些山羊。

篱笆外的草更绿，但这只是因为大部分人的后院里没有一群借来的山羊。这些该死的山羊什么都吃。

你可以用三只山羊换一辆没怎么用过的儿童摩托车。

你可以用一辆没怎么用过但现在已经差不多撞烂了的儿童摩托车换回那些山羊，只要你能确定第一次换出去的是一些的确很糟糕的山羊。人们应该把"你无法面对现实"改成"你无法搞定这些山羊"，因为后者更符合实际情况。山羊是很难搞定的。

如果生活给你柠檬，你应该把它们冰冻起来，然后用投石器把它们投向你的敌人。另外，你永远不应该问你的父亲什么是投石器，因为他会拿给你看。它有点像弹弓，只是构造更复杂，还会不可避免地砸碎东西。山羊也会走到它的前方，在被砸得头昏眼花后逃开。

恐惧的反面是自由，而且你通常会比一开始少几根手指。

每个人出生时都有几个多余的手指。上帝希望你在人生旅途中切掉几个，否则他原本不会把那些电动工具造得那么差劲。

如果你把一只刚被杀死的母鹿扔在厨房桌子上，肚子朝下碰着桌面，前腿在桌子的一头，而后腿在桌子的另一头，那么它看上去不像在飞，而更像跨栏时被重重地绊倒了。这既有点好笑，同时又有点恐怖。和生活很像。

你永远是第一个开枪的人，因为熊不会开枪，它们只会吃了你。如果你让熊先发制人，你就永远赢不了。这是狩猎的101基本法则。

总得有一些时刻，你必须做一个成年人。那些时刻其实都是阴谋诡计，你可别信以为真。

冰箱能够让自家酿造的私酒不那么恶心，冷冻柜能够让响尾蛇不那么生气，车库能够让你在你老婆发现上述两样东西时躲起来。

如果你没有关上冷冻柜的门，响尾蛇会变暖苏醒过来咬你的手。（我不确定事实是否如此，我爸只是用这个方法让我妹妹和我在冷气跑掉之前关上冷冻柜的门。这一招相当省电，我考虑对我女儿使用同样的招数，但我不会真的放响尾蛇进去，因为那样简直是疯了。）

别和其他人犯同样的错误。你要犯一些了不起的错误，犯一些令人震惊的错误，这样他们就别无选择，只能对你犯的错误略微留一点印象了。

有时候，目瞪口呆的沉默胜于掌声。

要成为艺术家，你不必去某所特别的私立学校。你只需要看看精美绝伦的蜘蛛网，它们是蜘蛛用屁股织出来的。

在讨厌你的人面前表现得开心，这样他们就会知道自己没有惹你生气，这还会把他们气疯了。

你可以用猫脸做一顶帽子，但这样做不出一顶好帽子，除非你先做个衬里。

别故意摧残自己。有一大群人愿意免费摧残你。

你可以把一台破烤箱放在院子里，只要你称之为"艺术"。

如果你想购买玻璃眼珠，你应该去批发，因为你需要的会越来越多。玻璃眼珠就好像品客薯片，没有人能忍住只吃一片。但最主要的还是因为你很少做只有一只眼睛的动物标本。除非把它们做成挤眉弄眼的样子，或者做成海盗。

如果你把一对用来做奶牛标本的大型玻璃眼珠粘在你的眼睛里面，你会吓坏一大群人。你也可能摔倒，弄坏你的屁股。但这么做是完全值得的。

在马路上被轧死的动物终有一天会腐烂得相当厉害，无法做成标本。不过，那一天比一般人想象的要晚好几周。

你可以用鹿的屁股做一个非常逼真的大脚野人的标本。这种标本在商店里的销路不怎么样，但是一些容易上当受骗的人会在距离仅仅一英寸的地方，满心疑惑地盯着鹿的屁眼儿看。这场面非常有趣。

有人说自己见过大脚野人。但或许在大部分情况下，只是一群鹿从一些喝得醉醺醺的猎人身边跑过而已。

正常即为无聊。古怪就是更好。山羊很可爱，不过只在数量不多的时候。

把那些眼珠递给我。

我要死了，终有一天

　　"那么，"我的精神科医生说，"你今天过得怎么样？"

　　我做了一次深呼吸："我要死了。"

　　"噢？"她回答，惊讶地瞪大双眼。

　　"我是指……终有一天。"我补充说道。

　　她眯起眼睛："说得没错。这么说，一切都还算正常？"

　　"这不算正常。我要死了，你要死了，我们大家都要死了。"

　　她跷起二郎腿："那是人生必经的阶段。"

　　"你是指快要死了？不，快要死了是生命的对立面。"我交叉双臂，"你不是医生吗？我认为你应该知道这一点。"

　　"不，"她回答，"我是指思考死亡是人生必经的阶段。"

　　"我无法相信你现在说的每一句话。你才发现自己要死了，显然你很震惊。"

她抬起一边眉毛："我早就知道我要死了。"

"噢，我的上帝，真抱歉。"

"没关系，"她说，"我现在并没有快要死了，我只是很正常地走向死亡，这个过程叫作'衰老'。这是一件好事，每天都有新的机会享受人生。"

"也有新的机会被连环杀手绑架，"我反驳道，"或者摔死在井底。或者两者兼有。那里或许就是连环杀手抛尸的地方。也许这就是为什么我们再也不用井水了。"

"嗯，"她一边心不在焉地回应我，一边在她的记录板上写下点什么，"那么许愿井呢？"

"你知道吗，我一直认为，那些死在井底的女孩，就是实现人们愿望的人。这就是为什么我的愿望从来没有实现过，因为死掉的女孩再也不能实现人们的愿望了。"

"呃。"

"你知道吗，你经常沉默不语，我感觉自己很像在接受审判。"

她放下笔："好吧，我们真的需要为死亡这件事讨论一番吗？或者……"

"其实不需要，只是闲聊而已。我付钱给你，让你对我说话。可是结果到现在为止，一直是我在寻找谈论的话题，这事情有点古怪。"

她沉默了一会儿："你想让我找点话题跟你聊聊吗？"

"我只是说，你可以稍微努力一下。"

"你今天似乎有点自我防御。发生了什么事？"她问。

"好吧，"我做了一次深呼吸，"在我开车来这里的整个路上，我一直在想：我今天想聊点什么呢？我一度感觉自己今天表现得相当不错，但是现在，我不知道在接下来的四十分钟里应该如何逗乐你。"

她瞄了一眼时钟："实际上只剩下三十分钟了。"

"是的。我一直想问你……为什么咨询时间缩短到了五十分钟？这有点耍无赖。如果我付给你一张五元的钞票，然后告诉你这是一张'按照咨询标准计算的六元钞票'，你会怎么想？在别的任何地方都不会发生这种事情。我想这可能是因为你们知道和自己打交道的是一些疯子，所以你们很确定自己能侥幸做出这种事情。"

她歪着脑袋："这真的就是你想讨论的吗，还是你又开始自我防御了？"

"我是在自我防御，"我叹了一口气，"该死的，你没有问题。"

"没关系，"她点了点头，"这是我的工作。你没有别的想聊的了？"

"好吧，还有一件事情。每次我走进公共厕所，总会小心探查一番。因为我总相信，隔间里会有死尸。每、一、次！"

"你为什么那么想？"

"不知道。我从没找到过死尸，但我找到过许多可能是死尸的东西——一些被丢弃在路边的黑色塑料袋。我总想打开它们，因为我相信里面可能装着尸体。但我从来没有打开过它们，因为我没有责任照看死尸。我是指打电话叫警察，让他们照看尸体。我说的'照看'不是那种'这是你的新金鱼，好好照看它'。死尸不需要照看，这是死尸仅有的几个优点之一。如果你不喂死尸吃饭，它也不会用埋怨的眼神看着你，它永远不会比死更死。实际上，作为宠物，死尸比金鱼好多了，因为有人会替你先杀了他们，这样你就不会因为把他们养死了而产生罪恶感。"

医生提起铅笔，好像在思考从哪里写起。

为了替自己辩解，我继续说："我一直很害怕自己一旦找到了第一具死尸，就会开启一段疯狂的人生，因为在有了第一次的收获之后，我再也无法阻止自己打开垃圾袋。最后警察会根据我的指纹，把我列为嫌疑犯。这也许就是为什么有那么多人不信任警察，因为他们倾向于认为你就是谋杀犯，而不是真的只是因为幸运才找到了尸体。"

医生摘下眼镜，摩了摩鼻梁："好吧……这是一种不太寻常的看法，但实际上厌恶尸体是一种很普遍的心理。"

"噢，我并不厌恶尸体。"我反驳道，"'厌恶'代表一种'没有理由的害怕'，而我的害怕是极其理性的。你应该害怕尸体，这样你就不会和他们一起出去玩，然后染上霍乱。"

"当然，"我承认说，"害怕在厕所里或者垃圾袋里找到死尸，这也许是一种比较不常见的心理变异，不过实际上人们到处发现死尸。*我有一个朋友是电台主持人。她有天半夜到电台上班。播音室里死一般地寂静，她发现老板因心脏病突发而死在了声音操控台上。在等待警察赶来的时间里，她不得不在尸体上做广播节目。她的同事都认为她很勇敢、很有献身精神，但我认为这件事情荒诞离奇而又令人不安。女士，你当时只需要放一段长录音，然后躲进一个没有尸体的房间就好了。要说谁比较古怪，一定是她，不是我。"

"没有别的了？"

"每当我去洗手，如果自动水龙头没有出水，我立刻会设想：我已经死在了厕所隔间里，这是我的鬼魂想洗手。"

"呃。"

"既然我是个鬼魂，自动感应器当然不会有反应。"我补充道。

"是啊，我懂的。"

"再说了，我真的真的非常擅长尿尿……好像有点太擅长了，像一种超能力。"

她用批判的眼光看着我："这也要讨论吗？"

"是的。因为我是一个尿得很快的人。我总会站在卫生间里，倒数二十之后才出去，这样外面的人就不会认为我没有洗手了。"我等待她露出惊讶的表情，但我似乎需要等上很久，"另外，我可以在念仓鼠（hamster）这个单词时，不发出p的音。"

"仓鼠这个单词里本来就没有p。"

"好吧，显然你从来没有用力挤压过任何一只仓鼠。它们身体里有好几吨尿（pee）呢。"

她盯着我。

"我在开玩笑，"我解释说，"不是一个高明的玩笑。"我承认，"不过说正经的，这个词应该拼作hampster，反正我们都这么念。"

"那么，"她问，"你认为我们可以结束这次心理咨询了吗？"

"每次我的皮肤上长出小脓包，我都会担心它会变成一个新的乳头。"

她一言不发地盯着我。

"我没有回答你的问题。抱歉，我的思路跳跃了。"

"跳跃到你的乳头上去了？"她平静地问我。

"接着，我想这个乳头会变成一个人，我们会成为后天形成的连体双胞胎。这就是我脑子里几乎整天在想的事情。"

"那么，我暂时约你在下周？"

"好的，"我点了点头，"我会把一整天都腾出来给你。"

* 写下这件事情的时候，我感觉非常轻松，因为我意识到：人

们普遍认为，我走进厕所踩到死尸的可能性很小，而一个刚写了自己害怕走进厕所踩到死尸的人真的在厕所里发现死尸的可能性就更小了。所以，这一章很有效地降低了我遇到那种事情的可能性。

并且增加了你遇到那种事情的可能性。

我很抱歉，但概率就是这么一回事。并不是说只要我写下来，就能防止人们死在厕所里。人类啊，我不是耶稣。我无法让厕所里的尸体起死回生。他们依然在那里，需要有人找到他们。诡异的是，在我写下这一章后，找到他们的人更可能是你，而不是我。

不过我又想了想，现在你（刚刚读到关于在厕所里发现死尸的可能性极低的那个你）真的在厕所里发现死尸的概率有多少呢？这个概率会因为我说过的那些话而变小。总之，我是在帮你。

不用谢。

实际上，你应该鼓励你所有的朋友和亲人读这本书，这样也能够降低他们在厕所里发现死尸的可能性。这就是我们为自己爱的人做的事情。他们呕吐的时候，我们拉住他们的头发，帮助他们挪动，保护他们远离厕所里的死尸。我建议你把这本书送给所有你爱的人，一人一本，并在书里题字："我买这本书给你，是为了保护你远离厕所里的死尸，因为我爱你。"这样他们就会明白，你待他们是真心的。

这就是为什么我情愿剪掉自己的头发

我：我就想修剪一下我的头发，或许可以加一些挑染。

造型师：你知道我们应该做什么吗？我们应该给你的头发做一次巴西焗油。

我：哦，天啊，不要。

造型师：为什么不要？那会让你看上去棒极了。再说这个项目本周特价，只要150美元。

我：你是说真的？那种东西听上去像酷刑一样。我不知道你是怎么说服其他顾客坐下来接受它的，何况还要付钱。

造型师：没有那么糟糕。只需要花一点时间，还有在头两天里你必须特别呵护你的头发，不能梳马尾辫或其他的一些发型，否则会让护理效果大打折扣。

我：你在说什么玩意儿？谁会把阴毛梳成马尾辫？

造型师：什……什么？

我：我就是不太明白。每年，我都会听说女人们在她们的阴毛上搞出越来越多的花样。这件事情我就是不太理解。贴亮片、蜜蜡除毛。我不想让任何人把我的阴毛做成马尾辫的造型。坦白地说，当我听到有些人的阴毛竟然多到可以用来梳成马尾辫，我有点吓坏了。我的意思是——我并不想说三道四——但我甚至不确定自己是否应该渴望长出一些特别长的阴毛。我连我脑袋上那些毛发都搞不定，更别说长在我的"女士花园"里的毛发了。

造型师：我……被搞糊涂了。

我：我俩都被搞糊涂了。

造型师：这么说吧，巴西焗油是一种吹干造型的护理，针对你脑袋上的发。它能够弄直头发，让它没那么卷曲。

我：噢。

造型师：是的。

我：现在我明白你为什么一脸困惑了。

造型师：是的。

我：可我能不能替自己辩解一下？如果我让你为我做一次巴西脱毛，你会把我带到后面的房间，给我的阴毛做造型。所以，我以为巴西焗油意味着你会先把阴毛吹干。

造型师：呃，那可就……乱套了。

我：坦白地说，比起我让你把我带到后面的房间，把我的阴毛连根拔掉，这也糟糕不到哪里去。其实这只是看待问题的角度不同而已。这也无所谓吧？反正你还是会继续给阴毛做造型。

造型师：不，我不做这个。我们这里没有任何蜜蜡脱毛的项目。我们只处理你脑袋上的毛发。

我：啊，我现在明白了，这可能是你第一次被迫进行这种谈话。

造型师：我更倾向于认为，这是世界上第一次有人进行这种谈话。

我：说得没错！

这完全取决于你如何看待它（内达尔之书）

我小时候家里很穷，但我们从来没有真正地谈论过自己的贫穷，因为没有必要。河马也出于同样的原因，从不谈论自己是河马。或者至少，这是原因之一。我在十几岁的时候确实向我妈（内达尔）提起过我们的贫穷。当时她正在刷碗，她听到后立即停了下来，抬起眉毛，既困惑又好笑地问我："无稽之谈，我们有很多尘土。要说我们什么最多，那就是尘土，多得简直快把我们埋了。实际上，我们最终会被埋在土里。我们有那么多的尘土。"[1]

"闪米特人（Semitics）[2]。"我嗤之以鼻，用一种只有十四岁的傻姑娘才能正确掌握的无聊的挖苦方式。

---

[1] 上文中女儿提到贫穷时用的是dirt poor。但dirt又有"尘土"的意思，所以妈妈故意认为女儿说的是缺少尘土。

[2] 闪米特人为Semites，这里的"Semitics"是故意为之。

"我猜你想说的是'文字游戏（semantics）'。闪米特人是……我不晓得……你真心喜欢犹太人时会用的词？别在厨房里站着了，去查一下字典。"

"就因为有人喜欢犹太人，所以专门存在一个词？"我问，"这好像很奇怪。有没有为那些真心喜欢基督教徒的人创造的词？"

"有的，"作为无神论者的我妈叹了口气，用眼睛的余光看了看我爸挂在墙上的耶稣画像，"容忍。"

"重点在于，"她继续说，"我们不缺少尘土，我们有很多尘土。我们的房子建造在尘土之上，而且我怀疑我们的家具也是用尘土粘起来的，这就是为什么我们不应该掸去太多的尘土，因为是尘土把世界连接在一起。全世界都是用尘土做成的。风带来尘土，恐龙骨头化作尘土。还有星尘。我们有很多尘土。我能向你保证，我们和缺少尘土一点也不沾边，这完全取决于你怎么看待它。"

我妈的话在我的脑海中回荡了好几年，主要因为这是一个不打扫卫生的好借口。（从理论上讲，我妹妹和我从不介意我妈不打扫卫生，因为她打扫卫生的时候，经常把我爸的旧内衣裤当作抹布。我们家在被我爸的内衣裤上上下下擦过之后最干净了——了解到这一点让我们感觉很怪异。）另外，这真是一个摆脱打扫卫生的好方法。每当我试着对维克托解释我妈的尘土理论，他会扮一个斗鸡眼，指责我失去了理智，而我会大声尖叫："维克托，这是我的家族传统，你不会明白的。"

尘土是生活的隐喻。我现在又想了想，才意识到这是一个相当过时的老掉牙的想法。《圣经》里的耶稣在他的《尘归尘》演讲中就已经用过。只不过我妈偷偷站在我身后看完这段演讲后，提醒我说，耶稣自己其实从来不写东西，《圣经》里的大部分章节是根据几位真实作者命名的，是他们（大概是冷静地）编辑和撰写了所有的内容。我的上帝，那个女人作为无神论者，知道了太多关于耶稣的事情。此外，她还指出了我在这一章里的很多语法错误。如果我的这本书是《圣经》，那么这一章应该叫作《内达尔之书》。

无论如何，尘土和生活是天生一对，这是有理由的。有时候，尘土以完美的方式构筑了生活的一砖一瓦。有时候，它硬生生地闯入生活，把一切都变得昏暗模糊。有时候，它会进入我的苦杏酒，让我不得不另倒一杯酒——酒杯里的"灰尘"大部分是猫毛，两者其实不是一回事。

我过着一种怪诞不经的生活，充满着普通女人拿着棍子也点不清的起起伏伏。（这种说法很古怪，因为根据我的经验，几乎没有哪个普通女人会用棍子点着数数。通常情况下，只有像我这样古怪的女人，才会对着风车、美洲狮以及我因为喝了太多的苦杏酒而错看成埋伏着美洲狮的灌木丛挥舞棍子。）

每当我看着自己的人生，我会看见幸福的高水位标记，我也会看见低谷——这时我不得不说服我自己，自杀不是解决问题的方法。在两者之间，我看见自己的人生。我看见生活中的悲伤和不幸让幸福和狂喜更甜蜜。我看见我探出灵魂，感觉可怕的抑郁症的每一寸，这给了我更多的成长空间，让我享受其他人也许无法领会的生活之美。我看见空气中有尘土，它们最终落在地板上，被当作讨厌的东西扫地出门。但是，在那之前，在某个闪耀的瞬间，我看见尘埃吸收了阳光，发出耀眼的光芒，像星尘一样舞蹈。我看见一切事物的开始和结束。我看见我的人生，它的丑陋和灰暗用一种恰到好处的方式展现着美丽。它以碎片的姿态闪耀着光芒。最简单的事物里有奇迹和欢乐。我妈是对的。

这完全取决于你如何看待它。

好吧，至少你把乳头遮起来了

以下是这一周内我和维克托的第五万次争吵：

我：我穿这身衣服出去怎么样？

维克托：嗯，还行。

（我气呼呼地去换衣服）

维克托：你干吗换衣服？我们要出门了。

我：你讨厌我穿这身衣服，所以现在我不得不换一套。

维克托：我说你穿这身衣服挺好的。

我：不是的，你说我看上去"还行"，这就等于在说"好吧，至少你把乳头遮起来了"。如果你说的是我穿这身衣服挺好的，那么我的感觉会好很多，不过我大概仍然会去换衣服，因为"挺好"等于"你还是放弃吧"。但是我不会放弃，因为我在乎我的个人形象。

维克托：这是你说过的该死的最疯狂的话。

我：远远不是。如果你真的认为我看上去还行，你会说"你看上去很棒"。

维克托：你看上去很棒！别发神经了，快点上该死的车。

我：不，我要换衣服一直换到我看上去还行。

维克托：我说过了，你看上去还行。

我：的确如此。但我的"还行"和你的"还行"不是一回事儿。我真不敢相信自己居然不得不解释这些。

维克托：我也不敢相信。

我：好吧，让我直话直说。假设我们刚刚第一次做爱，你问我感觉如何，我说"还行"。

维克托：啊。

我：就是这种感觉。

维克托：好吧。你看上去棒极了。

我：真的？这么说，我看上去还行？

维克托：我甚至不知道自己接下来应该说什么。这个问题里没有陷阱吧？

我：没有，你只需要点点头，称赞一下我的鞋子、头发或者别的什么。

维克托：好吧。

我：……说得越快越好。

维克托：我在想。

我：喔。

维克托：我喜欢你的皮肤，因为它裹住你的内脏，不让它们掉到地毯上。

　　我：要是每次有人对我这么说话，就算我赚了五分硬币的话，那我可就发财啦……

　　胜利者：维克托。因为他现在明白了语言是如何发挥作用的。

《天鹅之死》没你期待的那么迷人

最近，我们搬家了，继续了我们一贯的搬家模式：买一幢房子，进行修缮，借住约十五分钟，然后它真正地有了家的感觉。维克托决定我们要再次搬家时，我告诉他这是我的最后一个家，我再也不会搬了，除非搬进我的棺材。于是他等到我出城之后，买了一幢旧旧的（但非常可爱的）房子。房子需要大修，有很多问题需要解决，这可能会要了我们的命。简言之，他买的房子相当于又一个"我"。

搬家前，海莉、维克托和我各自确定了我们想在这幢"完美的房子"里获得的东西。

维克托想在这个装有大门的小区里获得安全感，因为去年我碰到了跟踪狂。（请不要跟踪我。我向你保证，我在现实生活中非常无趣。）我想要一片种着大树的小小的土地和一个漂亮的院子。海莉想要一个游泳池。

我们刚搬进装有大门的新小区的那一周，有个男人猛撞小区的大门，并与当地警署在他家的车道上展开了激烈的交火。他很幸运，警察的枪法极其不准，最后只是逮捕了他。这名持枪嫌疑犯就住在我们家的小区里。我们成功地把自己和疯子锁在了同一扇大门里。另外，业主大会发给我们一张传单，上面说有一只美洲狮从山上跑了下来，目前正在附近转悠，并在一位女士遛狗的时候吃掉了她的狗。我们被告知让宠物待在家里，但我有些担心这会让那只美洲狮更加饥饿难耐。如果那只狗只是开胃菜，美洲狮现在想吃人类，那该怎么办呢？顺便说一下，这是完全有可能的。（另外，我怀疑下水道里挤满了美洲豹，因为这次事件似乎就会往这个方向发展。）

　　几周后，我观察到有一个男人很热心地往我家的草坪上喷洒一种我原本认为是除蚁剂的东西。结果发现他是在热心地喷洒植物毒药。据说他弄错了地址，他本想毁掉的院子在另一条街上，他们想在那里铺上另一种草。他干得很出色，与我们想要的结果完全相反。现在，我们成了耕种尘土的农民，收成还相当丰盛。

　　在那次惨败之后，我决定从所有疯狂的事情——包括爆裂的管道、屋顶的翻新和愤怒的山狮——里走出来喘口气，躺在游泳池里放松一下。

应该有人给我一杯该死的果汁朗姆酒。

照片承蒙维克托·罗森提供

这幢房子很陈旧，存在许多问题，不过我们也因此得以住在这么一个乡村俱乐部般的漂亮小区里。同时这也意味着，为了能够符合居住标准，整天有物业公司的人上门依照最新的建筑标准进行修缮，把一些看上去想要害死我们的建筑推倒。如果你曾经改变过房子的结构，或搭建过什么，或把物业公司的人带来看看你们的婚姻能否在这样的房子里存活下去，那么你就应该知道这类事情有多么糟心。如果你没有做过这类事情，那么让我详细讲解一下……

你在修缮旧房屋的过程中，最初的想法和最后的想法之间的微妙变化：

你的孩子说她看见一只小猫在房子附近嬉戏。

你的地板管道槽隙间有一只巨大的负鼠。

你的地板管道的槽隙间有一只巨大的死负鼠。

一只巨大的死负鼠标出了煤气泄漏的位置。

煤气泄漏实际上是从印度公墓里逃出来的鬼魂造成的，人们在建造这幢房子的时候亵渎了鬼魂。

愤怒的鬼魂拿到了你的电锯，还杀害了你的负鼠。

物业公司的人前来解决由愤怒的鬼魂、负鼠引起的问题。他们估计这需要花费4美元和12至16分钟的时间。

物业公司的人要走了，因为天黑了，实际的修理时间比之前估计的长一些，因为他们没有意识到"紫色是一种颜色"，或者其他荒唐的事情。这听上去像是编造出来的，但是你不能质疑他们，因为你不够了解负鼠和愤怒的鬼魂。

物业公司的人在你的房子的侧面挖了一个20英尺的洞，在上面粘了一层塑料膜。一阵风吹来，一只刚出生的小猫打了几个喷嚏，扯下了塑料膜。塑料膜粘上了唾沫、空气和大量的绝望。

在你房子的侧面的那个20英尺的洞里，生活着42只负鼠。它们与那些愤怒的家伙合作建立了一个彻夜狂欢的舞厅。它们循环播放着《也许打个电话给我》和《江南Style》，还把迷幻药卖给小区里的孩子们。

物业公司的人说，他们会在这里待上一个小时，来解决这些问题。但实际上，他们把事情弄得更糟。他们说要到2032年的某个小时才能完工。他们寄给你一份账单，让你为他们到目前为止干的活儿支付1100万美元。负鼠把账单吃了。物业公司上法庭起诉你，你失去了房子。最后，你只能和那些爱咬东西的负鼠一起住在地板管道的槽隙间，它们是一群最糟糕的室友。

你要求物业公司的人来完成这篇文章的最后一段，因为他们现在占着这台电脑。我们"明天"再来解决这个问题。哈哈哈哈。你欠我们1100万美元。

我是一个对"信号"怀有信仰的女人，不只是交通信号灯（我认为这东西很有用，但对于一位过分谨慎的老阿姨而言，它提供的建议是多余的）或者来自上帝的信号（这种信号我只收到过一次，当时上帝在我的草坪上放了一个蘑菇，看上去好像一个切下来的乳房。我非常虔诚的爷爷向我保证，这个东西不太可能是来自上帝的信号，而更有可能是我在草地上流了太多口水造成的）。不，我正在谈论的是来自宇宙的巨型闪烁信号。它会告诉你，你做得很好，或者你让所有人都遭了殃，或者你需要振作起来。在我们搬入新家的第一周，我曾经收到过一个闪烁信号。

新家看上去很完美。虽然房子陈旧，但是树木很漂亮，小区很安静，还有传言说摔跤冠军冷石·史蒂夫·奥斯汀就在隔壁小区。（真实情况：一位著名的酒吧歌手住在与我家隔着四户人家的房子里。从严格的意义上来讲，是三户人家、一座小山、一个警戒森严的大门，再加一户人家，但是……这依然能够让我们显得与众不同，我们抓住了这个机会。）

我过去居住的乡下老房子也很不错，但在与响尾蛇、蝎子和卓柏卡布拉打了几年交道之后，我们准备搬到更城郊一点的地方。这个装有大门的小区似乎完全适合我们想要假扮的那类人（精神振作的正常人）。我确信自己很快就会被发现是个冒牌货。

在搬进新家的第一天，我走上通往美丽的小区花园的小路。我依然感到拘束，但是我努力让自己看上去好像属于这里。我在人造河流的堤岸边坐下。就在这时，我看到了给我的信号：两只美丽的雪白的天鹅出现在河流的转弯处。它们向我游来，好奇地望着我。我被它们深深地吸引住了，坐着一动也不动。高贵的天鹅一起在水面上游弋，相互穿梭时弯曲的脖颈不经意地组成心形。我不知不觉地叹了口气，我意识到我会好起来的。

接下来，一群天鹅想要吃了我。

此时此刻，你大概会再读一遍上面那句话，然后心想我又犯了什么毛病。你的问题的答案是：天鹅想要吃了我，我犯的就是这个毛病。当然，你可能会对自己说：你太夸张了，天鹅不吃人。但我向你保证：噢，不是这样的，它们该死的很会吃人！

那些天鹅跳出水面，鼻子里发着哼哼唧唧的声音，跟非洲猎豹似的向我跑来，还是一群擅长踢足球的、接受过如何围攻受害者的训练的猎豹。我尖叫着朝我们的房子跑去，我绝对能够听见背后传来的脚蹼拍打地面的啪啪声。我跑到房子附近时，看见维克托正在大门前给草坪浇水。我尖叫着："它们还在追我吗？"他转过头看着我。我确信它们还在追我，因为维克托看上去该死的极其惊恐。可是我回头一看，后面什么也没有。结果维克托吓坏了，因为他的老婆一路朝着他狂奔，并尖叫着："它们还在追我吗？"这就好像僵尸即将毁灭世界，却没有人想过要告诉他。我停下来喘气，刚想告诉他我刚才被一个天鹅犯罪团伙缠住了，但我想了想这句话听起来可能是什么样的，而且我不确定两只天鹅能不能被称为"犯罪团伙"，只好作罢。不过，当时我认定在婚姻里你应该永远诚实，可维克托不同意我的看法，主要因为我的诚实最后总会和我坚称自己刚才被天鹅攻击之类的事情联系在一起。是的，我知道，如果它们没有真的碰到我，没有拿出刀，那么严格地讲，我就算不上被攻击了。但是我察觉了它们的"企图"，而且我相当肯定，这些天鹅发疯似的追着我跑，并不是为了朝我尖叫"抱抱我！！！"，这主要因为天鹅是哑巴。也许这就是它们如此生气的原因。也许是因为它们无法喊出自己的感受。我不懂天鹅的心理学。

维克托坚持认为我误解了天鹅。于是我在网上查找了一些关于天鹅的信息，大部分都是展现它们优雅姿态和皇室风范的照片。但是，在我的努力搜寻之下，我看到很多网站上说："噢，那些该死的家伙能把一只母狗撕碎！别惹那些浑蛋！"说真的，天鹅能够弄断人的手臂，只要它们踢对了地方。去年，它们在英格兰淹死了一个人。这些都是真实发生的事情，不是我在《国家调查者》杂志上看来的。天鹅很危险，但是从来不被追究责任，我怀疑这是它的种族形象带给它的好处。此外，网上还说，如果你被天鹅攻击了，想要摆脱它的最佳方法是"抓住它的脖子，用力将它扔得越远越好"。这听上去很像一个会遭到动物保护协会抵制的奥运会比赛项目。你还可以用尽全力掌掴它的脸，但我非常肯定自己一定会失败，因为众所周知，天鹅的脑袋特别小。那就好像玩绳球游戏，区别在于：绳杆支点会移动，绳子是脖子以及球想要吃了你。这是史上最致命的绳球游戏。

"噢，我的天啊……这个网站说我可能已经怀孕了。"我对着维克托大叫。

"因为那只冲向你的天鹅？"他不可置信地问，"你知道自己现在听起来有多么疯狂吗？"

"好吧，我多半（problemly）[1]是太震惊了。我有可能会怀上水禽的孩子，上帝知道我的荷尔蒙现在正在干什么。我刚才找到一份医学杂志，上面说你在被天鹅攻击后，需要采取避孕措施（prophylactics）。天鹅那么阴险！"

维克托解释说，"prophylactics"泛指"防疫措施"，并不自动等于"避孕"。但我忙着想自己可能因为一伙天鹅而被迫怀孕，没空听他解释。维克托接着指出我用错了量词，一群天鹅不可以说"一伙天鹅"，只有乌鸦才可以说"一伙乌鸦（a murder of crows）"，而天鹅应该说"数鸣天鹅（a lamentation of swans）[2]"。但我非常肯定，这恰恰证明了我的观点。天鹅是哑巴，但与它搭配的量词的意思是"痛苦或伤心地哀叫"？如果这不是一种信号，那我就不知道什么才算是信号了。维克托说他同意我的看法，但他同意的并不是"这是一个信号"，而是"我不知道什么才算是信号"。

无论如何，这成为一个问题。从那以后，我每次靠近天鹅湖，都会害怕被那两只天鹅攻击——我给它们取名为小白和克劳斯·香蕉骗子。小白是两只天鹅中比较暴力的那只，但它们在有其他目击者在附近时，都不会采取任何行动，顶多有点挑衅地朝我走来。这大概是想让人们对我产生怀疑，这样在将来那场必定

---

[1] 关于problemly，参见本书结尾《致谢》一章。

[2] a lamentation of swans，lamentation的意思是"痛苦或伤心地哀叫"，在这个短语里作量词。由于汉语中没有对应的量词，为与下文相呼应，勉强译作"数鸣天鹅"。

会发生只是不知道什么时候发生的谋杀案里，它们就不会被当作嫌疑犯了。

那天之后，我每次回家都会慢慢地开车经过天鹅湖，而天鹅会瞪着我的车。我从它们身边经过（那时候，它们可能正在谋划如何敲掉我的汽车保险杠或者让我的刹车失灵），我摇下车窗，尖声叫道："你别想惹我，小白！"不可否认，在一个豪华的、共和党人聚居的小区的中心地带，尖声喊出这样的话是你能做的最糟糕的事情之一。但我对于融入这种地方完全不抱希望，我已经放弃了。（实际上，我们的新邻居邀请维克托和我一起去参加一个"欢迎新邻居"聚会。这听上去很可怕，不过她接着提到这也会是一个共和党资金筹集会——这让我感到轻松，因为我有了不参加聚会的绝佳借口。我解释说，我是我们家里指定的非共和党人[1]，可是她说没有关系。于是我把我的第一本书给了她一本。一周后，我收到了她寄来的一封非常亲切友好的信，信里说她已经读了这本书，现在她明白了为什么我不能来参加聚会。所以，她没有在信里邀请我参加聚会，但用的是一种令我们双方都感觉很舒服的方式。）

维克托批评我，说我"假想"出来的天鹅对我的迫害是"冒牌货症候群"的表现。我确实在与这个问题作斗争。它大致上是

---

[1] 英语中有一个"指定的开车人（designated driver）"的说法。在美国的聚会上，会有人事先被指定为聚会结束后开车送同伴回家的人，这个人在聚会上不能喝酒。"家里指定的非共和党人"是"我"据此编造出来的说法。

指，你认为自己的所有成功都靠运气，大家随时会意识到，你其实是一个极大的失败者，你并没有他们想象的那么厉害。这令我感到不安，因为大部分人认为我也就是个疯子，而我认为自己是个冒牌货，就意味着我相信自己作为疯子还不算成功——这种想法有点符合疯子的定义。不管怎样，我很肯定这些天鹅是冲着我来的。它们把我看作外来者——原本应该让它们更喜欢我，因为所有的天鹅一开始都是丑小鸭，但它们没有。这些天鹅显然已经忘记了自己是从哪里来的，并竭尽全力确保其他人也都不再记得这件事。

似乎没有其他任何人与这些天鹅之间存在问题，但我依然确信，它们一逮到机会就会吃了你。维克托不同意我的看法，但我非常确定天鹅已经吃了很多人，它们真的很擅长吃人，那就是为什么从来没有人怀疑过它们。它们就好像不会飞的水禽建立的西班牙宗教法庭。实际上，我怀疑世界上大部分的失踪人口都是被天鹅吃掉的，吃得一干二净。维克托怀疑我喝多了。有可能我们都是对的。

但这还不是唯一的信号。

我们搬家后过了几周，游泳池终于修好了。一个特别的早晨，我独自在泳池里享受。当时海莉正在参加一个戏剧野营，而维克托出城去了。

位于游泳池后方的高大的石楠花树遮住了太阳，在微风吹拂下，发出沙沙的声响。不过，在没有微风的时候，它们竟然也发出了沙沙的响声。我直视着游泳池后方密集交错的10英寸长的树叶，意识到灌木丛里有人。石楠花树大幅摇摆着，传来一阵树枝断裂的声音。我尽量往远离灌木丛的方向移动。我突然听到有什么东西滚落了下来，随后看见一只巨大的松鼠绝望地拉住一根快要折断的树枝。我立即意识到这根快要折断的树枝就挂在游泳池的上方，然后又发现这只松鼠实际上是一只该死的野负鼠。

我的第一反应是大声尖叫："负鼠！"但是这样不管用，因为它已经知道自己是一只负鼠了，而且这只能成功地令它更加害怕。它绝望地想跳回树干，但它办不到。我极其讨厌负鼠，可是我突然发现自己此时此刻对这个小家伙产生了同情。这主要因为它发疯似的吊住枝干的样子看上去像极了我在读二年级的时候有一次吊在学校的攀登架上并意识到自己没有力气再拉回去的样子。当时，我只能指望吉利太太赶来救我。但是没有一个小学老师会在一只发疯的负鼠表演疯狂的杂技时赶来救它。这只负鼠就好像是太阳马戏团的一员，或者一名胆战心惊的极限跳跃运动员，让我目不转睛。

我伸手去够我平时用来撩走浮在水面上的昆虫的网兜，我想用它帮助负鼠重新站起来。但是太迟了。就在一瞬间，我看见了负鼠的脸，它好像在说："该死的，我来了，女士。"接着，负鼠好像一枚炮弹似的屁股朝下有模有样地跌入水里，"咚"的一声溅出了很大的水花。我想："该死的，现在我们不得不把它烧开了。"（我是指把游泳池里的水烧开，不是指负鼠。负鼠的味道很糟糕，连禽类的内脏杂碎都不如，而后者似乎已经是食物的底线了。）

我尖叫着跳出了游泳池，负鼠跟在我后面也飞快地跳了出来，朝着灌木丛跑去。但是接下来，它又突然一个翻身躺了下来，好像在晒日光浴。我怀疑它在装死。我用手机打电话给维克托，尖叫道："灌木丛里有只负鼠！"他停顿了一下，然后问："你这是在玩电话性爱吗？不过我得告诉你，我真的不吃这一套。"

我不确定，负鼠活着和死了，哪个更让我害怕。维克托建议我用脚推推它，但我害怕它会袭击我。于是我用一根泳池浮条一边轻轻地戳它，一边说："嘿，负鼠，你死了吗？你好呀？"但它只是躺在那里。我想，它要么真的真的很有表演的天赋，要么真的真的死了。这种模棱两可的情况非常不可思议。老实说，更高超的装死方式是在它自己的口袋里放一些肠子，然后摊在身体的周围，因为这样你就知道自己逮到了一只真正献身于角色的负鼠。我回到屋子里找铲子，等我回来的时候，负鼠已经不在了。有可能它像耶稣一样复活了。也可能它在装死。等我走开后，它就趁机跑掉了。也可能它被一只从山上跑下来的狮子带走了。也可能它被天鹅吃掉了。真的谁也说不准。

不管怎样，我在那里坐了一分钟，然后意识到：在这个让我感到如此格格不入的漂亮小区里，刚刚有一只负鼠掉在了我的身上。任何一个会有负鼠掉下来的小区，都很难让人对它的高傲表示尊敬。*就在那时，我开始想，也许我们适合住在这里。也许我们只要装死，直到乡村俱乐部的成员全部离开。这一招，负鼠用起来似乎很有效。

◇

*我知道这么写会让人以为这里好像有很多负鼠，但这是一本真实的传记，所以我不能选择被谁攻击。如果我可以选择，我会选择幼企鹅，因为它们动作迟缓，而且非常可爱。可是没有人会相信它们攻击过你，因为它们如此可爱，那就是种族形象带来的好处。这和天鹅很像，人们认为它们很优雅，不会跑出来吃了你。各位，说了半天我又绕回来了。

重要测试

今天，我在博客上写了一篇文章。写得不算特别好，里面的部分内容让我有些纠结。我感觉自己需要别人的帮助，所以我来向你求助。

这篇博文的内容如下：

> 这么说吧，这不是一篇有趣的文章，所以不读也没关系。我想了解一些事情，我需要你对我说真话，而不是让我感觉舒服。所以，请对我实话实说。
>
> 我知道自己在人生中取得了很多成就，我发自内心地这么认为。然而，这改变不了一个事实：每个月只有几天的时间，我会感觉自己确实生活得很好。我知道自己是一个好人（比如"我不恶毒，也不会故意纵火"），但是我不擅长做人。我不知道这样讲能否让人

明白，我不是在骗取别人的赞美。请别告诉我我擅长的事情，因为我在这篇文章里想讲的不是这个。就在每天快结束的时候，我躺在床上想："该死的，我真是一堆狗屎。我今天除了吃喝拉撒，什么也没做。"我感觉自己好像停滞不前，我的人生进度永远比别人慢半天。连我做到的了不起的事情也会因为羞愧和焦虑而黯然失色。是的，我知道这在很大程度上可能跟我的精神疾病有关，但我感觉沮丧的日子依然比我感觉自己做得还不错的日子来得多。

海莉的拼写能力在班上是最好的，我为此感到骄傲，但我的这份骄傲会被我没有精力做一个完美母亲的尴尬所掩盖。我很高兴我的第一本书很成功，但我也因为遇到写作瓶颈而备受折磨，我一直很肯定我再也不会写了，我永远无法完成第二本书了。我感觉从表面上来看我似乎成功而又快乐，但是我不禁会想：如果人们更近一些观察我，他们就会在我身上看见裂缝、污垢以及一百万个我永远无法完成的项目带给我的耻辱。

其中的一部分原因在我自己身上。我患有抑郁症、焦虑症和许多障碍症，它们让我无法正确地认识自己。另一部分原因是我会对比自己在学校家长会、Facebook和Pinterest上见到的那些光鲜亮丽的人，来评判我自己。他们看上去神采飞扬，从来不会不洗头发，从来不会等到星期四的晚上才来帮助他们的孩子学习整整一周的功课。他们家的角落里不会有好几堆自从上次搬家以来一直没打开过的落满灰尘的箱子。他们有丰富多彩的人生，他们很幸福，他们拥有野餐篮子和餐巾，他们知道垃圾如何分类，他们永远不会缺少卫生纸，也不会因为忘记缴费而被拉电闸。最大的问题是，我甚至不想成为他们中的一员。我该死的讨厌野餐。如果上帝想让我们坐在地上吃饭，他就不会发明沙发。我在这一天里最大的成就是去了一趟银行，我不想因此有种失败者的感觉。

我只需要一个诚实的评价，看看我是否就是这副模样（我是否需要想办法改变自己，或者增加我的药量），这样是否正常，人们是否不会对此说三道四。

请告诉我真相（匿名回答也可以）。每个月有多少天你真的感觉自己很贱，或者总体上是个成功的人？什么事情会让你感觉最糟糕？什么事情会让你感觉自己更成功了？

请诚实地回答我的问题，因为我马上要让自己变成这副模样。

我每个月有三到四天感觉自己很成功，而在其他日子里，我感觉自己连最小的事情也做不好，或者感觉自己是一个失败者。我患有"冒牌货症候群"，所以即使有人赞美我，我也很难接受，我只会觉得自己比起从前更像个大骗子。我害怕得无法动弹的时候感觉最糟糕，我最后会蜷缩在床上，一步又一步地退缩。为了让自己感觉更成功，我每天花很多时间与我的女儿在一起，虽然我们只是依偎在毯子底下，看《神秘博士》重播。我也试着提醒自己：像多萝西·帕克和亨特·S.汤姆猫一样的人一定也在挣扎，那种挣扎只要没把我摧毁，就会让我更坚强。

我希望写下并发布这篇博文能够让我直面问题，能够带来一些变化——强迫自己改变看待成功的方式，或者强迫自己每天完成任务，不再感到害怕和焦虑。我希望能从你们那里得到一些线索，关于你们如何让自己感觉成功和快乐，或者你们尽量避免哪些事情，这样我也可以试着避免它们。我希望能够让自己脑袋里的声音安静下来。至少让那些不太喜欢我的声音安静下来。

轮到你说了。

备注：我想对那些初次来到这里的朋友说，我一直在接受认知心理治疗，我一直在吃多种多样的治疗焦虑症、抑郁症和注意力缺失症的药物，但是我真的很好。说实话，我只是想变得更好。我挣扎着想让自己更人模人样，我会采用一些建议。我猜我们中的很多人都会采用一些建议。

又备注：虽然《牛津词典》上说，不存在"能纵火的（arsonistic）"这个词，但是它完全存在，它和"有艺术美感的（artistic）"这个词是一回事儿，只是它指的不是敏感或擅长艺术，而是擅长纵火。另外，同样是这本词典，它里面收录了"电臀舞"这个词。我现在对一切都表示怀疑。

又又备注：抱歉，这篇博文一直在东拉西扯。我服用的治疗注意力缺失症的药物还没有起效。我把这篇关于我有多么糟糕的博文写得非常糟糕。我想我刚刚打破了一项纪录，一项负面纪录。

接着，我坐着往后一靠，等着人们对我说："噢，你并不糟糕。振作起来，小忍者！"但他们没有这么说。与之相反，有成千上万的人回答我："我也是。我在夜里把这些事情轻声告诉我丈夫或我的女朋友或我的猫咪。这是一些可怕的事情，我知道它们确实存在着。这些想法是藏在我们的壁橱里的恶魔。你可能会失败。但我们会和你站在一起，一起失败。"这令我感到有些惊喜，还有些沮丧，但大部分还是惊喜。

一些人评论说，这似乎是美国人才会遇到的问题，因为他们居住的地方（主要在欧洲）很少有人会用一个人的成就来衡量他是否成功，他们更重视的是这个人自己的感觉。幸福源自和别人共度时光。在美国以外的地方，更多的人认为，和孩子一起躺在沙发上看电视，是一件值得庆祝和享受的事情，并不会因此产生罪恶感。

接着又出现了更多的评论。其中一些是提醒人们"其实你并不孤单"的陈词滥调。这些评论很有帮助，但是我天生擅长深刻隽永的嘲讽，所以我添加了一些回复。

"比较是快乐的坟墓。"

我太喜欢这句话了，于是我去找了找它的出处，原来是马克·吐温写的。接着，我的感觉又开始变得很糟糕了，因为所有的好句子都是马克·吐温写的，他把好句子都用完了。在看到"比较让人感觉糟糕"这句话之后，我拿自己跟马克·吐温作了一番比较，结果我现在感觉很糟糕——这只能进一步证明马克·吐温说的是对的。我感觉自己是一个浑蛋。我陷入了"马克·吐温的羞耻漩涡"。[1]

"别拿你的内在和别人的外在作比较。"

这句话讲得有道理，因为我看过自己的内在，它们的样子很恶心，主要是一些脂肪、软骨和血液，还有一个肝脏——它只要手上有把锋利的刀，就会割断自己，离开我的身体。人们的外在看上去不会像我的内在那么糟糕，不过这是一件好事，因为它会提醒我：即使今天我顶着一头糟糕的发型，然而从美学的角度来看，我的马尾辫依然比格温妮丝·帕特洛的胆管更令人愉悦。实

---

[1] Shame-spiral，是指起初你为自己做过的一件事情感到羞耻，接着你又为"你为这件事情感到羞耻"而感到羞耻，从此陷入不断地感到羞耻的漩涡里。

际上，这一整句话应该被改写成这样："即使最丑陋的人的皮下脂肪团也比最美丽的超模的小肠更有魅力。"我想把这句话印在T恤上，但马克·吐温可能已经说过了。

"别把你的日常和别人的精彩瞬间作比较。"

这句话讲得也有道理，因为DVD的解说声道永远不会和电影本身同样精彩。不过我的第一反应是："每个人最终都能拥有自己的精彩瞬间吗？我甚至连那种该死的比赛花絮也没有。"结论：什么都能被我搞砸。

"你唯一需要超越的是昨天的你。"

这句话不错，它把目标设定得超级低，因为我昨天做的所有事情就是吃了很多洋葱圈，多到发疯的洋葱圈，算得上有点令人赞叹。但我从中吸取的教训是：如果今天我度过了真正愉快的一天，由于明天我必须过得更好，这就等于我在为自己制造失败。所以，也许我应该继续做一个失败的人，闭门不出，只为自己吃掉的洋葱圈的数量而感到骄傲。也许我应该先杀了一个村子的人，而第二天只需少杀一个人，这样一直保持下去，直到你的成功标准降低到了只需要在三个盲人的脸上踢两脚。连环凶杀案和专制统治也许就是这么开始的。

我注意到所有那些评论都有一些共同点：第一，我有能力把它们都反驳了；第二，它们比我写过的任何一句话都更好；第三，也是最重要的一点，我也许用了一套错误的标准评判自己。

我开始思考自己看待成功的方式。后来我意识到，我并不是真的想降低标准（因为我的标准已经非常低了，以至于我不断地被它绊倒），我只想拿起这些标准，跟参加奥运会标枪比赛似的，把它投到马克·吐温以及其他所有我拿来作比较的亮丽光鲜的成功人士的腿上。不过我接着意识到这是违法的，而且为了把目标看得更清楚和请一位律师，我还不得不走到门外。最后我只能骂一句"去死吧"，下定决心对那些光鲜亮丽的人再也不多看一眼（他们之所以看上去光鲜亮丽，大概只是因为他们把那些我愿意支付重金去了解的最黑暗的秘密隐藏了起来），并更改我对成功的定义。你也可以这么做。

你成功吗？让我们来看看吧。我非常热衷于自我测试，就是那种最后会判断你是狗还是树还是《权力的游戏》里的某个角色的测试。现在我们就来做一个吧。

一个非常重要的测试：

你是看的这本书，还是听的有声书呢？你的答案说明了你更在意的究竟是你能成为一个更好的人呢，还是你能获得如何把标枪扔到别人的腿上的建议呢。无论哪一种，你都在尝试让自己变得更好。给你自己加10分。

下面的问题，如果你回答"是"，就给自己加10分。

·没有弄死过蜘蛛。（如果你能够通过对它发出"嘘嘘"的声音或者对它说话帮助它离开，就能够加倍得分。如果蜘蛛爬到你身上，但你没有条件反射地按扁它，就能够得到三倍的分数。）

·没有用拳头猛击过某个浑蛋的脖子，即使你真的很想这么做。

·跌倒之后，没有立即冲着离你最近的随便什么人大喊大叫。

·没有说过"据人说""图苏馆"或"沮慌的"。

·照顾过一只动物。（雨中遛狗；营救被困在马路中央的走失的动物；清理便盆——这类事情你每做一次，就可以让分数翻一倍。清理便盆主要是指伺候猫咪如厕。这是能够让你变得谦虚的最好方法。如果你伺候得很好，再多加10分。）

·表达过怜悯。（如果你可怜的是你自己，双倍得分。）

·没有死掉。（这件事看上去不难，但实际上每分钟都有人死掉。墓地里挤满了死人。连耶稣都死了。也许有人会指出：耶稣已经复活了，而你还没有，但好在你还没有死，所以你还是有可能复活的，谁知道呢。除非你的确已经死了又复活了，那就再给你10分。也许你是吸血鬼。如果你是吸血鬼，再给你50分。如果你是一个光鲜亮丽的吸血鬼，扣40分。）

现在，把你的得分加起来。

如果你的分数在0至8000分之间，你就是你自己。你比昨天更像你自己，但是还没有明天那么像。请你继续努力，你走在正确的轨道上。还有，你今天的发型很棒。

换句话说，也就是别再拿你自己和那些光鲜亮丽的人作比较了。避开那些光鲜亮丽的人。那些人的光鲜亮丽是假象。如果你试着充分了解他们，你会发现他们根本没有那么光鲜亮丽。那些光鲜亮丽的人并不是我们的敌人。有时候，我们才是自己的敌人。我们听从自己失常的大脑，它想说："只有我们才会对自己产生怀疑。"或者"在其他所有人看来，我们显然不知道自己在干什么样的蠢事。"

见鬼，也许现在就有人认为我们是一些光鲜亮丽的人（愿上帝保佑他们那颗蠢而又蠢的心），而这在很大程度上证明了，我们不应该相信任何一个人的脑子能够准确地衡量别人的价值，更不用说衡量我们自己了。

我们怎么能够期望自己能够正确地评判自己呢？我们知道自己所有的最坏的秘密。我们持有偏见，还过分苛刻，偶尔还充满着羞耻感。所以，如果我说你很有价值、很重要、不可或缺，还很聪明，你只能相信我。

你也许会问：我怎么知道的？我接下来就会告诉你。这是因为你此时此刻（是吗？）正在阅读书籍。那是有魅力的人才会做的事。其他稍微差劲一点的人，现在也许正在他们的前院里追赶松鼠，还对它们拳打脚踢，而你却没有这么做。你安静地蜷缩着，阅读一本为了让你变得更好、更幸福、更有反省力而写的书。

你赢了。*你令人赞叹。

◇

*除非你现在一边读这本书，一边对松鼠拳打脚踢，那么你大概需要去看心理医生了，虽然我真的很佩服你一心多用的能力，因为我甚至无法一边写文章一边说话。坦白地说，我有点嫉妒你，还有点担心你。把松鼠放下。

猫咪穿薄膜

以下是这一周内我和维克托的第六次争吵：

维克托：你的裙子后面沾满了猫毛，看上去好像你刚刚拉出了一只猫咪，却没有擦干净屁股。

我：这是因为费里斯·喵喵整晚都趴在我的办公椅上。我买了一只新的宠物毛发滚筒，可是完全没有用。我说我们应该把这种事情消灭在萌芽状态，应该让猫咪穿上薄膜。

维克托：这……大概不是一个好主意。

我：当然啦，我们会让它们把脑袋、爪子和屁股露出来。

维克托：必须的。

我：再多留一块猫皮，这样它们就不会重演电影《金手指》里面的悲剧了。

维克托：这样就不会重演什么？

我：你知道的……在那部詹姆斯·邦德主演的电影里，他们把那位女士浑身上下都涂成了金色。她最后窒息而死，不就因为她的皮肤不能呼吸吗？

维克托：嗯，那只是一个都市神话，未必是真的。

我：好吧，那样更好，因为那样就意味着我可以把整只猫咪都用薄膜包起来，不必留一块剃了毛的猫皮露在微风里，因为那样看上去很古怪。

维克托：在这一点上，我竟然不知道该如何反驳。

我：金考公司有定制薄膜的服务吗？你认为他们会为猫咪制作薄膜吗？

维克托：不会。另外，我不确定金考快递公司是否还存在。

我：大概是因为他们拒绝制作猫咪薄膜吧。金考公司，你需要与时俱进。变化就要来了。我说的"变化"是指"我的猫咪"。我的猫咪就要来买薄膜了。快开门，金考公司！我是来拯救你们的业务的。

维克托：别这样。

我：那么用保鲜膜怎么样？我们自己做。

维克托：你这是在为了某件事情惩罚我吗？

我：我要用锡纸！因为这样会很凉快，而且会让它们看上去就好像穿着盔甲，或者跟在激光束后面跑的小机器人。如果再为它们做一些锡纸帽子，政府就无法读出它们的心思了。这样所有人都赢了。

维克托：呃。

我：我的意思是，除了政府，所有人都赢了。如果有三只猫咪突然消失在公共电网里，政府会担心的。这会变成《黑客帝国》里的情节，只不过主角是猫咪。

维克托：你说得对。我打算把你卖给游乐场。

我：应该有人给我一些锡纸和胶带。

胜方：我猜是政府，因为猫咪顽固地拒绝戴上用锡纸做的帽子，好像它们希望政府能读出它们的心思。我现在又想了想，才意识到它们真的有可能这么想，因为它们也许正在向政府发送信息，请求政府在它们被包上薄膜前，带它们离开这幢房子。我能理解它们的想法。

那个婴儿很美味

我连自己第一次在孩子面前吸冰毒的情景也不记得了。

这主要是因为我其实从未吸过冰毒。但是在这一章里，我要写人们如何害怕成为失败的父母，而这句话是一个好的开头，因为它把抚养孩子的标准降到很低很低。无论你在孩子面前做过什么事情，只要和冰毒无关，相比之下就还算不错。

我的女儿海莉今年九岁。至今为止，她尚未表现出任何我在她这个年纪开始发作的焦虑或会严重损害健康的胆怯。认识我的人与她待在一起时，他们总惊讶于她有多么强的适应能力以及她有多么开心。这是一种极具侮辱性的赞美，但我很难与之争辩，所以我一般只会说："我应该谢谢你吗？"

坦白地说，我认为父母在孩子乐观性格的培养上能给予的影响非常小。我父母用完全相同的方式养育我和我妹妹，但结果我们两个人的性格截然相反。这并不是说，即使你是个浑蛋，你的孩子也不会变坏，因为孩子是小海绵，会在最不恰当的时候，模仿你所有最糟糕的举止。我只是相信在一般情况下，你孩子身上的优点很少是因为你的教导，更多是因为你没有故意挤掉他们与生俱来的一些随机的让他们变得优秀的东西。

有些人认为这是一个站不住脚的借口，是我这种人用来解释自己为什么没有让孩子参加287项各种各样的课外活动和辅导班的借口。那些人说得对。我很抱歉。关于我为什么要这么做，你可能会认为我是出于自我保护或敢于与众不同。但事情的真相是，我不是一个擅长坐在露天看台或舞蹈教室门口的母亲，我不会勉强和其他一些看似相互认识（并偷偷相互讨厌）的永远不会穿睡衣出门或者穿不搭调的鞋子的家长闲聊。我会一直说一些令人尴尬而又不合时宜的话，比如，"我觉得这只是为了好玩而已"或者"不，实际上我觉得那个小宝宝还没有胖到不适合跳芭蕾的程度"。

我记得萨特说过："他人即地狱。"我怀疑他是在和其他过分投入的家长共处了一个小时之后写下的这句话。那些家长永远不会停止大吼大叫，他们吼叫的对象包括运动教练、授课教师和其实只是想吃刨冰的哭哭啼啼的四岁孩子。

即使你让自己的孩子参加一两个课外培训班或俱乐部，你还是会一直听到人们谈论其他一些更好更尖端的俱乐部。孩子们在那里一边跳棍棒操，一边背诵中国古诗。于是你立即开始担心，如果你不让孩子参加那种俱乐部，孩子最后会无家可归、失去双腿、被变成地毯或者其他什么的。反正结果一定很糟糕，因为几乎我认识的所有父母好像都争着想知道自己能把多少这样的破玩意儿打包进自己孩子的生活。

我并不是在对那些人指指点点，因为我自己也不是没有尝试过这种做法。海莉参加过的培训班包括体操、钢琴、爵士乐、街舞、芭蕾、摔跤、合唱等，但没有一门课程对她的吸引力能持续一年以上。她很喜欢上舞蹈课，但她似乎创下了摔倒次数最多的纪录。说实话，她聪明、漂亮、善良，不过即使在铺了胶布的平地上，她仍有办法仰面摔在地板上。

她五岁那年，开始参加那种不准家长进入教室的芭蕾舞课程。（因为有些家长喜欢大吼大叫，而大部分舞蹈室认识到了这一点。）家长可以在大厅里通过闭路电视观看上课的实况。也就是说，我们能够在整整一小时内，一直盯着电视机上一群跟不上老师的法语指示的幼儿园小朋友。维克托和我观看小孩子们在地板上做连续跳跃的动作。轮到海莉了，她做得确实非常好，但因为她一直专心地看着镜子里的自己，最后撞到墙上弹了回来，一头栽进了一个大型的橡胶垃圾桶。我们唯一能看见的是她胡乱蹬着的小细腿。我们吓坏了，可是海莉认为这很欢乐（在她被别人拖出垃圾桶里之后）。大厅里的其他家长认为这件事情一点也不欢乐，他们很不高兴看到课程因此被打断。为了调节气氛，我说："喔，我喜欢那个小孩，她好像喝醉了，我说得对吗？"没有人发出笑声。

后来，很快我们让她转而学习她的确很擅长的一门课程——戏剧。她在舞台上的表现很自然，她喜欢在成百上千的观众面前表演。我怀疑她是不是出生时被别人调换了。

我小时候生活在得克萨斯州的乡村，当时似乎完全不存在培训班之类的东西。我不认识任何一个参加舞蹈培训班的人。也没有人懂武术。你可以在学校里参加乐队培训，但前提条件是你有钱购买或者租赁乐器，而我的家庭负担不起，因此当一些孩子去参加乐队培训时，我只能和一些比我更穷的孩子待在一起，参加一门叫作"音乐回忆"的课程。这门课程基本上由一个装满老唱片的房间和一位时常昏昏欲睡的老师构成。我们听着吱吱呀呀的莫扎特唱片，互相展示着弹簧小刀的功能，并学习如何撬锁。这听上去有一种夸张的戏剧效果，但事实就是这样。当时，我为自己感到有些难过，因为所有神气的孩子都拥有装着通气音栓和长笛的锃亮的盒子。不过，我在"音乐回忆"课上学到了很多东西——有很多场合需要我撬锁，却从来不需要我吹奏低音管。所以，我认为这一段经历终究是有用的。

然而，如果你的孩子不能做其他孩子做的事情，你依然会感觉自己是个糟糕的家长。我妈是一个完美得不能再完美的母亲，但她从来不带我去上课外培训班，也从来不会把整整好几天奉献给我，强迫自己与我一起度过珍贵的亲子时光。有时候，我会认为她为我树立的榜样也是一门课程，我通过这门课程认识到：世界并不以我为中心，我有责任安排好自己的时间。不过，我妈读书，读了很多书。她读给我听，更重要的是，她在我面前读书。这让情况大不相同。我由此认识到：我妈的时间也很宝贵。如今，当我为自己没能给海莉安排一个完美的日程而产生罪恶感的时候，我又会努力学习这门课程。

偶尔，海莉也会抱怨自己很无聊。但无聊没什么不好，人生的大部分是由无聊构成的。如果你小时候没能搞清楚如何克服无聊，那么等你长大了就惨了。学着克服无聊本身就是一门课程，这门课程不要求你开车送你的孩子去任何地方才能学习。当然，坏的一方面是，你的孩子可能和你一样，有时候会在无聊之中做出一些极其愚蠢的事情。需求是发明之母，而无聊是令人难以理解的蠢事之母。放火、拆电视机、骑山羊、误食爽足粉、让二十五只蝌蚪在我的卧室里长成青蛙（因为我忘了自己把它们藏在了床底下）、探索废弃的大楼、用打火机烧掉自己的眉毛……这些都是我在无聊中做过的事情。我妈看到我做这些蠢事的证据后，困惑不堪。她问我我到底在想什么，我诚实地回答说："我不知道。"坦白地说，事到如今，在大部分时间里，我依然不知道自己在做什么以及为什么会这样做，但是至少我很早就了解到这是一种正常的心理状态（还有不能放心地把火种交给我）。

无聊让你依赖于自己的想象力，也让你意识到自己拥有的东西少得可怜。我和我妹妹莉萨把大量的童年时光都用来在我家周围的土地上漫无目的地挖洞。也许一开始，我们想挖一个地窖或者寻找尸体，但是后来变成了挖一些足够深的洞，让自己能够轻易地掉进去，完全消失不见。开车路过的人会看到一个小孩在一块空地上发疯似的挥舞着手臂，但转眼间就彻底消失了，好像被某个平行空间吸了进去。开车的人会被吓坏的，或者至少在我们的想象中是会发生这种情况的。也有可能他们看见的只是一个小女孩跳进洞里，让人摸不着头脑。过了一段时间，莉萨指出：我家的院子底下埋了一个生锈的天然气罐，我们经常拼命挖的地方就在那个天然气罐的正上方，再挖下去会不太安全。

幸运的是，"20世纪70年代的孩子如何生存"之神注意到了我们，我们最终才没有丧生于一个巨大的火球。有一次，我们在高高的石茅高粱地里挖了一连串的洞，但是后来彻底忘记了它们。直到几个月后，我们碰巧看到妈妈驾驶的割草机陷入了一个像是污水地的地方。她问："这里为什么会有这么多洞？"我们想声称这是摩尔人在这里挖的一些抓大丹狗史酷比的陷阱，但我们没有时间描绘所有的细节，于是我们只是冷静地解释说，这些洞是我们挖的。她问我们为什么要挖洞，我们诚实地瞪着彼此，说："我不知道。"这是事实。我们自己也被弄糊涂了。也许这就是现在人们把孩子的日程表填得满满的原因。也许这是为了防止你的割草机从被地鼠性格的孩子挖出来的小悬崖上跌下去。

然而，不让孩子有任何感觉无聊的机会，结果似乎会适得其反。这就好像你的猫咪带了死老鼠给你，你想对着它大吼大叫，但你不能这么做，因为它会这么做，是因为它认为你是一只很差劲的猫咪，无法依靠自己的能力生存下去。我们对待孩子的态度差不多也是这样，给他们私教课程、参与奖牌和选美比赛皇冠，就好像我们怀疑，没有我们督促他们反复练习技艺、给他们买昂贵的戏服和用好几个周末参加竞赛和选美，他们就不能成功。此外，现在我们教孩子期待自己能够赢得所有比赛，一旦他们做不到，他们就会觉得自己很糟糕，因为他们明白：他们是否有能力击败其他孩子，牵动着我们数不尽的情感。

我小时候从未赢过任何比赛。我对我妈讲起这件事时，她从书本上抬起头来，对我说，我曾经是全世界最年轻的人。是的，就在那么1毫秒的时间里，但这是一个没有花任何力气就创下的纪录。于是我继续看自己的书，忘记关于比赛的所有事情，直到我自己的孩子出生。轮到她接过冠军的头衔。我认为我们的家族在这方面一直保持着优异的成绩。

在你成为一名家长之后，从来没有人警告过你，你不得不做的关于培训课程和体育项目的选择是一件复杂并具有政治性的事情。我读八年级的时候，为了让我们学会如何为人父母，家政课要求所有学生都必须在两周的时间里照顾一个面粉袋宝宝，但从来没有人提起过关于让你的面粉袋宝宝参加体育项目的事情。我们每个人会拿到一个封口的面粉纸袋。每当你移动这个纸袋，就会有面粉尘冒出来。你去任何地方都被迫带着它，我想这是为了告诉你婴儿是很脆弱的，以及他们会在你身上留下各种污迹。两周结束后，你的宝宝会被称重。如果他的体重减少太多，就意味着你对待他过分随便，你还没准备好为人父母。这是一个严重脱离现实的养育课程。我们从这个课程里学到的关于宝宝的知识包括：如果你把宝宝掉在地上了，你可以用万能胶把它的头重新粘上；如果八年级的男生看到你的宝宝，他们会用它来玩扔球游戏，所以把宝宝放在汽车后备厢里才是更安全的；你应该用保鲜膜把你的宝宝包裹起来，这样在你开车回家的路上，当它在汽车后备厢里滚来滚去的时候，它的肚子不会爆炸；如果你没有把宝宝正确地存放在冷冻柜里，它会生出象鼻虫，到时候你只能把它扔进车库，之后你也不能用它来做学校考试要求的蛋糕了。（在接下来的两周里，学校集中教授烹饪。我用我的面粉宝宝做了一个倒置的菠萝蛋糕。我的宝宝味道很好。这些事情你以前从未感觉有什么异样，直到你开始把它们写下来。）

最近，海莉决定参加女孩童子军。我告诉她，我认为那就是一个饼干传销组织，但是她喜欢。我去参加她的军队会议，躲在会议室的最后面，努力不让别人看出我在一群家长中间感觉很别扭。

上周，我坐在自己常坐的角落里。这时另一位母亲在我身边坐下，和我闲聊了几句。我在心里默默地庆祝自己表现得像个正常人。过了一会儿，和其他几个女孩一起坐在会议室另一边的海莉抬起头来看到了我。她咧开嘴笑着呼喊："妈咪！你交了一个朋友啊！太好了！"我一头栽在了地板上，因为你成年后你的孩子带给你的尴尬，就跟你在青少年时期你的父母带给你的尴尬是差不多的，只不过前者更加糟糕，因为你不能对你的孩子翻白眼，也不能假装他们不了解你。孩子完全了解你，远远超出了你想要的程度。

也许这就是为什么他们被送去学习那么多的课程和参加那么多的露营。也许这样他们的父母就能够趁那段时间待在家里，偷偷地观看一些不好的电视节目，哭着吃掉一大桶土豆泥，并给猫咪穿上衣服，同时又不会被自己的孩子严厉而又准确地批评。

现在，这一切都有点说得通了。

这些饼干对我的工作一无所知

"可是我不想变成大人！"我尖叫着，在办公室的角落里蜷缩成胎儿的样子，"我还没准备好！"

这是一次重要的心理突破。如果我的精神科医生在场，我知道她一定会为此感到非常骄傲。可惜现在眼前只有我丈夫和我们的注册会计师。他们瞪着我，好像他们头一回在金融初步策划会上遇到这种事情。

"我真的不认识她。"维克托嘟哝着。

他出于习惯说了这句话，但是这句辩解似乎很牵强，因为他手里拿着一个文件夹，里面装着可以证明我们在过去的十七年里一起买了很多垃圾货的材料。或者这个文件夹是他积累的逼我承担责任的证据。如果是后者，我相当肯定会在今天。

"在那儿别动！我们没有评判你的意思！"我们的注册会计师莫里说。他谨慎地举起双手，好像你正面对着一个将要从大楼边缘跳下去的人，或者是一只你希望它听得懂英语的疯狗。接着，他说："我来这里只是为了帮助你们分析整理你们的财务状况。"但是在我听来，他却像是在说："我们在这里讨论你是一个多么不负责任、多么不正常的人。这里到处都隐藏着摄像机，这些视频都会上传到YouTube。你会变得超级富有。"

说实话，只要不和正常人比较，我认为自己还是相当擅长于理财的。我赚的钱比我应得的多。于是我把很多钱分给了别人，因为拥有它们让我感觉紧张。我要等到账单的纸变黄了或者变成催账单了才会付账。如果我的储蓄卡仍然可以使用，我就感觉自己赢了。每个年末，我去税务局，在税务女士（她的职位有一种专门的称呼，但我总记不住）面前扔下一箱子的发票，箱子上面写着"凭证"。然后赶在她告诉我她不再接受我作为她的客户之前，就从她面前跑掉了。她通常会大叫一句"你要用个人记账软件"之类的话，而我会尖叫着回答："我打算今天就开始用，跟你拉钩！"接着我一头钻进树丛，她这才发现大部分所谓的发票实际上是纸巾，上面还有一些潦草的字迹，比如"出于工作的目的，我需要买一件袋鼠外套，但跳蚤市场不开发票。外套的售价是15美元，但它价值大约100美元。这一点我不太确定，但跳蚤市场里的那个不用身体除臭剂的金发小伙子说，如果你需要证人的话，可以找他"。

这似乎是一种糟糕的保存凭证的方法，但我可以向你保证，比起其他一些方法，这已经算很好了。有一年，我尝试着把所有发票都精心地保存在书桌底下的一个箱子里，结果猫咪把它错当成便盆。还有一年，我把一大叠发票装在一个透明的塑料文件夹里，但是等到后来，我把它们拿出来一看，发现一半都已经变成了白纸。事实证明，如果你把发票暴露在阳光下，上面的字迹最终会褪去——这非常接近我保留发票的意图。于是，我索性把我认为应该出现在已经变成白纸的发票上的内容写下来，包括"我花了40美元买了一只死黄鼠狼，我给它穿上漂亮衣服，把它做成送给客户的圣诞节卡片"，或者"我想这是一张购买鬼怪版丘比娃娃的发票，我写了一点关于它的文字，把它放在eBay上进行拍卖。但是后来eBay终止了拍卖，因为我说娃娃里面可能含有被吃掉的小孩的灵魂，而eBay说这违反了禁止贩卖灵魂的规定。我把整件事都写在博客上了。如果你需要证据，可以去那里找。"

我要替自己辩解一句：我怀疑我的税务会计可能很享受为我计算收入的过程。其实，如果不需要计算，我也会很享受，因为把这些发票统统看一遍，就好像瞥见一段过得很不错的生活，或者需要进行大规模整顿的生活。

我的一些商业支出：

·狼标本。我披着它去当地电影院观看《暮光之城》。它名叫布利策狼，自然死亡。（狼人雅各布队，加油！）

·全套袋鼠戏服。在被派去澳大利亚写作的那次旅途中，我穿着这套戏服，让一群野生袋鼠注意到了我，并成功地潜入了它们的队伍。（参见本书的《树袋熊浑身布满衣原体》一章。）

·破伤风针。从澳大利亚回来后需要立即打一针。

·把脑袋寄回家的邮资。那是我在推广此书的旅途中别人送给我的一个脑袋。

·给猫咪骑的飞马珀伽索斯标本。

·一盒眼镜蛇。

·一只借来的活树懒。

·给猫咪穿的时髦衣服。

·两只狂喜的浣熊尸体。用于深夜举行的猫咪竞技赛。

然后税务女士会打电话来对我说："可是我没看到你的服务器租借费、办公用品采购费和你的实际运营支出啊？"我会解释说，我真的不知道还有这些费用，因为我只保留一些有趣的发票。于是她打电话给维克托寻求帮助。维克托会对着我尖叫："由于你在抵税问题上的不负责任，你将要支付非常多的税款。"我也尖叫着回答他："好吧，也许政府比我更需要钱！"接着，维克托会质疑自己为什么要和一个非共和党人结婚，而我会质疑自己为什么没有和一个相信我能做好报税工作的人一起开始新生活。

这也许就是为什么我在注册会计师办公室里摆出自我防御的架势。这是我们的第一次会议，会议上充满了让我当即感觉不舒服和变得有点防御性暴躁的问题。

我们的注册会计师莫里问我是否有人身保险，我向他保证我没有，因为我不希望维克托被警察逮捕。谈话一度陷入了沉默。

"她认为人身保险只有在被谋杀后才能拿到保险金。"维克托耐着性子解释。

"但这是事实，"我继续说，"每当有人死在绞肉机里，警察总会立即逮捕保险受益人。"

维克托翻了个白眼。

"我这是在想方设法帮助你摆脱谋杀的嫌疑。"我礼貌地大叫。维克托有点生气，大概是因为我随口说的是"绞肉机"而不是"碎纸机"。维克托永远不会用绞肉机谋杀我。他有洁癖，他甚至不知道该如何处理我留在书桌上的用过的纸巾。所以，他知道在用绞肉机绞过我之后，就绝对无法再用它做香肠了。我的意思是，谁知道我会残留在哪里呢？

最终，维克托和莫里继续讨论投资策略和一些需要计算的东西。我发了一会儿呆，直到我发现他们都盯着我看。莫里重复了一遍他的问话："到目前为止，你有什么问题吗？或者你有什么想补充的吗？"

我没什么要说的，可是我又想为这次谈话做点贡献，于是我问："为什么会有金本位制？"

维克托和莫里看着我，因为这个问题显然和他们之前讨论的事情毫无关系。但我仍然觉得这是个好问题，于是我接着说：

"我只是无法理解金本位制。如果美国人发现一个黄金构成的星球，那是会让我们变得超级富有，还是让黄金变得一文不值？如果它确实让我们变得超级富有，如何能防止其他国家说出'我们不再喜欢黄金了，因为这样不公平。我们现在喜欢蜘蛛。

付给我们蜘蛛'。那会引发经济崩溃吗？你能用黄金买蜘蛛吗？我已经不记得如何换算公制单位了，要是我不得不换算公制蜘蛛，那就更糟了。这就是为什么我认为你们不应该去别的星球上挖矿，这是自找麻烦。因为我不想带着一个装满蜘蛛的手提包到处走。这就是为什么。"

"你根本没在听我们的谈话，是因为你在专心致志地想如何用蜘蛛付款买东西的事情？"维克托不可置信地问我。

"我想是的，"我说，"有一个装满蜘蛛的手提包实际上并没有必须考虑财务问题来得可怕。喔。那是我的一次突破。"我深呼一口气，看着莫里。"我真应该来找你看病，而不是去看我的精神科医生。"

"呃。"莫里回答。

"如果我因为精神问题来找你看病，付给你的钱可以用来抵税吗？"我问，"另外，你有开药方的执照吗？这个问题很关键。"

维克托摇了摇头："你就好像对讲道理过敏。"他似乎有点恶声恶气，但也许是因为蜘蛛的事情。我也有点生气，如果我存了好几年钱，有一天我突然意识到钱全都被蜘蛛取代了，我会气得发疯的。

我把一只手放在维克托的袖子上表示安慰，并低声说："我听见并理解你的痛苦。"

"这不是在进行心理咨询，"他大声说，"这是在做财务计划。"他看上去有点疲惫而烦躁。我考虑要不要偷偷地在他的咖啡里放一点镇静剂，但是我接着想到，未来可能成为我的新精神科医生的莫里也许会认为我有点太自说自话了，所以我改口说："好吧，好像两者都有那么一点，不是吗？"

莫里把话题转移到了葬礼和遗嘱上面，可是我的脑子里一片空白。我一直有点害怕谈论遗嘱，主要是因为它涉及数学。葬礼、尸体和其他所有相关的事务我都可以坦然接受。实际上，我最近在杂志上看到一个我喜欢的棺材，它在侧面写着"嗨，棺材，你的样子很漂亮"。我觉得这样写很聪明，会让每一个悼念我的人感觉轻松。我告诉维克托，他可以为我买这个棺材。如果太贵了，他可以给我买一个便宜的，然后自己在旁边印上那句话就可以了。但是维克托对着我大吼大叫，指责我又谈论葬礼了，这也许是因为他不擅长艺术和手工，也许是因为他知道等我被碎纸机粉碎后，剩下的残渣只需要一个鸡尾酒调酒器就能装下。不过从某个角度来说，这是一件好事，因为我终于成为一场活动里最瘦的人了。

就在这时，我意识到维克托和莫里正在瞪着我。他们问了我一个关于遗嘱的问题，但我不记得是什么了。于是我只能说："我死后，我所有的东西都留给我的猫咪。"维克托揉了揉他的太阳穴。我解释说："但也不一定可行，因为费里斯·喵喵不可能活得比我久，而亨特·S.汤姆猫又太不负责任了，继承不了那些钱。不过，这样你就能够告诉大家：我把钱留给了猫咪，很明显我已经疯掉了。接下来，你就可以拿走所有的遗产，而我也不需要提交任何书面文件。这样我们都达到了目的，除了亨特·S. 汤姆猫，它最好替自己找一个能包养它的'干妈'之类的。"

维克托叹了口气。然而，坦白地说，我真的不知道他想要的是什么。我的工作是稀里糊涂地赚钱，而他的工作是确保我在酒吧关门后在停车场摇摇晃晃地做侧身翻的时候没有把钱弄丢。我们已经明确地分配了各自的角色。

莫里清了清嗓子："我们可以稍后再来讨论遗嘱的事情。现在让我们来谈谈退休计划，怎么样？"

在接下来的几分钟里，维克托讲了一堆单词和字母，我很肯定他讲的是"我有一个非常好的退休计划"。

莫里充满期待地看着我。

"我有一个放零钱的抽屉。"

维克托用手捧住脑袋。

"但是里面没有25美分的硬币，因为都被我拿去买口香糖了。"

维克托和莫里讨论分红、薪水和其他琐碎的事情。一小时后，维克托把我叫醒，让我在一些文件上签字。但是那些文件看上去非常重要，根本轮不到我签字。如果他带我去吃午餐的地方有酒喝，我就同意签字。莫里推荐了就在这幢大楼里的一家餐厅。这样很方便，因为我已经累垮了，我觉得自己没有力气去很远的地方了。实际上，我下楼来到餐厅之后，服务员问我想喝什么，我说："我想喝酒，但我今天已经没精力再作任何决定了，所以你能不能随便拿点什么给我？"他照我说的做了，拿了一瓶非常烈的酒给我。我怀疑莫里把他所有容易累垮的客户都介绍来了这里，我喝的也许是"莫里特制酒"。我把脑袋放在桌子上，维克托大声地说出了心中的困惑：如果他不在了，我要怎样才能继续活下去？

"好吧，如果你不在了，我的生活会变得简单得多。"我十分诚实地说，"我不知道电视机的八个遥控器分别有什么作用，所以我再也不会用它们了。如果灯泡烧坏了，要是我踩在椅子上也够不到它们，我就让它们去吧。如果电脑坏了，我就把它扔进水沟。如果汽车开不动了，我大概会买一头驴，骑着它去城里的加油站买汽油。我怀疑在一年之内我就会不知不觉地变成了阿门宗派的人。实际上，我打赌阿门宗派的那一群人起初只是身边没有人为他们打开电视机。他们就这样过了好几代，到最后他们只能说：'去你的，我们就想这样生活！'"

"我很肯定你说的一点儿也不准确。"维克托回答。

"好吧，我会上网查一查。不过，今天早上我想更新iTunes，结果手机死机了。我想从今以后，我只能把它当成镇纸来用了。"

维克托一直盯着我。

"我在说笑话，"我解释说，"但实际上，我确实成功地把我手机上的图标不知怎么的删掉了一半。如果你能在这件事情上帮帮我，我会很感激的。不过我不着急。我知道你今天上午过得很辛苦。"

"你不知道。"

"实际上我知道。我是说，我意识到自己在遇到……你知道的……一些事情的时候，会无能到荒唐的地步。我是指金钱、计划和复杂的电视机之类的事情。但你没想到的是，我很擅长跟人打交道，不过很显然不包括我躲起来不让他们看见的时候。我在那里是为了把事情弄得可爱一些、好一些，并确保每个人都很开心。我是指每个人，但也许不包括莫里。他好像有点惊惶不安。"

"是啊，到处都在发生这种事情。"维克托回答。他说话的方式让我感觉他同意我的看法，或者他只是不知道应该如何回答。"只是请你竭尽全力在财务方面多负起一点责任。那样的话，我们就都没事了。"

我点了点头，亲吻了他的脸颊，然后说了一声抱歉，站起身去补我鼻子上的蜜粉。在我穿过大厅走向卫生间的路上，我看见了它——电影《飞越未来》里的佐尔塔算命机。

就是这台机器把汤姆·汉克斯变成了一个成功的成年人。于是我立刻决定让它给我算算命。我跑回维克托那里，告诉他我需要几个25美分的硬币，用来看看我们会有怎样的命运。

"你想要拿走我们的钱，把它扔进算命机？你今天什么也没学到吗？"

"好吧，我今天学到的是：你连几个25美分的硬币都舍不得。我自己的硬币都用来买口香糖了，这一点你再清楚不过了。再说了，只需要花费50美分，就能够了解我们的未来，或许还能发一笔财，或者其他差不多的东西。这就是我们今天花了一整天讨论的问题，不是吗？"

他叹了口气，掏出一些硬币。

第一份是我的命运。我的命运实在太完美了，于是我跑回餐桌给维克托看。

> 你将来的生活充满阳光。
> 我看见一个大箱子里面装满了金钱。
> 想花钱的时候就花吧。
> 因为你还会得到更多的钱。

佐尔塔大致上在说，我的财务状况很稳定，我浪费了一整天做退休计划。我只需要想花多少就花多少，因为我的大箱子里有花不完的钱。维克托不同意我的看法。

为了证明算命机说得多么准确，我又去为他算命。以下是他的命运：

> 展望你的未来是一件多么快乐的事情！太多的幸福已经为你储备，你的辉煌会令天上最亮的星星也黯

然失色。

　　啊，这不仅仅归功于纯粹的好运气。不，不，我的朋友，你的坚忍不拔、你处理家庭事务的智慧以及你与别人交往时的真诚，将为你指出一条收获的道路。

　　噢，幸福是多么难以捉摸！但是，感谢上帝，你诞生在幸福的星光下。

　　"你看！"我说，"佐尔塔说，你在未来能够得到好几吨的幸福。这完全归功于你的坚忍不拔和你处理家庭事务的智慧。"

　　"我认为你也许就是我在家庭事务上遇到的麻烦。"

　　"好吧，不管怎样，最后我们会有一个完美的结局，对吧？"

　　维克托笑了起来，虽然是因为没有忍住，但是你由此知道自己已经获得了一笔真正的财富，因为金钱无法买到一个优秀的善解人意的婚姻伴侣的幸福。不过，在你喝了太多的"莫里特制酒"，不小心把手机掉进厕所里之后，金钱可以买到一部手机。

　　备注：晚餐后，服务员给我们拿来了"命运饼干"[1]。我说："我们在一天之内得到了四个命运！多好的福利呀！"维克托说，饼干和真正的命运不是一回事儿。但是我认为他低估了饼干

---

[1]　一种美式亚洲风味脆饼。通常由面粉、糖、香草及奶油做成，并且里面包有类似箴言或者模棱两可的预言的字条。

的重要性。我们打开饼干之后，决定还是只相信佐尔塔的预言，因为我的饼干上写着："没有一片雪花认为自己需要为雪崩负责。"我很肯定这句话想要侮辱我，它还暗示了我多少应该"负一点责任"，而我认为这证明了我拿错了饼干。接着，维克托打开了他的饼干并念道："永远别和傻子争论。"

"什么？"我说，"那正是我们的婚姻建立的基础。"

维克托耸了耸肩："这块饼干让我别和你说话。"

我交叉双臂："好吧，这块饼干让我感到内疚，但我甚至不知道自己做了什么。"

维克托点了点头："饼干说得有道理。"

"饼干，你没资格告诉我们应该怎么做。你甚至都不认识我们。"我大叫道。

就从那时起，我们决定再也不接受饼干给我们的任何建议。维克托也试着让我别再接受卫生间旁边的算命机器人给我的任何建议，但那简直就是"倒洗澡水时连宝宝一起倒掉"[1]。对于所有人而言，这都是一个很糟糕的财务建议。除非你的宝宝真的很烧钱。可我依然认为把宝宝留下来会是个好主意，即使他们最终会消耗你很多的金钱和时间，因为相较于他们给你的生活带来的欢乐，为他们付出的一切都是值得的。

维克托微笑着握着我的手，他同意我的看法。

---

[1] Throw the baby out with the bathwater，英语谚语，比喻在扔不重要的东西时，把重要的东西也一起扔掉了。

我想我们在谈论的不是同一件事情，不过我很高兴看到他展露笑容，所以我也对着他微笑。我们走出餐厅，一起面对未来……

……未知的、不确定的、危险而又好玩的、疯狂而又快乐的未来。

或许会变得轻松，但不会变得更好

我的类风湿性关节炎正处于最严重的发作阶段。它每年只会发作几次，可是一旦发作起来，问题就会变成简单的"今天我能否活下来"。这听上去既荒唐又夸张，因为我起码知道一点：疼痛最终会消退，到时候我将能够从床上爬起来，不必忍住尖叫。最初的几天似乎是最糟糕的，因为在那段时间里病痛最为剧烈，剧烈到最后我经常会被送去急诊室。在接下来的几天里，疼痛会减轻一些，但我会因为缺乏睡眠和依然让我感觉极其难受的没完没了的疼痛而变得尖刻暴躁。你的亲朋好友理解你、关心你，但是他们在过去的半个星期里一直看着你在房子里跌跌撞撞和在浴室里放声哭泣，他们也会感觉疲惫不堪。在接下来的两天里，你感觉到强烈的疲乏，好像自己被下了迷药。你想要爬起来，去工作，去洗澡，去微笑，但你发现自己在女儿初次登台表演的时候睡着了。当所有人都在庆祝时，你不得不离场，回到床上。

时间推移，抑郁症随之而来。你感觉自己再不会好起来了，你害怕这类病痛的发作会越来越让你熟悉或者越来越糟糕，并且永远不会离开。你疲于斗争，于是你开始听从自己的大脑对你撒的小谎。有人说，你把你的家庭榨干了；有人说，一切都是你脑子里的幻觉；有人说，如果你能更坚强或更优秀，这种事情就不会发生在你身上；有人说，你的身体想杀了你，这总有个原因，你应该停止注射所有的类固醇、药物和治疗。

上个月，在维克托开车送我回家休息的路上，我告诉他："有时候，我感觉如果没有我，你的生活会变得更轻松。"他沉思了一会儿，然后对我说："或许会变得轻松，但不会变得更好。"

每当我感觉黑暗永无止境的时候，我就会提醒自己他说过的这句话。我知道黑暗会结束的，我知道明天会多一点光明，我知道等到下周，我会回忆起他的这句话，并想到："在我的大脑想杀掉我的时候，我应该不再听从它的指挥。可我为什么要写下这些傻乎乎的话？"这正是为什么此时此刻我要写下这些话，因为我很容易忘记自己曾经来过这里，并从另一头走了出去。如果我能读到这些文字，我也许会在下一次发病时想起这句话，它能帮助我坚持呼吸，直到药物开始发挥作用，直到我再次走出洞穴。

我过去常常因为自己有抑郁症而感到内疚，但是后来我想明白了，那跟因为自己有一头棕色头发而感到内疚是一样的。然而，即使这种想法不符合现实，却也很常见。在防火护林熊呼吁"只有你才能保护森林免遭大火"的时候，我也有相同的感觉，我会说："什么玩意儿？只有我？这似乎更应该是整个团队一起努力的事情吧？"再说了，我才不会接受一只熊分配给我的森林工作呢，因为一些熊为了能够吃掉你，会躲藏在森林里。所以，这基本上就等于一只挑三拣四的熊让我按照它的要求建立一个没那么多火灾的餐厅，好让它在这个餐厅里把我给吞了。另外，依靠人类来防火完全说不通，因为一些森林火灾不是由闪电引发的吗？熊啊，我又不能阻止闪电。我不是上帝。我不能阻止闪电，不能消除沼气，不能扑灭由此引发的大火，也不能消灭抑郁症。这些事情就这样自然而然地发生了，这不能怪我。"

熊啊，别再责怪受害者了。

自从我站出来承认自己正在与精神疾病作斗争的那一年起，就不断有人问我：如果有一天我因为与精神疾病斗争而丢尽了脸，我是否会后悔自己公开承认这一切……

与精神疾病斗争并不丢脸。

疾病（精神上的和身体上的）有一些可怕的方面。但是，如果我与疾病的斗争十分明显并不得不被公开，很奇怪的是，这会给我带来宽慰。从某个角度来讲，我是幸运的。我的抑郁症以及间隔发作的焦虑症和妄想症是如此极端，让我无法隐瞒。我过去不想把它写下来，我想为自己编造一个虚假的过去。说实话，在我第一次把它写下来的时候，我猜想自己会失去读者，我猜想自己会吓到别人，我猜想人们会感觉自己被骗了——他们找一个人要一些轻松幽默的东西，结果那个人却把他们拉进一些严肃而又棘手的破玩意儿里。我猜想会有一片沉默。

我没猜到自己会得到什么。

我诚实地讲出了我与疾病的斗争，我因此得到了回报——那是一大群人的声音，他们说："你不是一个人在挣扎。""我们怀疑你是疯了，但我们依然在这里。""我为你感到骄傲。"还有成千上万在崩溃边缘爬行着的人也低声承认："我也是。我觉得你写的就是我。"这些低语日渐成为最响亮的声音。低语变成了咆哮，咆哮变成了圣歌，引领我经历过的最黑暗的时刻。我不是一个人在乘风破浪。

我有一个文件夹，标签上写着"24人文件夹"，里面放着来自二十四个人的信。那些人本来正在积极地筹备他们的自杀行动，但最终停了下来并得到了帮助——不是因为我在博客上写的那些内容，而是因为那些读了我写的东西后表示"我也一样"的人回复的令人赞叹的评论。他们被一些人救了回来，那些人写了自己在失去父母或孩子之后痛苦得想要自杀，以及自己如何竭尽全力回到生活中来。那些人说服他们不要相信精神疾病对自己撒的谎。他们也被另一些人救了回来，那些人提供了鼓励、乐曲、歌词、诗歌、护身符和祷文，这些东西在那些人身上起了作用，也会在一个有需要的陌生人身上起作用。有二十四个至今依然活着，他们依然在这里，因为人们有足够的勇气谈论自己的挣扎，或者有足够的热情让其他人相信自己的价值，或者能够简单地说一句："我不了解你的病情，但是我知道这个世界因为有你而更加美好。"

我在宣传自己的书《让我们假装这件事从没发生过》的旅途中，经常会被问起：会不会后悔公开承认自己与疾病的斗争？我的答案始终如一……那二十四封信是我通过写作得到的最好报酬。如果没有这个拯救了他们生命的令人赞叹的博客社区，我永远不会得到其中的任何一封信。我极其幸运，我感激自己能够参与这项活动，它让一切如此不同。

而且，它永远不会停下来。

在我第一次谈起我的"24人文件夹"时，我非常震惊地发现，有很多人在签售会现场在我耳边低语，说他们是第二十五个人。有一个十五岁的女孩在父母的陪伴下来到现场。有一个女人带着两个幼小的孩子。有一个决定用治疗代替自杀的男人带着全家来了。每当我不明白这些人怎么会认为世界如果没有他们反而会变得更好时，我会想起我的脑子想要杀了我的时候，我自己也在同样的想法中挣扎。所以，他们也救了我。这就是为什么我还能继续谈论精神疾病，即使代价是把人们吓跑，或者让人们对我指指点点。我想坦白自己感受到的羞耻，因为坦白能够给我带来更大的自由，还有理解。我知道如果我的疾病在我走上台时发作了，我会一头钻到演讲台后面躲上一分钟，没有人会对我指指点点。他们都知道，我疯了。尽管如此，他们会依然爱我。实际上，还有些人因为我的疾病而爱我，因为包容别人的缺点是一件很棒的事情，你会因此有机会包容你自己的缺点，并认识到：正是那些缺点让我们有了人性。

　　我确实很担心，等到未来有一天，其他孩子长大到能阅读和了解我的故事后，会嘲笑我的女儿。有时候，我怀疑最好的做法是保持沉默，不再挥舞"乱七八糟但我骄傲"的标语。可是我想我不会放下这块标语，除非有人从我手中夺走它。

　　因为退出或许会让一切变得轻松，但不会变得更好。

后记：在深深的战壕里

致所有在黑暗中行走的人和那些在阳光下行走却把一只手伸进黑暗里陪我们一起前行的人：

更光明的日子正要到来。

更清晰的未来正要出现。

而你也会在那里。

不，也许不会持续到永远。光明的时刻一次只能有几天，但是为了那几天，你要坚持住。那几天值得我们经历黑暗。

在黑暗中，你找到你自己，骨瘦如柴，筋疲力尽，茫然无助。在黑暗中，你找到卑鄙的自己。在黑暗中，你找到被水淹没的战壕的底部，而世界上的其他人只能看到它的表面。你能够看见正常人看不见的东西、糟糕的东西、神秘的东西、像坏种子一样想埋进你心里的东西、低语着你想忘掉的阴森恐怖的秘密的东西、尖叫着说谎的东西、想让你去死的东西、想用最坏的方式肆无忌惮地让你用自己颤抖的手把你再往下拖并杀害你的东西。这些东西是可怕的恶魔……你一直都知道，如果你无意中悬着自己的手脚，它们会用尖利的牙齿咬住你，把你拖到床底下。你知道它们不是真实的，但是当你和它们一起待在那个黑暗的湿漉漉的洞穴里，它们会变成最真实的东西。它们想要我们去死。

有时候，它们成功了。

但不会一直成功。它也没有战胜你。你还活着。你和它们进行殊死决斗。你吓坏了，有时候会筋疲力尽，甚至快要放弃了，但最终你没有。

你已经赢得了好几场战役的胜利。没有人为这些胜利颁发奖牌给你，但是你穿着铠甲，带着伤疤，它们好像你的隐形肌肤，每一次胜利都让你学习更多。通过学习，你知道如何战斗，你知道应该使用何种武器，你知道谁是你的盟友，你知道那些恶魔只是精致的谎言，它们不逼到你投降，绝不善罢甘休。有时候，你赤手空拳，用语言和狂怒去战斗。有时候，你把自己拖进一个小球，与恶魔和世界上的其他一切彻底隔绝。有时候，你会投降，转身去找能够为你战斗的人，这也是一种抗争。

有时候，你只是让自己坠入更深的地方。在什么都看不见的最深处，你确信自己是孤身一人。然而你不是。在这里，我和你在一起。我也不是孤身一人。一些最优秀的人也在这里……他们什么都看不见，他们感觉着，等待着，哭泣着，存活着。他们痛苦地伸展他们的灵魂，为了学习如何在水下呼吸……所以，他们能够做到恶魔认为不可能的事情。所以，他们能够活着。所以，他们能够凭借对那些昼伏夜出的怪物的了解，找到回到水面的路。所以，他们能够在温暖的阳光下晾干自己。阳光如此明媚，对于在水面上的人而言如此唾手可得。所以，他们能够和其他人一起在阳光下散步，但是有着一双不同的眼睛……那双眼睛依然看着水底下的人，让他们能把手伸到黑暗中，把他们的战友拉上来，或者只是握住他们冰冷的手，坐在水边，耐心地等待他们浮上水面，呼吸新鲜空气。

水平面是正常人而不是我们生活的地方。我们经常生活在水平面以下，所以我们明白，当太阳出来的时候，我们应该尽情生活和翱翔。把正常人固定在稳妥的生活轨道上的隐形绳不能用同样的方法固定住我们。有时候，我们和其他人一样走在阳光下；有时候，我们住在水底，一边斗争，一边成长。

而有时候……

……有时候我们飞翔。

致　谢

　　我欠了我的父母和妹妹很多很多，他们给了我这些故事，让我有能力发自内心地欣赏他们的古怪和优秀。感谢我的丈夫，感谢他在这本书里担任滑稽的配角，并在我的生活中扮演有趣的人。有你便是家。感谢我的女儿，感谢她给我带来太多惊喜，并允许我在书里写她的故事，不过她拒绝让我写那件关于洛夫莱斯伯爵夫人[1]的真的非常好笑的事情。海莉，我猜你不让我写这个故事是因为你想在将来把它写进你自己的回忆录。我很欣赏你的远见。

　　感谢我已经过世的祖辈的鬼魂没有来找我麻烦。感谢我依然健在的祖辈给予我的支持。甚至在正常人都对我避而远之的时候，你们也没有放弃我。我爱你们大家。

　　感谢尼蒂·玛旦——世界上最伟大的作家经纪人——她理解

---

[1] Augusta Ada King, Countess of Lovelace（1815—1852），英国诗人拜伦之女，数学家、计算机程序创始人，她建立了循环和子程序概念。

我的疯狂。每次在专业的电话会议结束后，她都会打电话给我，因为她知道我需要有个人来告诉我，我不是个笨蛋。感谢聪明伶俐的埃米·艾因霍恩，虽然我拒绝正确地使用标点符号，还随心所欲地造词，但是她依然选择信任我。感谢编辑和校对，在做过这本书后，你们大概都变成了愤怒的酒鬼。

感谢杰里米·约翰逊为我制作了罗里1号和罗里2号，也感谢我爸花了一整天的时间为我的断手断脚的死浣熊绕线和雕刻假肢。

感谢那群了不起的人，你们阅读了我完全未经润色的文章，花费了荒唐的几小时一遍又一遍听我念我写的那些疯狂的章节。劳拉·迈耶斯、梅尔·威尔逊、卡伦·沃尔隆德、布莱尼·布朗、莉萨·柏、史蒂芬·帕罗利尼。没有你们，就没有这本书。

感谢可爱而又才华横溢的安德鲁·坎特。是他拍摄了那张凶狠的负鼠的照片，这样我就不必硬着头皮做这件事了。安德鲁，你是上帝创造的最勇敢的生物之一。

感谢玛丽·费洛兹。她让我免遭牢狱之灾，让我有成年人该有的样子。感谢布鲁克·谢登、永生不朽的南希·W.卡佩斯（助理律师）、杰森·威尔逊、Q医生、阿里·布罗施、尼尔·盖曼、威尔和安·惠顿夫妇、邦妮·柏顿、德尼·肯迪格、金·鲍尔、克莱格、阿曼达、费利西娅、克里斯汀·米瑟兰迪诺，以及其他所有慷慨地给予我帮助的人。

感谢我的忠实读者。你们买了我的第一本书，即使那上面有一只死老鼠。感谢书商、图书管理员、图书采购员以及在书店工作的为我写过几句好话的人。感谢那些偷偷潜入书店找到我的书并把书放在前排进行"非法"展示的人。感谢每一位参加我的图书宣传活动并能够勇敢把我的书推荐给读书俱乐部的人。我要把一个巨大的（似乎也含有一点消极挑衅意味的）感谢献给和我一样在写作和写博客的同行们，你们一直在进步，逼得我不得不更加努力地工作。感谢每一位帮助过我处理尸体的人。感谢我的一年级老师，他欣赏我的古怪。感谢我的八年级老师，他说我会一事无成，这激励了我努力证明你是错的，也激励了我用胶水把你的办公桌抽屉粘住。感谢所有为我能否把"后来他被鲇鱼拖死了（dragged）"改成"后来他被鲇鱼毒死了（drug）"进行投票*的人。感谢所有知道"foxen（狐狸们）"和"problemly（多半）"是我故意写错的人。

感谢所有我忘记列在这里的人，谢谢你们的理解和宽容。每个人都说你会为此感到苦涩和耻辱，但我知道你不会的。

最后，感谢你。感谢你坚持做你自己。你比墨西哥辣肉馅玉米卷和纸杯蛋糕更好，也比墨西哥辣肉馅玉米卷纸杯蛋糕更好——这种东西完全有可能存在。

❖

*投票结果（万一你感兴趣）：

31%："甜蜜的耶稣宝宝，如果你不会正确使用'药物'这个词，我会揍你的脖子。"

23%："你可以把'药物'这个词当作方言使用，只不过你得做好被骂的准备。"

18%："你能不能只说'被猛拉了一下'？"

14%："只要你别用'俺已经准备好咧'这句话，你做什么我都无所谓。"

14%："我从来不会用错词。我无法相信你把我拉进了这种烂摊子。"

马上扫二维码，关注 **"熊猫君"**

和千万读者一起成长吧！

图书在版编目（CIP）数据

高兴死了 !!! / (美) 珍妮·罗森 (Jenny Lawson) 著；

吴洁静译. -- 南京 : 江苏凤凰文艺出版社, 2018.3

书名原文: Furiously Happy: A Funny Book About Horrible Things

ISBN 978-7-5594-0763-4

Ⅰ.①高… Ⅱ.①珍… ②吴… Ⅲ.①散文集—美

国—现代 Ⅳ.①I712.65

中国版本图书馆CIP数据核字（2018）第039351号

书　　名	高兴死了 !!!
著　　者	（美）珍妮·罗森
译　　者	吴洁静
责任编辑	丁小卉　姚　丽
特邀编辑	夏文彦　刘　雨
责任监制	刘　巍　江伟明
策　　划	读客文化
版　　权	读客文化
封面设计	Philip Pascuzzo　刘　倩
出版发行	江苏凤凰文艺出版社
出版社地址	南京市中央路165号，邮编：210009
出版社网址	http://www.jswenyi.com
印　　刷	北京中科印刷有限公司
开　　本	890mm x 1270mm 1/32
印　　张	12.5
字　　数	235千
版　　次	2018年3月第1版　2019年1月第5次印刷
标准书号	ISBN 978-7-5594-0763-4
定　　价	59.90元

如有印刷、装订质量问题，请致电010-87681002（免费更换，邮寄到付）

版权所有，侵权必究